読むという抗い

小説論の射程

千田洋幸

溪水社

目次

Ⅳ

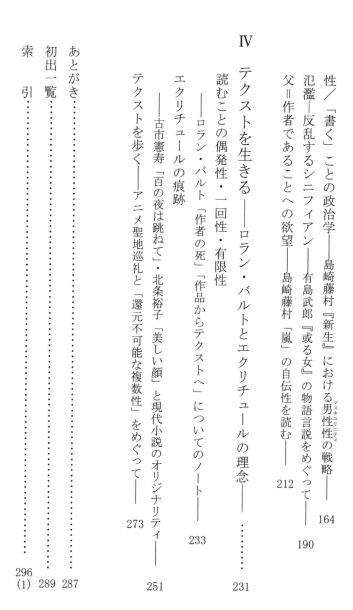

読むという抗い

小説論の射程

I

〝語り〟への抵抗と異化

読むことの差別
――島崎藤村『破戒』――

1

『破戒』の語りのひとつの特質が、語り手の言説と丑松の言説が一体となった独白、あるいはほとんど独白にちかい内的言説の多用にあることは、あらためて確認するまでもないだろう。丑松を語る物語言説においては、語り手の声と丑松の声がほとんど均質化され、語り手は丑松の内面と密着した、いわば共犯者としての位置をたもちながら物語を生成してゆく。両者の言説が融合した独白言説は、その結果として生じてくることになるのだ(1)。

むろん、独白体という表現自体は、『浮雲』第三篇などに代表されるように、明治期の小説テクストにあってはしばしば出現してきたものである。だが、『浮雲』の独白体は、第一篇において保持されていた内海文三に対する語りの批判的・揶揄的機能が消失していった結果、はからずも発生してきたにすぎなかった。それに対して、『破戒』の独白体は、小説のほぼ全体を通じて出現し、しかもそれらは読者の読みをコード化する重要な機能を付与されている。『破戒』の場合、独白言説の頻出を、被差別者である丑松の物語を成立させるために不可欠な戦略ととらえることが、テクストを読解するひとつの手がかりをあたえてくれるのである。

哀憐《あはれみ》、恐怖《おそれ》、千々の思は烈しく丑松の胸中を往来した。病院から追はれ、下宿から追はれ、其残酷な待遇《とりあつかひ》と恥辱《はづかしめ》とをうけて、黙つて舁がれて行く彼の大尽《あ》の運命を考へると、嘸《さぞ》籠の中の人は悲慨《なげき》の血涙《なんだ》に噎《むせ》んだであらう。大日向の運命は軈《やが》てすべての穢多の運命である。思へば他事《ひとごと》では無い。長野の師範校時代から、この飯山に奉職の身となつたまで、よくまあ自分は平気の平左で、普通の人と同じやうな量見で、危いとも恐しいとも思はずに通り越して来たものだ。(一―三)

こうした表現の多用は、『破戒』が主情的な小説であるとか、丑松が作者の主観的感慨の投影にすぎないとかいった批判を、かつて生みだしもしてきた。それらの批判は、この引用部分に典型的な独白言説において、あたかも作者と主人公である丑松とが感傷的な一体化をなしとげたかのような錯覚にもとづいている。だがむしろ、丑松が作者にとって、あるいは物語世界の内部において、特権的な位置を確保している人物であるという印象を読者の内部に植えつけることこそが、『破戒』の語りのもっとも主要な戦略だったというべきなのである。たとえば丑松を中心化する語りの対極にあるのが、

「是主義で押通して来たのが遂に成功して――まあすくなくとも校長の心地だけには成功して、功績表彰の文字を彫刻した名誉の金牌を授与されたのである」「地方に入って教育に従事するものゝ第一の要件は――外でもない、斯校長のやうな凡俗な心づかひだ」（二―一、傍点引用者）といった、校長の名声欲に対する皮肉にみちた言説であろう。丑松のイデオロギーを共有する語りの言説は、校長のみにかぎらず、丑松以外の作中人物をたえず周縁に追いやり、物語世界の内部から他者性を抹消する。彼らは語り手によって、善／悪、あるいは丑松に対する理解者／無理解者というステレオタイプに腑分けされ、しかも、特権化された丑松の苦悩とは最後まで無縁な人物として終始するしかない。

このため読者は、小説の物語言説に忠実であるかぎり、丑松と語り手が共犯しつつ生成する価値世界の外部に出ることをゆるされない。語り手と丑松の癒着、さらに両者が一体となっての独白言説は、煩悶する丑松への同情を読者に要請すると同時に、丑松の認識に塗りこめられた世界に読者を誘導し、それを共有することを強いるのである。この意味で、『破戒』という小説は、読者に対し、執拗なまでに主人公とのたえざる一体化をうながす、じつに抑圧的な言説構造を有しているテクストだといえるだろう。

同時に、独白という方法は、他者とけっして共有することのできない内面の秘密をかかえこんでしまった丑松の懊悩を表現するのに効果的な方法でもあった。丑松の独白言説が、誰にも受信されることのない宙吊りの言葉として投げだされることによって、畏敬する蓮太郎にも、友人である銀之助にも自己の出自を明かせない苦悩を顕在化させるのである。このとき読者は、丑松の独白言説の擬似的な聴き手となることによって、物語世界外にありながらも、彼の苦悩を分けもつことのできる存在となるのだ。

こうした語りの構造は、読者のコードを丑松の感性にそって組みかえることで、差別される者の意識を読者が共有し、差別に対する批判意志を形成することを可能にするものでもあった。読者は被差別者である丑松と同一化することによって、「社会《よのなか》」の不条理を認識し、丑松を差別する者たちに対する素朴な怒りをかきたてることになるはずである。その意味では、『破戒』は語りのレベルにおいて、差別に対する批判をたしかに内在させているとはいえよう。しかし、それはこの小説の言説が読者にもたらす効果の、あくまでも表層的な部分にすぎない。『破戒』は、一見差別への批判や解体を志向しているかのようにみせかけながら、実際にはそれと裏腹に、読者に内在する差別意識を助長する――むしろそれをあらたに作り出してしまう――言説構造を有するテクストなのであり、同時に、そのことをけっして読者自身に自覚させない策略がほどこされたテクストでもあるからだ。

2

丑松が不在の場面において物語の中心をなすのは、郡視学や校長・文平らによる対話である。そこであきらかとなるのは、「異分子」である丑松を学校から排除しようとする計略の存在であり、読者はそこから丑松の外部の人物たちの思惑をも情報として手中にすることになる。丑松の内部における出自の露見への恐怖、外部における丑松排除の策動、そのそれぞれが語り手の言説と他の作中人物の言説とによって提示され、『破戒』のストーリーの進行を押しすすめるのである。


「そんなに君が面白くないものなら、何とか其処には方法も有さうなものですがなあ。」と郡視学は意味ありげに相手の顔を眺めた。

「方法とは？」と校長も熱心に。

「他の学校へ移すとか、後釜へは——それ、君の気に入つた人を入れるとかサ。」（二—二）

「畢竟一緒に事業《しごと》が出来ないといふは、時代が違ふからでせうか——新しい時代の人と、吾儕《われわれ》とは、其様《そんな》に思想《かんがへ》が合はないものなんでせうか。」

「ですけれど、私なぞは左様思ひません。」

「そこが君の頼母《たのも》しいところさ。何卒《どうか》、君、彼様《あゝ》いふ悪い風潮に染まないやうにして呉れたまへ。（中略）今茲《こゝ》で直に異分子を奈何《どう》するといふ訳にもいかない。ですから、何か好い工夫でも有つたら、考へて置いて呉れたまへ——瀬川君のことに就いて何か聞込むやうな場合でも有つたら、是非それを我輩に知らせて呉れたまへ。」（五—三）

丑松の苦悩を描くことを目的とするのなら不要ともいえるこれらの対話は、校長や文平を、丑松を迫害する悪役にしたてあげる操作でもあるわけだが、当然のことながら、一方では丑松の出自がいつ露見するかという興味や不安を読者の内部にかりたてずにはいない。というよりも、これらの対話言説の挿入によって、読者は物語のはじめから、丑松の出自がいずれあきらかになるだろうという予見をいだきつつテクストを読むことを強いられるのである。そこから、「(丑松が)告白を、いかにしてせざるを得なくなるかの苦悩の過程を描くのがこの作の中心である」(2)といった、『破戒』を予定調和の物語とみなす解釈が生みだされてきたのだといえよう。読者は世間の迫害におびえる丑松の内面を熟知しつつ、同時に彼を取りまく状況をも巨視する位置にたちうるわけで、この丑松への一体化と傍観視という、背反した読解のあいだを往復する運動のうちに、『破戒』の物語が生成されてゆくのである。

しかし、校長や文平らによって発話された言説を自己の解釈コードに組みいれ、丑松の秘密露見の過程を固唾をのんで見つめることとは、被差別者である丑松をモノのように眺めまわすことでもある。むろんそれこそが、読むという行為の水準における差別にほかならない。読者は丑松よりもおおくの情報量を手にすることによって、あたかも自己が丑松の優位にたったかのような錯覚をいだき、みずから自覚しないまま丑松が窮地に追いこまれてゆく様相に興味をいだいてしまう。というより、テクスト自体にそのような仕掛けがなされているのである。丑松不在の場面における他者の対話言説の挿入は、読者に内在する差別感を当てこんで、丑松が出自を告白するクライマックスまで小説を読みとおす興味をつなぐための、狡猾ともいえる戦略にすぎないといえよう。

　しかし、問題はこのさきにある。すでにのべたように、『破戒』の語りの特質は、地の文での独白言説を駆使することによって、丑松と読者との一体化を呼び寄せることにあった。この方法が、通俗的なサスペンスを読むにもひとしい丑松への関心のあり方を隠蔽してしまう。読者は、被差別者である丑松の苦悩を完全に共有したかのような幻想にとらわれることによって、丑松の秘密がいつ暴露されるのかに関心をよせるみずからの読解の卑俗さを忘却し、自己に内在しているのかもしれない差別感を明視しないままに温存してしまうのである。『破戒』が、差別されるものの痛苦を描きながら、結局のところ、読者の固定化した観念に打撃をあたえ、それを解体する力をもちえないのも、ここに理由が求められなければならない。丑松の苦悩を焦点化しようとする論考において、ときに、己れひとりが差別という感情とは無縁であるかのような偽善ぶりがさらけだされるのも、『破戒』における独白と対話の構造に無批判なまま、丑松との一体化にひたりこんだ結果といえよう。

『破戒』が明白な差別性をはらんだ小説であることは、これまでもくりかえし指摘されているが、それは地の文や対話の部分における差別的表現の使用にのみ求められるわけではない。むしろ、読者に対して差別的感情を煽りたてながら、同時にそれを隠蔽し、保全させてしまうテクストの言説構造そのものに、『破戒』の差別性をめぐるもっとも根本的な問題が存在するといわなければならないのである。

3

ただし、『破戒』における対話と独白表現には、べつの可能性として、作中人物の言説相互の葛藤的なかかわりを提示することにより、物語世界の全体を一種の対話的世界にしたてあげる、という方向性もなかったわけではない。その一端を垣間みることができるのは、たとえばつぎのような部分を並列してみた場合である。

「しかし、市村君が勝つか、あの高柳利三郎が勝つか、といふことは、僕等の側から考へると、一寸普通の場合とは違ふかとも思はれる――」（中略）「ナニ、君、僅かに打撃を加へる迄のことさ。はゝゝゝゝ。なにしろ先方《さき》には六左衛門といふ金主が附いたのだから、いづれ買収も為るだらうし、壮士的な運動も遣るだらう。そこへ行くと、是方《こつち》は草鞋一足、舌一枚――おもしろい、おもしろい、敵はたゞ金の力より外に頼りに為るものが無いのだからおもしろい。はゝゝゝゝはゝゝゝゝ。」（十一―二）

「市村といふ弁護士も、あれでなか〳〵食へない男なんです。彼様《あん》な立派なことを言つて居ましても、畢竟《つまり》猪子といふ人を抱きこんで、道具に使用《つか》ふといふ腹に相違ないんです。彼の男が高尚らしいやうなことを言ふかと思ふと、私は噴飯《ふきだ》したくなる。そりやあもう、政事屋なんてものは

皆な穢い商売人ですからなあ――まあ、其道のもので無ければ、可厭《いや》な内幕も克く解りますまいけれど。」（十二―四）

この蓮太郎と高柳の言説の対立が生成する意味は、のちの蓮太郎の市村に対する応援演説において明瞭となる。蓮太郎はそこで、高柳が選挙の金策のために六左衛門の娘と結婚した事実を暴露するわけだが、そのこと自体、政敵の醜聞を呼び起こすための方策、すなわち政争につきものの情報戦であることはあきらかであり(3)、「新しい思想家でもあり戦士でもある」（一―四）はずの蓮太郎が、現実には高柳と同類に属する「政事屋」としての側面をも有することを証明してしまうのである。蓮太郎の言説と高柳の言説の葛藤は、政治という場において、そもそも正義などという理念が相対的でしかありえないことを示してみせるのだ。

こうした作中人物の言説が形成する葛藤・対立は、第十八章における丑松と文平の議論などをはじめとして、他の人物相互においても想定することができる。その結果、『破戒』の物語世界は、作中人物のさまざまな声がせめぎあう劇的世界の様相を帯びることになるだろう。たとえば、『春』の場合、岸本ら作中人物相互の対話は、青春を生きる青年たちの共同体を構成するために機能するのみで、個々の声の差異はほとんど顕在化することのないまま、「集つて話すといふことは若い時代の歓楽《たのしみ》で、何かにつけてよく会合した」「群となると、必ずそこには若い空気が附纏ふかのやうであつた」といった言説の関与によって、語りのコンテクストに組みこまれていた。むろん、『破戒』における対話の意味は、大枠としては、先述した善／悪、被差別者／差別者という二項対立の枠組を出ないものではあるが、それでも、『春』以後の藤村テクストにおいては失われてゆく可能性を見さだめておく必要はあるだろう。

校長に言はせると、何も自分は悪意あつて異分子を排斥するといふ訳では無い。自分はもう旧派の教育者と言はれる一人で、丑松や銀之助なぞとはずつと時代が違つて居る。今日とても矢張自分等の時代で有ると言ひたいが、実は何時の間にか世の中が変遷《うつりかは》つて来た。何が可畏《こは》いと言つたつて、新しい時代ほど可畏いものは無い。あゝ、老いたくない、朽ちたくない、何時迄も同じ位置と名誉とを保つて居たい、後進の書生輩などに兜を脱いで降参したくない。それで校長は進取の気象に富んだ青年教師を遠ざけようとする傾向《かたむき》を持つのである。（二十一―三）

丑松と対立する人物の独白が地の文に出現するのは、ただこの一箇所のみである。語り手はここで、みずからの立場を保守するあまり「新しい時代」を、ひいては丑松や銀之助を恐怖する校長の心情と同一化し、読者を校長の内面と接近させようとする。このとき、一瞬のみではあるが、たんなる悪役の位置に貶められていた校長は、丑松と拮抗しうる内部世界を所有する人物としての水準にまで上昇してくることになる。そこであきらかにされてしまうのは、校長のこの感慨と、丑松の「噫。いつまでも斯うして生きたい」（三―六）という思いとの同一性であろう。すなわち、旧時代の人間と新時代の人間、という対立に隔てられていたかにみえた両者が、じつはおなじ「功名を慕ふ情熱」(十一—三)に支配されている事態(4)が示されることによって、他者との競争原理にもとづく近代社会そのものの歪みがあらわにされ、単純な善／悪の二項対立を超えたあらたなドラマが発生する可能性をひらくのである。

しかし、『破戒』の物語は、結局のところその方向にはむかわない。このテクストにおいては、丑松の告白言説のみが「真実」の言葉として他の作中人物の言説と差異化され、特権化される。作中人物の発話ないし対話は、丑松の告白へと収斂するストーリーの進行にのみ奉仕する言説と化し、対話的世界への可能性は閉ざされてしまうのである。

このようなロゴセントリックな構造が読者になにをもたらすか、あえて詳述する必要もあるまい。終末における告白は、独白という、他者を喪失した形で語られつづけていた丑松の内面の真の外化として、また丑松を囲繞する他者の対話言説が帰する必然的な結果として位置づけられ、テクストにおける独白言説と対話言説の機能が全うされる。読者は丑松の告白にカタルシスを味わうことによって、独白と対話とが織りなすテクストの巧妙な言説戦略に、みごとにからめとられてしまうのである。

ふりかえってみれば、かつて喧しく行われた、『破戒』の「自己告白」性と「社会小説」性とをめぐる論議も、前者は地の文にあらわれた独白言説を作者の告白そのものであるかのように幻想し、また後者は校長らによる対話の内容と丑松の苦悩との対立を小説の社会性のあらわれであるかのごとく見なしてしまうという、いずれもテクストの言説戦略に盲目的に追従した結果、発生してきた錯誤であった。むろん、ここで過去における評価の分裂に関してあげつらうのも不毛というものであろうが、いまとなっては幼稚とも思えるこの論議は、『破戒』の構造上の脆弱さからではなく、むしろその周到さゆえに生じたものであったことを、ここでは強調しておかなければなるまい。もっともそれは、すでにのべたように、読者に内在する差別感を無傷のまま延命させてしまうことに奉仕する周到さでしかなかったのだが。

注

(1) たとえば、この独白表現にいちはやく注目した論文として、新谷敬三郎「『破戒』の方法」(『比較文学年誌』8 一九七二・三)がある。

(2) 和田謹吾『自然主義文学』(一九六六・一、至文堂)。

(3) 紅野謙介「テクストのなかの差別——島崎藤村『破戒』をめぐって——」(『媒』6 一九八九・一二)に、蓮太郎の演説内容が「必ずしも政治的道義に立つものでは」ない、という指摘がある。

(4) 『破戒』における功名心の問題については、出原隆俊「蓮華寺の鐘——『破戒』読解の試み——」(『国語国文』一九八七・一)、高橋博史「「破戒」を読む」(学習院女子短大『国語国文論集』17 一九八八・三)を参照した。

過去を書き換えるということ
――夏目漱石『門』における記憶と他者――

1

『門』をめぐる論及は、そのおおくが宗助・御米夫婦の過去と現在に着目しているが、むろんこの小説の内容と構造からすれば当然のことではあるのだろう。だが、そもそも宗助にとっての過去とはなにを指すのだろうか。十四章において、ふたりの過去の時間に継起した出来事が語られ、それが確固とした実体として存在しているかのような印象を形づくるのだが、宗助の認識のなかにある過去は、彼の思考や行為を支配する動かしえない「事実」として、すなわち彼の現在に先行してあらかじめ存在するわけではない。そもそも過去の記憶とは、現在との関係のなかでその都度新しく生み出され、しかも書き換えの可能性をたえず内包する構築物としてあるはずである。それは出来事の静的な記録ではなく、隠蔽、抹消、捏造……等をふくむ物語化の操作によって生成され、解体と再編による更新をともなうのであり、同時に、記憶の主体がおかれている現在の状況を正当化し、安定した自己同一性を確保しようとする意志にしたがって創出されるのである(1)。記憶という現象に関して、このような認識を前提とするなら、宗助と御米が所有している過去の記憶も、彼らの現在にしたがって刻々と生み出され、形づくられると考えなければならない。また、語りによって提示される、一見不動のものとみえる宗助の過去と、宗助自身がみずから構築している記憶とは、基本的に区別されなければならないのである。

ふたりが引き起こした過去の事件に言及する前に、そうした観点からまず宗助の記憶の内実を検討してみると、とりわけ前半部において、記憶することへの鈍磨や無自覚、あるいは忘却することへの願望の存在が注意をひく。この意識的な記憶障害とでもいうべき態度は、「宗助の頭には小六の小の字も閃めかなかつた」(二)「自然の経過《なりゆき》が又窮屈に眼の前に押し寄せて来る迄は、忘れてゐる方が面倒がなくつて好い位な顔をして……」(四)「髪の毛の中に包んである彼の脳は、其煩はしさに堪えなかつた」(四)という小六の学費問題への対処のしかたに端的にあらわれており、出来事をとりあえず忘却のなかに沈めてそれがもたらす問題を隠蔽し、現在の自己の安定を確保しておこうとする顕著な意志が見いだされる。それは、面倒な義務を先送りするたんなる怠惰とは異なり、みずからの経験について思考を動員しようとする態度の根本的な欠落をうかがわせるのである。

このような宗助の志向は、もろもろの生活の些事に関する記憶のみならず、彼のもつ知の体系それ自体を脅かそうとする。

頭の上には広告が一面に枠に嵌めて掛けてあつた。宗助は平生これにさへ気が付かなかつた。何心なしに一番目のを読んで見ると、引越は容易に出来ますと云ふ移転会社の引札であつた。其次には経済を心得る人は、衛生に注意する人は、火の用心を好むものは、と三行に並べて置いて其後に瓦斯竈《ガスがま》を使へと書いて、瓦斯竈から火の出てゐる画迄添へてあつた。三番目には露国文豪トルストイ伯傑作「千古の雪」と云ふのと、バンカラ喜劇小辰大一座と云ふのが赤地に白で染め抜いてあつた。

宗助は約十分も掛かつて凡ての広告を丁寧に三返程読み直した。別に行つて見やうと思ふものも、買つて見たいと思ふものも無かつたが、たゞ是等の広告が判然《はつきり》と自分の頭に映つて、さうして夫《それ》を一々読み終せた時間のあつた事と、それを悉く理解し得たと云ふ心の余裕が、宗助には少なからぬ満足を与へた。彼の生活は是程の余裕にすら誇りを感ずる程に、日曜以外の出入りには、落ち付いてゐられないものであつた。(二)

ここに示されているのは、広告という表象の共示作用を黙殺し、字義的な水準のみを「理解」しておこうとする、反解釈的とでもいうべき態度だろう。宗助は、「引越」、「瓦斯竈」、「喜劇」の一座、いずれの広告に対しても、あらゆる人間に——むろん彼自身にも——内在化されているはずの、各人固有の解釈コードをいっさい作動させることなく、広告の表面を「自分の頭に映」しだしているだけなのだ。洋書の表題の「金文字」や「美装」に対する態度、あるいは時計の「美しい色や恰好」へむけられる視線も同様である。つまり彼は、なんらかの表象を読解するときにかならず機能するはずの己れの記憶＝知の集積をほとんど麻痺させているわけで、その意味ではなにも「読んで」はいないのだといえよう。この場面において、広告や商品の陳列を眺める宗助の態度が恐ろしく無知かつ愚鈍に見えてしまうのは、そうした理由による。まれに「買つて行つて遣らうか」という消費の欲望が一瞬芽ばえたとしても、それは、「そりや五六年前の事だと云ふ考が後から出て来て、折角心持の好い思ひ付をすぐ揉み消して仕舞つた」と、記憶の抑圧とともになし崩しに消滅するのみなのだ。「近」「今」の文字を失念してしまう冒頭の著名な場面も、記号表現と記号内容の一体化を前提とする言語体系の記憶＝知が、宗助の内部から喪失されている事態にほかならない。

こうして、宗助が一見平穏に暮らしている「日常」の意味があきらかとなる。過去を記憶として構築することを放棄し、経過してゆく現在の連なりだけを自己の立つ位置とするならば、たしかにそこには、「自伝的記憶」(2)を欠いた、空虚で安定した主体を仮構することができる。宗助が欲望しているのは、いま・ここの「日常」的な瞬間にのみ生起する意識や感覚や人間関係によって、かろうじて自己同一性を確保している空虚な主体と化すこと、外界とのかかわりにおいて己れの記憶＝知を作動させることを放棄した、擬似的な痴呆ともいうべき主体と化すことなのである。それを、宗助が「歴史的に偉い人」(三)と定義する暗殺された伊藤博文とは対極的な、非「歴史」性を装う主体と呼んでもいいだろう。

ただ、短期的な記憶の鈍磨にひたりこむ一方で、御米と安井をめぐる六年前の事件は、宗助にとってもはや語りえない出来事と化してしまっている。その出来事は、ふたりのあいだで話題にすることを「回避」(四)され、解釈されること、意味を付与されることを拒まれている。すでに六年の時間が経過しているにもかかわらず、宗助は、その出来事に対していまだに明瞭な位置をあたえることができずにいるのだ。

2

宗助は当時を憶ひ出すたびに、自然の進行が其所《そこ》ではたりと留まつて、自分も御米も忽ち化石して仕舞つたら、却つて苦はなかつたらうと思つた。事は冬の下から春が頭を擡げる時分に始まつて、散り尽した桜の花が若葉に色を易へる頃に終つた。凡てが生死の戦であつた。青竹を炙つて油を絞る程の苦しみであつた。大風は突然不用意の二人を吹き倒したのである。二人が起き上がつた時は何処も彼所《かしこ》も既に砂だらけであつたのである。彼等は砂だらけになつた自分達を認めた。けれども何時吹き倒されたかを知らなかつた。

世間は容赦なく彼等に徳義上の罪を脊負《しよは》した。然し彼等自身は徳義上の良心に責められる前に、一旦茫然として、彼等の頭が確であるかを疑つた。彼等は彼等の眼に、不徳義な男女として恥づべく映る前に、既に不合理な男女として、不可思議に映つたのである。其所に言訳らしい言訳が何にもなかつた。だから其所に云ふに忍びない苦痛があつた。彼等は残酷な運命が気紛に罪もない二人の不意を打つて、面白半分穽《おとしあな》の中に突き落したのを無念に思つた。（十四）

「突然」「不合理」「不可思議」「何時……知らなかつた」「茫然として……疑つた」等々の言説は、起こった出来事を知覚することの不能、経験を整序することの不能、すなわち記憶化＝物語化の障害という事態に宗助がとらえられていることを示す。そして、こうした事態は、一般にトラウマ的経験がもたらすといわれる失調の典型でもある。トラウマ的経験とは、自己という物語＝記憶を構築する一部となりえないはげしい衝撃力をともなう経験、自己を攪乱させ解体する危機をもたらす経験のことをさすが、宗助もやはり、御米と安井をめぐる事件を物語り、位置づけるための言葉をいまだに手に入れておらず、その経験を自己同一性の物語の内部に回収することができていないのだ(3)。一方で、安井の紹介で御米とはじめて出会ったとき、わずかな時間に交わした「只の男が只の女に対して人間たる親みを表はすために、遣り取りする簡略な言葉」については、「いまだに覚えてゐた」と、その記憶の存在が強調される。初対面の女性とのなんの変哲もない会話という「平凡な出来事」が、現在の宗助の「日常」と違和なく接続する事象として召喚され、宗助の「いま」にとって必要とされる記憶であることが明示されるのである。逆にいえば、この出会いの後に起こったはずの御米との決定的な出来事は、彼が受け容れることを拒否したい経験なのだということにもなる。記憶化の拒否＝

トラウマ化が発生しているということは、六年前の事件が、宗助にとってそうあるべきではなかった経験であることを必然的に意味する。「道義上切り離すことの出来ない一つの有機体」「凡てを癒やす甘い蜜」（十四）等の語りによって、両者の関係がたえず囲い込まれるにもかかわらず、宗助の記憶のなかの過去は、彼が構築しようとする自己同一性の物語と齟齬をきたし、現在の自己を解体へと追いやる否定すべき出来事なのであり、嫌悪と排除の対象以外のなにものでもないのである。

こうして、宗助が見舞われている危機の内実もあきらかとなる。表面上は平穏に見える宗助の「日常」が崩壊をきたしているとすれば、自己同一性の安定――ただし擬似的な――をとりあえず確保するために記憶の隠蔽と忘却に依存する、という一時しのぎの方法が、ようやく破綻をきたしつつあるのだと考えてよい。宗助の現在の危機とは、記憶を構築する方法それ自体の危機なのだ。「此影は本来何者だらう」（十三）という自己に対する宙吊りの感覚を脱却するためには、彼自身が何らかの形で記憶を再構築する方法を見いだすほかないのである。

3

『門』の語りは、宗助・御米夫婦を「一つの有機体」としてコード化しようとする志向がきわめて露骨であるため(4)、両者が過去に対するトラウマをも共有していると見なされやすいが、御米の記憶のあり方は宗助のそれとかならずしも同一ではない。宗助が自己の過去を物語る言葉を失っているのに対し、御米は自己の記憶を構築する視点をすでに手に入れていると考えられるからである。このことは、この小説のなかでしばしばくりかえされる、失われた三人の子供をめぐる言説とかかわってくる。

御米は宗助のする凡てを寐ながら見たり聞いたりしてゐた。さうして布団の上に仰向になつた儘、此二つの小《ち》さい位牌を、眼に見えない因果の糸を長く引いて互に結び付けた。それから其糸を猶遠く延ばして、是は位牌にもならずに流れて仕舞つた、始めから形のない、ぼんやりした影の様な死児の上に投げかけた。御米は広島と福岡と東京に残る一つ宛《づゝ》の記憶の底に、動かしがたい運命の厳《おごそ》かな支配を認めて、其厳かな支配の下に立つ、幾月日の自分を、不思議にも同じ不幸を繰り返すべく作られた母であると観じた時、時ならぬ呪詛《のろひ》の声を耳の傍に聞いた。彼女が三週間の安静を、蒲団の上に貪ぼらなければならないやうに、生理的に強ひられてゐる間、彼女の鼓膜は此呪詛の声で殆んど絶えず鳴つてゐた。(十三)

三人の子供の死はいうまでもなく偶然の産物であり、相互の関連などははじめからありえないが、御米はそれを「因果の糸」でむすびつけ、「運命の厳かな支配」を見いださずにはいられないし、また「恐ろしい罪を犯した悪人」「残酷な母」として自己を規定せざるをえない。すなわち、失われた子供たちによってひとつの「因果」=物語が構成されるとともに、「同じ不幸を繰り返すべく作られた母」としての自己同一性が、御米自身によって創出されるのだ。と同時に、「貴方は人に対して済まない事をした覚がある。其罪が祟つてゐるから、子供は決して育たない」という易者の判定、すなわち他者の言葉が、御米の記憶が構築されるために決定的な役割を果たす。易者が語るフィクションは、「私にはとても子供の出来る見込はないのよ」と、真実の言葉として御米に内面化され、「罪」と「祟り」によって子供の命がつねに失われてゆく「運命」の物語が創造されるとともに、その物語＝記憶こそが「この私」なのだ、という観念が強固に彼女の内部に形づくられてゆく。逆にいえば、「とても子供の出来る見込はない」という自己確認をむしろみずから望むことによって、彼女は生き延びていこうとする(5)。子供が欲しくてもついに得ることができない「呪」われた自己、「不幸」に魅入られた自己、という同一性を強化し正当化するため、宗助と出会って以後の経験に現在の自己を到達点とするストーリーをあたえ、仮構の記憶を創造してゆくのである。

この子供に対する認識のしかたにおいて、御米と宗助それぞれの態度は決定的に異なっている。「是でも元は子供が有つたんだがね」と語りながら「生温《なまぬる》い眼を挙げて細君を見」、御米を沈黙に追いやる(三)という、無自覚きわまりないハラスメントを平気で行う宗助にとって、子供の喪失は、「淋《さむ》しさをもたらすある種の欠落ではあっても、結局妻の責任に帰せられるべき出来事でしかなく、自身のアイデンティティを揺るがす事件とはなりえない。言葉をかえれば、それは宗助にとって、自己に必要な物語を創出するための要素とはなりえていないのだ。だから、過去との関係という点に関するかぎり、御米の方が宗助よりもはるかに安定した自己同一性の物語を——それが御米にとって苦悩をもたらすものであってもーー獲得しているといってよい。

ただ、ここで重要なのは、過去がトラウマと化し、記憶化の不能におちいっている宗助も、亡くした子供たちを媒介として自己の記憶を構築している御米も、自己の記憶の深層に互いを呼び入れることを拒否しているという事実である。宗助の場合、さきにのべたように、御米との事件は現在の自己と相容れない出来事と化してしまっているし、また御米がつくりあげている「因果」の物語は、おそらく亡児たちと自己のみが存在する世界だからである。「二人の精神を組み立てる神経系は、最後の繊維に至る迄、互に抱き合つて出来上つてゐた」(十四)ーー両者を強固にむすびつけようとするさまざまな語りの要請にもかかわらず、宗助と御米の自己同一性のもっとも重要な部分は、互いの参入を不要とする上に成りたっている。両者の記憶の構造に着目するかぎり、語り手が語る「一つの有機体」などという関係が、物語の表層でのみ演出されるひとつの幻想にすぎないことはあきらかなのである。

4

安井の消息を坂井から伝えられて「再び創口《きずぐち》が裂け」る恐怖に見舞われ(十七)、かろうじて均衡をたもっていた自己同一性の崩壊に直面させられた宗助にとって、信仰へと自己の針路をひらいていくことはーー江藤淳をはじめおおくの批判があるにもかかわらずーーなかば必然の行為でもあった。十七章のはじめに、「御米、御前信仰の心が起つた事があるかい」という宗助の問いに対し、御米が「あるわ」と応える場面が挿入されているが、こうした会話がふたりのあいだで交わされることは不自然でも唐突でもない。「積極的に人世観を作り易《か》へ」る（十七）こと、すなわち自己の過去を新たな物語によって構築しなおすためのもっとも根源的な方法のひとつが、宗教への入信だからである。特定の教義に自己を委ねることは、過去の物語を書き換え、自己を新たな存在へと変身させ、人生のリスタートを試みることを意味する。ちなみに片桐雅隆は、教義の習得が、入信以前の人生を暗黒と見なすような過去の書き換えを不可避的にともなうこと、「過去の自己を否定し、古い自己に戻る通路を遮断すること……そのために、新しい名前をもつこと、新しい町に移住すること、教義を共有するひとと結婚（あるいは再婚）すること、あるいは財産や職業を捨て以前の生活に戻れないような状況を作ることなどが求められる」(6)と説明している。こうした形での教義の習得は、ともすると「カルト」とか「マインドコントロール」といった言葉によって差別化されかねない行為でもあるが、一方では、誰もが行っている／行おうとしているはずの記憶の書き換えを、もっとも明瞭に、かつラディカルに実践しているともいえるのだ。

むろん、宗助が実際に体験した参禅が、ここまで徹底的な過去の否定を願望するものでなかったことはいうまでもない。現在でいえば、「本当の私」というフィクションを求めて自己啓発セミナーなどに通う人々の衝動とさしたる違いはないともいえよう。だが、「父母未生以前本来の面目」という公案が、通常の人間が生きているリニアな時間構造を超越した、まったく新たな形での過去への認識をうながしていることもたしかなのだ。もしも宗助がこの公案をつきつめて、現在の彼がとらわれている、現象的な時間の推移にもとづいた記憶の生成を放棄し、まったく新しい過去―現在―未来の物語を創造することができたならば、「安心《あんじん》とか立命とかいふ境地」（十七）などを超えて、自身が所有している社会的立場や人間関係――むろん御米をもふくむ――をすべて捨て去ってしまう可能性すら存在したはずである。その意味で、禅の入門期にもしばしば課されるという「父母未生以前本来の面目」という初則の公案は、けっして微温的なものではなかったのである。

だが宗助は、公案の意味に想到するどころか、「所謂公案なるものゝ性質が、如何にも自分の現在と縁の遠い様な気がしてならなかつた」（十八）と、違和感をいだきつづけるばかりであり、結局は、「自分の立つてゐる場所は、此問題を考へない昔と毫も異なる所がなかつた」（二十一）と、記憶を書き換える試みの頓挫を自覚するしかない。安井をめぐる記憶を完全に書き換えてしまう「境地」に到達しえなかったことは、ある意味で、過去に対する責任を負いつづけることを宗助が選択したのだといえなくもないが、いずれにせよ、自己の人生を新たな物語の枠組によって語り直す試みの困難さを自覚させられたのみで、この参禅は終焉したといってよい。

それでは、『門』の全体を通じて、記憶化＝物語化できないトラウマをかかえた冒頭の宗助に、なんの変化もありえなかったのかといえば、かならずしもそうとはいいきれない。すくなくとも終末の部分において、宗助が彼なりの物語の獲得にむかう過程はたしかに語られているからである。

彼の云ふ所によると、清水谷から弁慶橋へ通じる泥溝《どぶ》の様な細い流の中に、春先になると無数の蛙が生れるのださうである。其蛙が押し合ひ鳴き合つて生長するうちに、幾百組か幾千組の恋が泥渠《どぶ》の中で成立する。さうして夫等《それら》の愛に生きるものが重ならない許《ばかり》に隙間なく清水谷から弁慶橋へ続いて、互に睦まじく浮いてゐると、通り掛りの小僧だの閑人が、石を打ち付けて、無残にも蛙の夫婦を殺して行くものだから、其数が殆んど勘定し切れない程多くなるのださうである。

「死屍累々とはあの事ですね。それが皆夫婦なんだから実際気の毒ですよ。詰りあすこを二三丁通るうちに、我々は悲劇にいくつ出逢ふか分らないんです。夫《それ》を考へると御互は実に幸福でさあ。夫婦になつてるのが悪らしいつて、石で頭を破《わ》られる恐れは、まあ無いですからね。しかも双方ともに二十年も三十年も安全なら、全く御目出たいに違ありませんよ。だから一切位肖《あやか》つて置く必要もあるでせう」と云つて、主人はわざと箸で金玉糖を挟んで、宗助の前に出した。宗助は苦笑しながら、それを受けた。

こんな冗談交りの話を、主人はいくらでも続けるので、宗助は已むを得ず或る辺までは釣られて行つた。けれども腹の中は決して主人の様に太平楽には行かなかつた。辞して表へ出て、又月のない空を眺めた時は、其深く黒い色の下に、何とも知れない一種の悲哀と物凄さを感じた。（中略）

彼の頭を掠めんとした雨雲は、辛うじて、頭に触れずに過ぎたらしかつた。けれども、是に似た不安は是から先何度でも、色々な程度に於て、繰り返さなければ済まない様な虫の知らせが何

処かにあつた。それを繰り返させるのは天の事であつた。それを逃げて回るのは宗助の事であつた。(二十二)

坂井は、外界に対して言葉を喪失しがちな宗助に対し、対話の言葉を回復させる役割をになう人物であるが、ここでは、坂井が語る蛙の夫婦の寓話(?)の直後に、「不安」という言葉を用いて過去に意味をあたえようとする宗助の意志が見いだされることに注意しておくべきだろう。宗助は、「あすこを二三丁通るうちに、我々は悲劇にいくつ出逢ふか分らない」という坂井の言葉に「一種の悲哀と物凄さ」を誘い出されつつ、「石で頭を破られる」「悲劇」にいつ遭遇するかもしれない蛙の運命と自己とを重ねあわせている。同時に、「彼の頭を掠めんとした雨雲」を「辛うじて」回避することができた幸運を享受しつつ、「是に似た不安は是から先何度でも、色々な程度に於て、繰り返さなければ済まない」という認識=物語によって過去の記憶を再構築し、語りえないトラウマと化していた出来事との折り合いをつけようとするのだ。〝何度でもくりかえされる、終わることのない「不安」〟という言説によって、タブー化されていた出来事と人物=安井に対して、新たな意味を付与したのだといってもよい。すなわち宗助は、坂井という他者の言葉を借りながら己れの過去を整序し、語り手によって「逃げて回る」者と揶揄されながらも、過去の事件を何とか受け容れようとするのである。この意味で、坂井の言葉は、子供についての御米の記憶を構築する易者の言葉とおなじ役割を果たしているのであり、この小説において彼が占める位置の意外な重要性を示しているといえるだろう。

偶然の投石によって殺されてゆく蛙たちのイメージは、終章で語られる、宗助の職場で「淘汰」されてゆく人間たちの姿にもそのまま重なる。宗助自身、「今度《こんだ》は己《おれ》の番かも知れない」とつぶやいているように、「悲劇」はいつ宗助自身に襲いかかってくるかもしれない。その認識は、「うん、然し又ぢき冬になるよ」という言葉で最後にふたたび反復され、自己がつねに「悲劇」の予感とともに生きつづけなければならないこと、また、それがもたらす脅えや悲哀や逃避の願望からけっして自由にはなれないであろうことを、諦念とともに肯定しようとする宗助の姿勢が語られるのである。

つきつめていえば、ここに宗助の変容があったのだといえよう。「自分と御米の生命《らいふ》を、毎年平凡な波瀾のうちに送る」(十五)架空の自己同一性の安定を得るために記憶を抹殺しにかかるのではなく、〝終わることのない「不安」〟という物語によって自己の記憶を再構築し、たえず不安定に揺れ動いてやまない自己を自己として引き受けることによって、みずからの同一性を獲得することができたのだ。むろん、宗助自身に何らかの劇的な変化が発生したわけではないが、自己の不安定を隠蔽する虚偽にとらわれていたのが前半部であったとすれば、それを明瞭に自覚し、あえて自己の一部として組み入れることを選びとったのが、終末の部分なのだといえるだろう。小説の冒頭から安井の消息を聞くにいたるまでの宗助の自己同一性の危機は、このような形でひとまずは解決されたのである。

5

終わりに、『門』について語る際にしばしば問題とされる、過去―現在の語りの構成についてふれておきたい。

周知の通り、一章から十三章にいたるまで、宗助と御米の過去に関してさまざまな暗示が行われているが、十四章にいたってふたりの過去に関する後説法的叙述がなされ、読み手が十三章以前の展開にさかのぼって疑問を解決するための参照枠となる。十四章を読む読者にとっては、すでに通過してきた物語切片が、十四章での提示によってさまざまな意味へと変貌し、読み直しの対象となる。すなわち、読書時間の現在が読書時間の過去を支配するのであって、これは、現在の自己の状況との関連において過去の物語を生産する、人間の記憶構築のシステムと相似形であるともいえるだろう。『門』の語りの構成そのものが、そもそも記憶の構造と密接にむすびついているのである。

もっとも、小説を終末にむかって読み進めてゆくにしたがって、読解し終えた細部が新たな意味を帯びる、というのはまったく自明の事柄にすぎない。たとえば、結末で事件の真相が探偵によってすべて明かされる古典的なタイプのミステリなどは、はじめからそういう約束事によって成りたっているのだから、あえてそのことを強調するまでもない。だが、『門』の語りの策略は、読書過程における記憶の作用を利用して、読解のあり方をつよく拘束することにあった。すなわち、前半を読解する過程で、ふたりの過去に対する読者の想像がひたすらかきたてられ、御米の死産について語られる十三章でそれがひとつの頂点に達した直後に、六年前の出来事が語られるのだ。そして、十四章で語られる事件の内容が、十三章までさまざまに仕掛けられてきた、ふたりの過去にまつわる謎や空白を一気に補填する役割を果たすため、ふたりの身に生じたかつての出来事が、あたかも不動不変の「真実」として存在しているかのようなイメージが強固に読者の内部に刷りこまれることになる。この強制が、『門』を「一種の決定論に基づく報告書」(7)とする解釈を生みだすのだろうし、また、「しまひの方へ近づくと、この腰弁夫婦は異常な過去を有つてゐることが曝露された。(中略)後で作者のからくりが分ると、激しい嫌悪を覚えた」(8)という不快感を喚び起こしもするのだろう。『門』の読解は、この語りの強制に対して、どのような立場を選択するかにかかっているといっても過言ではない(9)。ただし、『門』における過去―現在の表象に関しては、それを直線的・現象的な時間の枠組で捕捉するのみでは、「過去が現在を支配する」というステレオタイプな物語を反復しようとするテクストの術中に陥らざるをえない。過去の絶対化を要請する語りにあらがって、作中人物の記憶が生成される仕組みそのものを問おうとするとき、『門』における時間/自己/他者の問題は、新たな可能性を開示するのではないだろうか。

注

(1) 片桐雅隆『過去と記憶の社会学――自己論からの展開』(二〇〇三・二、世界思想社)を参照。記憶=物語に関するこのような認識は、たとえば浅野智彦『自己への物語論的接近――家族療法から社会学へ』（二〇〇一・六、勁草書房）にも、「自分自身について語る物語は、その結末部分において今ここにある自分（物語を語っている自分）に説得的なやり方で到達する必要がある。だから語られる出来事はみな、今の自分（結末）をどのようなものと考えるかにしたがって、またその結末を納得の行くものとするように、配置されることになるのである。したがって、自己はそれが物語られる限りにおいて、必ず結末から逆算された（振り返った）形で選択・配列されるのであり、事実ありのままの記述ではあり得ない」とあるように、記憶研究や自己論における基本的前提である。

（2）「人生のなかで体験したさまざまな出来事に関する記憶の総体」を指す認知心理学上の概念。太田信夫・多鹿秀継編著『記憶研究の最前線』（二〇〇〇・二、北大路書房）等を参照。

（3）ラカンの概念が用いられている点で本稿と文脈は異なるが、関谷由美子「循環するエージェンシー――『門』再考――」（『日本文学』二〇〇四・六。のち『〈磁場〉の漱石――時計はいつも狂っている』二〇一三・三、翰林書房）に、「宗助が記号操作不全に陥っているということは、宗助がいまだに〈安井の喪失〉から〈喪失の物語〉を編み出し得ず、〈喪失〉そのものを生き続けていることを意味する」「宗助が主体としての自己を回復するためには、〈安井の喪失の物語〉を作り上げる他に方法はない」という指摘がある。また藤尾健剛「日常という逆説――『門』の立つ場所」（『国文学研究』117　一九九五・一〇。のち『漱石の近代日本』二〇一一・二、勉誠出版）も、宗助が「過去の経験を自己像に組み込むことを拒否している」ことを述べる。

（4）余吾育信「身体としての境界――『門』論　記憶のなかの外部／〈大陸〉の1904～」（『愛知大学国文学』31　一九九一・七）に、宗助と御米を「〈対〉／同一性として読者に提示」する語りの志向についての言及がある。

（5）過去と現在との関わり方について本稿とは視点を異にするが、伊藤博「悲劇としての身体――『門』、受苦と救済の表象――」（『漱石研究』3　一九九四・一一。のち『私小説というレトリック――「私」を生きる文学』

二〇一九・二、鼎書房）は、宗助と御米の記憶の「質的な差異」に言及しつつ、「御米はこのような倒錯した自己認識（注・罪の祟りという「迷信」を必然として理解していること）によって子供に関する過去の悲劇をそれなりに相対化しつつ、かろうじて自己の存在を把握し、保持している」と指摘している。

（6）注1に同じ。

（7）吉田凞生『門』あるいは白鳥の『門』評を読む」（『別冊国文学・夏目漱石事典』一九九〇・七、学燈社）。

（8）正宗白鳥「夏目漱石論」（『中央公論』一九二八・六）。

（9）『門』の語りに着目した論文として、「現在の「夫婦」生活を過去に限定的に回収しようとする〈語り〉の志向性」が「逆にテクストに様々な雑音《ノイズ》を散在させてしまう」事態を分析した山岡正和『門』論——解体される〈語り〉」（『日本文学論究』63　二〇〇四・三）がある。

転位する語り
――森鷗外『雁』――

1

森鷗外『雁』は、「古い話である。僕は偶然それが明治十三年の出来事だと云ふことを記憶してゐる」と語りはじめられている。末尾にちかい部分での「もう其時から三十五年を経過してゐる」という言葉によって、この「僕」という語り手がすでに初老にさしかかった人物であり、『雁』の物語が青春の時間への追懐であることが確認されるわけだが、いかにもオーソドックスな回想にみせかけたこのプロローグとエピローグとに、『雁』というテクストの巧妙な仕掛けが存在していたといえよう。『雁』は中年の男性が語る追懐の物語の体裁をそなえてはいるが、じつはたんなる一人称回想形式の小説ではない。物語を読みすすめていけば、このテクストが通常の一人称小説の概念とは隔たった語りの方法によって生成されていることが理解できるはずである。語りの定点は物語の進行とともにいくども転位し、読者の位置もそれにしたがって変化することを要請される。同時に、語りの言説の枠組が変化することによって、読者のテクストを読む態度までも変更を余儀なくされてしまう。『雁』とは、そのような小説なのだ。

これまでの『雁』の読解は、こうした語り手と読者との動的なかかわりが軽視されてきたきらいがある。たとえば、「「雁」は人間の恨みというものを描いたものである。ここに描かれているのは、この世に生きるということの必然的な随伴物としての、われわれの誰しもが持ち感じているにちがいない「漠たる怨み」なのだと筆者は思う」(1)とか、「「雁」は、鷗外が青春の時間をふたたびよみがえらせながら書いた、夢のようなメルヘンである」(2)といったように、評者の側からひとつの解釈を押しつけることによって、特異な構造をもつこの小説を、一元的な物語に収斂させてしまう傾向があったのである。それは、語りの機能を抽出する作業を怠ったまま、テクスト内の情報を自己の論理に都合のいいように綴りあわせてしまう読解でもある。だが、『雁』を評者の独断的な解釈コードにしたがって整序してしまうことは、結局のところなにほどの成果ももたらさないのだ。

本稿では、このような読解の姿勢からのがれるために、まず『雁』の語りの構造を分析し、それにかかわる読者の読書行為のありように言及してゆく、という方向をとりたいと思う。それによって、この小説に仕掛けられた戦略の位相をあきらかにすることができるだろうし、また、テクストに内在する意味をより豊かな形で引きだすことも可能になるはずである。

2

すでに周知のことだろうが、『雁』には、一人称による語りの方法がとられているにもかかわらず、視点が語り手の「僕」に統一されていない部分がある。『雁』について論じる上で見のがすことのできないこの現象の意味について、まずはじめに言及しておきたい。

『雁』の冒頭に登場する語り手「僕」は、「明治十三年」という過去の時間に焦点をさだめ、そこに自己の記憶を封じこめる形で語ってゆく。彼は、当時の友人だった岡田、岡田が散歩の折りにしばしば顔をあわせるようになった「窓の女」＝お玉、あるいは自分自身についての情報を読者にあたえながら、岡田とお玉との関係を見る人間としての立場を明確にしてゆく。ここまでは、まったくオーソドックスな一人称形式による回想だといってよい。しかし「肆」で、語り手が岡田や自分についての叙述をはなれ、お玉の「種性《すじやう》」を語りはじめてから、「僕」という人称は消滅し、「……と云ふことを僕は聞いた」「……と云ふことであつた」という形ばかりの伝聞形式も使用されなくなる。さらに、「伍」以後においては、視点が末造やお玉に移動し、一人称の形式からは逸脱した語りの方法がとられることになる。

この問題については、方法上の混乱、ないしは破綻として幾度か言及されたことがあった。はやく高橋義孝が、語り手の位置の不安定さをこの小説の瑕瑾としていたし(3)、また稲垣達郎も、「視点の混乱ということでは、これほどのものはめずらしい」(4)と指摘している。たしかに、通常の小説文法からすれば、このような事態は破綻以外のなにものでもない。しかし、この方法を破綻としてとらえずに、近代の小説テクストのひとつの特異な形態のありようとして積極的に読みかえてみることが、『雁』独自の構造をあきらかにするために有効なのではないか。すなわち、この部分には、「僕」とは異なった、ないしは「僕」を超えた役割をあたえられている語り手を想定してみるべきなのだ。

たとえば、それはつぎのような場面である。

「……己が始て行つた晩には、どうするだらう。」空想は縦横に馳騁《ちへい》して、底止する所を知らない。彼此するうち、想像が切れ切れになつて、白い肌がちらつく。囁《さゝや》きが聞える。末造は好い心持に寐入つてしまつた。傍に上さんは相変らず鼾《いびき》をしてゐる。（伍）

ここで視点人物となっているのは語り手であり、「寐入つてしまつた」末造と、「鼾をしてゐる」お常を見ているのは語り手である。エピローグに示されているように、「僕」がのちにお玉と「相識」になって「物語の」「他の一半」の情報を得たのだとしても、到底知ることが不可能な事実であることはいうまでもない。この語り手は、「神の視点」(5) にちかい全知の視点を有しており、ほぼ完全な三人称客観小説の語り手となっている (6)。一人称の語り手の「僕」が所有していないはずの情報がつぎつぎに提示され、「僕」には不可能な叙述が展開されるのである。

同様の部分は、テクスト内のどこからでも拾いだすことができる。「漆」で末造とお玉親子がはじめて対面する場面では、語り手は末造とお玉の内面に自在に侵入し、その情報を克明に読者に提供する。そこではお玉への「空想」にふけりつつ、「どうにかして爺いさんを早く帰してしまふことは出来ぬか知らん」などと勝手な願望を描く末造と、「捨てた命を拾つたやうに思つて、これも刹那の満足を覚え」る世間知らずのお玉とが対置され、その思惑のずれが読者の嗤いをさそう仕掛けがほどこされている。この部分では、読者は本来の語り手が「僕」であることを忘れ、全知の語り手の誘導にしたがって物語を読みすすめ、かつ作中人物のイメージをとらえてゆく。ここでの読者は、一人称小説ではなく、三人称小説を読む態度で物語を生成してゆくのである。

このような事情を考えてみるならば、『雁』は、一人称の語り手と、それとは別箇の全知の語り手がともに存在するテクストである、という仮説を立ててみることができるだろう。

竹盛天雄は、視点が「僕」以外の作中人物に移動している部分について、「自由な語り手の視点で語られている」ことを指摘し、「語り手の **unbefangen** で自由な態度が、この語りの角度を生み出している」(7) とのべている。だが竹盛の考察は、この部分が末造やお玉それぞれの立場から語られていることを説明するのみで、なぜこのような語りの構造が必要とされたかについての内在的な分析はなされていない。「小説の視点が、「僕」という一人称から三人称視点に変動する」という指摘をふくむ荻久保泰幸の論考(8)も同様である。『雁』を総体として解明するためには、小説の常識を逸脱しているることを承知の上で、一人称の語りと三人称の語りの併存という問題に着目してみる必要がある。

ちなみに、『雁』には、「僕」が語る一人称小説の部分と、全知の語り手が語る三人称小説の部分とが交互に出現してくる。それぞれの語り手が登場する部分を章ごとに整理しておけば、つぎの通りになる。

「壱」〜「肆」途中　……「僕」
「肆」途中〜「拾漆」……全知の語り手
「拾捌」〜「拾玖」……「僕」
「弐拾」〜「弐拾壱」……全知の語り手
「弐拾弐」〜「弐拾肆」……「僕」

さきの仮説にしたがってこのように整理するならば、全知の語り手が物語を支配する部分の方が、分量としてはずっとおおいことになる。その意味で、『雁』はあくまでも見せかけの一人称小説なのだといえよう。だがここでは、分量の多寡ではなく、それぞれの語り手が生成する世界の差異に着目しなければならない。この二種の語り手は、けっして恣意的にあらわれてくるわけではなく、ある法則をもって出現してくるのである。結論をさきにいってしまえば、「僕」が語っているのは、医科大生である岡田や「僕」が生きる青春の内部世界＝明治社会の上層であり、全知の語り手が語っているのは、末造、お常、お玉らが生きる、青春の外部世界＝明治社会の下層なのだ。

『雁』が重層的な構造をもつ小説であることはこれまでも指摘されてきたが(9)、それが差異化された二種の語り手によって語られていることを、ここでは確認しておきたいと思う。この小説は、建て前の形式として、青春世界を生成する語り手としての「僕」が設定されていたが、青春の外部世界を炙りだすために、その役割を超える語り手が呼び寄せられることになったのである。

ただ、そこで語られている近代社会の内実の問題については、他の論文にゆずることとして、ここでふかく追求することはしない(10)。より重要なのは、そこで語られている世界の内容それ自体ではなく、語り方、すなわち語りのコードの問題だと考えるからだ。たんに近代社会の上層と下層、青春の内部と外部が併存しているだけならば、ことさら当時の小説のなかで『雁』に注目する必要もあるまい。『雁』の場合、その相反する世界を言説化する方法それ自体に、同時代の小説とはきわだった差異が存在するのだ。以下、前述した二種の語り手について、その語りの構造を考察してみたいと思う。

3

「僕」は東京大学の学生というエリートたちの世界に語りの定点をさだめ、岡田とお玉の遭遇について語ってゆく。しかし、「僕」はお玉が末造の妾だということは知っていても(拾玖)、岡田や自己が生きる領域と、お玉が生きる領域の差異という社会階層の二重性に気づいていない。だから彼は、岡田とお玉の恋愛の可能性に、さまざまにロマンティックな夢想をかきたててやまない。たとえば、

「僕」は岡田の蛇退治の話を聞いて、「金瓶梅を読みさして出た岡田が、金蓮に逢つたのではないかと思つた」（拾玖）り、また岡田とお玉の最後のすれ違いの折りにも、「なぜだか知らぬが、僕には此女が岡田を待ち受けてゐるさうに思はれた」（弐拾肆）という予感をおぼえたりもするのである。このような露骨なまでの夢想癖は「僕」という語り手に固有のもので、これが、「僕」が語る物語世界の性格を決定している。「僕」は岡田とお玉の境遇の落差を無視し、あたかもふたりのあいだにひらかれた通路があるかのような語り方をすることによって、読者をメロドラマ的な恋愛の内部へと誘導してゆくのである。

とりわけつぎの部分には、「僕」の夢想性がもっとも端的にあらわれているといえよう。

僕の胸の中では種々の感情が戦つてゐた。此感情には自分を岡田の地位に置きたいと云ふことが根調をなしてゐる。（中略）そんなら慕はれてどうするか、僕はそこに意志の自由を保留して置きたい。僕は岡田のやうに逃げはしない。僕は逢つて話をする。自分の清潔な身は汚さぬが、逢つて話だけはする。そして彼女《かのをんな》を妹の如くに愛する。彼女の力になつて遣る。彼女を淤泥《おでい》の中から救抜する。僕の想像はこんな取留のない処に帰着してしまつた。（弐拾弐）

このいかにも虫のいい空想（11）は、「僕」という人物が、岡田を「主人公」（肆）に、お玉をヒロインにすえて、現実離れしたおとぎ話を生成しようとする語り手であることを示しているだろう。お玉と岡田が永遠に逢えずに終わってしまった理由が、「青魚の煮肴が上条の夕食の饌に上ったため」（弐拾肆）と説明され、それが「釘一本」の寓話を借りた「偶然」と解釈されるのも、「僕」の語りの方向性によることはいうまでもない。不忍池の雁が岡田の投げた石にあたって死ぬ場面でも、「僕」はその雁に、「何の論理的連繫もなく」（弐拾参）お玉のすがたを重ねているが、これも、「僕」が「釘一本」の「偶然」にリアリティをあたえるための語りの戦略の一環なのである。こうして「僕」は、「雁と云ふ物語の範囲」、すなわち青春の内部世界を、いかにも哀切なものとして語ってゆくのだ(12)。

もっとも、読者が「僕」の語りにまったく追随してテクストを読んでゆく必要がないことはいうまでもない。現在では、岡田とお玉の別れは、語り手が強調するような「偶然」ではなく、「必然」だったとの解釈が大勢をしめている。たとえば竹盛は、岡田とお玉それぞれの世界のあいだに「超えがたい溝がよこたわっている」(13)といい、また重松泰雄も「たとい夕食に「青魚」が出ず、岡田の石で「雁」が死ななかったとしても、おそらく、お玉の悲劇的な運命はほとんど変らなかったに相違ない」とし、それを「《必然》に落すための《偶然》だった」(14)と指摘している。田中実はそれをさらに押しすすめて、「僕」が岡田の女性観を説明している部分などにふれつつ、「「僕」は《読み手》に一方で二人の恋が「釘一本」の差、偶然だとのメッセージを送り、他方必然だとのメタメッセージを送っていた」(15)とのべている。これらの解釈は、さきにふれた岡田とお玉それぞれの帰属する世界の差異を考えれば、まったく妥当なものだといえよう。たしかに、お玉が岡田に接近しようと意図した時点で、すでに岡田のドイツへの留学が決まっていた（弐拾参）という状況を想定すれば、岡田がお玉の情念に引きずられて人生のコースを変更してしまうような事態はほとんど考えられない。語り手がさまざまな策をこらして「偶然」を強調しようとしているにもかかわらず、読者はテクスト内に布置されているさまざまな情報によって、物語を解釈することができるのである。

ただし、その「必然」を正読と断定してしまうことによって、物語に参入する読者の想像力を抑制してしまう解釈には、留保をつけておくべきだろう。岡田とお玉の恋愛の可能性が現実的には絶たれているとしても、「青魚の未醤煮」が「僕」の食卓にのぼらなかった場合の出来事を想像することは、読者の自由にゆだねられている。読者は、存在しなかった岡田とお玉の遭遇について気ままに想像をめぐらせることができるし、語り手の誘導に寄りかかって、ふたりの運命の変化を一瞬夢想することさえできるのだ。テクストへの自由な解釈が保証されているかぎり、そのような読解も、可能性としては読者の内部に生きつづけるのである。すくなくとも、「僕」が語り手である部分に関するかぎり、『雁』をメルヘンとして読む余地は、なおのこされているといえよう。

もちろん、このことをあまり強調しすぎると、恣意的な解釈に堕するおそれがある。だがここでは、「僕」の語りが、その根底にある夢想性によって、読者にもロマンティックな想像を一瞬起こさせる特質をもっていることを指摘しておきたいのである。

4

一人称の機能を超える主体として出現した全知の語り手の言説は、多分にセンチメンタルな「僕」のそれとはまったく対照的である。前述したように、この語り手は明治社会の下層に属しているお玉、末造、お常たちについて語ってゆくのだが、それはおもに、さきにものべたような作中人物間の思惑のずれを提示し、それを際立たせることによって、読者の嗤いを誘発する機能をもっている。同時に、語り手は固有の価値観によってコード化されたアイロニカルな言説を付与することによって、作中人物の行動や思考を批評し、相対化し、あるいは冷やかしたりもする。それによって浮かびあがってくるのは、たえず戯画化されつづけ、読者の嗤いを喚ぶ滑稽な存在としての作中人物のイメージなのである。

たとえば、お玉を妾に囲ったことから生じる末造とお常の不和であるが、語り手の言説から離れて家庭の内情を眺めてみるなら、それはかなり深刻な状況といってもいいはずである。むろん語り手も、お常の心にある「刺されたとげの抜けないやうな痛み」(拾肆)を指摘しているし、また「末造の家の空気は次第に沈んだ、重くろしい方へ傾いて来た」(拾伍)と、暗澹とした家庭の内部の風景を語ってもいる。しかし、語り手が全知の視点から、末造の「お常奴己になぐつて貰ひたくなつたのだ」(同)などというまったく的外れな意識を読者に提示するにいたって、その深刻さはほとんど消滅してしまう結果となる。また、ふたりの夫婦喧嘩の途中に挿入されるつぎのような語り手のコメントは、ほんらい切実であるべきふたりの確執を、読者の卑俗な嗤いの対象としてしまうのである。

鼻の低い赤ら顔が、涙で煠《ゆ》でたやうになつたのに、こはれた丸髷の鬢の毛が一握へばり附いてゐる。（拾弐）

末造は存外容易に弁解が功を奏したと思つて、心中に凱歌を歌つてゐる。（同）

こうした戯画化は、『雁』の作中人物のなかで、とくに末造に関してあからさまだといえよう。語り手は、末造が家庭の不和の原因にまったく思い至らない人間であることを指摘したり(16)、彼のお常への態度を「身勝手」（拾漆）と規定したりすることによって、岡田や「僕」とは異なったコースで明治社会を上昇してゆこうとする末造の生き方を相対化する。それに加えて、「英雄の半面」（捌）「笑止にも愛する女の精神状態を錯り認めてゐる」（弐拾壱）といった皮肉がかぶせられ、下層社会をしゃにむにのし上がってゆこうとする彼の生き方のいじましさが、ますます鮮明に読者に印象づけられるというぐあいだ。

稲垣達郎はさきの「解説」(17)のなかで、末造が「世渡りの勝利者のようでありながら、一箇の道化者でしかない」ことを指摘している。しかし、それはあくまでも、このような語りの機能によって読者の内部に生じるイメージであることを確認しておきたい。同時に、語り手によって「道化者」にされてしまうのは末造ばかりではない。語り手にさんざん揶揄をあびせられるお常をはじめ、お玉の父親も、あるいはその周辺の人物たちも、何らかの形での戯画化をまぬがれていない。たとえば、父親がお玉と離れて暮らすようになってふと感じた寂しさは、「落ちぶれて娘を妾に出した親の感じ」（捌）と語られていたし、また下女たちも、「汁椀の中へ親指を衝つ込む山出しの女でも、美しいお玉を気にして、立聴をしてゐたものと見える」（拾壱）「飽くまで単純な梅の頭にはそれが根を卸しもしない」（弐拾壱）と、饒舌な語り手の言葉によって容赦なく稚さをあばかれてしまう。そして、物語内で一応ヒロインとしての位置にあるお玉も、この語りの操作の外側に出ることはできないのである。

これまではお玉の人物像を、夢と現実の相剋のはざまに埋没してゆく悲劇的な女性として、あるいは青春のイメージを具現する理想的な女性としてとらえる傾向がつよかったように思う。それは、『ヰタ・セクスアリス』の秋貞の娘にお玉を重ねた岸田美子の考察(18)あたりからはじまって、小泉浩一郎の「近代日本の史的過程において未だ遂げられざる《青春》という「美しい夢」の所在を確実に指し示す永遠のイメージ」(19)という見解にまでうけつがれている。物語の進行とともに顕在化してくるお玉の変貌を「自我の覚醒」とするような見方も、このイメージと不可分なものとして生じるものであろう。だが、実際に読者の眼にとらえられるお玉は、果たしてそのような理想化された人物像なのであろうか。

かりに、「拾陸」についてみてみるなら、そこでお玉の内部を占めているのは、「とう〳〵往来を通る学生を見てゐて、あの中に若し頼もしい人がゐて、自分を今の境界から救つてくれるやうにはなるまいかとまで考へた」という意識であり、いかにも幼稚かつ空虚な想像の産物といわざるをえない。また、「末造が来てもこれまでのやうに蟠《わだか》まりのない直情で接せずに、意識してもてなすやうになつた。その間別に本心があつて、体を離れて傍へ退いて見てゐる。そしてその本心は末造をも、末造の自由になつてゐる自分をも嘲笑つてゐる」という、お玉の覚醒を示すものとしてしばしば言及される部分も、妾が主人を適当にあしらうための技術を身につけはじめたにすぎない[20]、という見方もできる。そもそも、はじめてお玉の内部に変貌のきざしがおとずれる「拾壱」の場面でも、語り手は、「これまで自分の胸の中に眠つてゐた或る物が醒覚したやうな、これまで人にたよつてゐた自分が、思ひ掛けず独立したやうな気になつて……」(傍点引用者)というレトリックを用いることによって、暗にお玉の「醒覚」が幻想にすぎないことを示唆していたのである。こうして、お玉も語り手によって戯画化されずにはいない。たとえば語り手は、末造の留守中に岡田を家のなかに迎えいれるお玉について、つぎのように語っていた。

そしてその頭の中には、極めて楽観的な写象が往来してゐる。一体女は何事によらず決心するまでには気の毒な程迷つて、とつおいつする癖に、既に決心したとなると、男のやうに左顧右眄《さこいうべん》しないで、œillères《オヨイエエル》を装はれた馬のやうに、向うばかり見て猛進するものである。(弐拾壱、傍点引用者)

語り手はこのように、お玉の岡田に寄せる思いが、昔風にいえば「シンデレラコンプレックス」的な意識にもとづく暴走でしかないことを語っている。岡田に対して働きかけようとするお玉の計略は、目かくしをされた馬車馬同様の浅はかな行為であるとされ（その語りの根底には女性そのものに対する蔑視も存在する）読者の微笑に供されてしまう。何とか現在おかれている境遇から脱出したいというお玉の願望が、結局は妄想でしかないことを、語り手はここで露骨なまでに強調しているのである。だから、お玉と岡田の恋愛が不可能であることは、「僕」の「メタメッセージ」（田中）によって暗に指摘されるばかりではない。「僕」とは異質な言説で語る全知の語り手は、お玉の恋の挫折が「必然」であるというメッセージを、あきらかに読者にむけて送っていたのである。

また、つぎのような部分がさきの引用の後につづいていることも、つけくわえておいていいだろう。

それにこつちでこれ丈思つてゐるのだから、皆までとは行かぬにしても、此心が幾らか向うに通つてゐないことはない筈だ。なに。案じるよりは生むが易いかも知れない。こんな事を思ひ続けてゐるうちに、小桶の湯がすつかり冷えてしまつたのを、お玉はつめたいとも思はずにゐた。

（同、傍点引用者）

傍点部分に、お玉に対する戯画化の意図があらわれていることはくりかえすまでもない。こうして、読者の内部に生成されるお玉のイメージは、二重性をもたざるをえないことになる。「僕」が語ってゆくお玉のイメージが、偶然の出来事によって恋愛の可能性を破られた薄幸の女性であるのに対して、全知の語り手が語ってゆくお玉のイメージは、子供じみた妄想を実現可能であると信じている、愚かな女性としてのそれなのである。そして、このお玉像の二重性は、読者が『雁』というテクストの全体をとらえようとするとき、不可避的に強いられる二重性ともむすびついてくるのだ。

5

ここまで、『雁』が二種の語りによって構成されていること、またそれぞれの語り手が別箇のコード形成の機能をもっていることを論じてきた。しかし、これだけではまだ『雁』の特異性を十分にあきらかにしたことにはならない。さらに、この語りの構造から必然的に生じてくる、読者の位置の変化についてのべておかなければならない。

『雁』を読む読者は、語りの主体が一人称の語り手と全知の語り手のあいだを往復するのにしたがって、その位置を転換しつつ物語を生成してゆくことになる。「僕」が物語を語ってゆく部分では、読者は、「僕」の言説の根底にあるセンチメンタリズムによって、お玉と岡田の接近の場面を想像したり、果てはありえないはずのふたりの恋愛の成就を夢想したりもする。「偶然」に見せかけられたお玉と岡田のすれ違いのなかに、読者は青春の時間に固有な恋愛の挫折の劇を想定することができる。読者は、「僕」をもふくめた三者の青春に、自己の体験を寄りそわせながら物語世界を生きることができるのだ。

それに対して、全知の語り手が語る部分では読者の位相はまったく異なる。読者は語り手のアイロニカルな言説に誘導されて、末造とお常の悲惨な家庭の状況を嗤い、お玉が岡田によせる一途な思いにまでも冷ややかな視線をあびせることになる。それは、明治の下層社会に生きる人間たちを、自己とは無縁の存在として客体的に眺めまわすことでもある。ここでは、庶民の底辺の生活の様態を、覗き見的な関心をもって意地悪く観察するという、青春の追体験などとはかけ離れた行為が存在しているのである。

もっとも、読者はこのような読書行為に、けっして欺瞞を感じたりはしないだろう。ロラン・バルトは、『テクストの快楽』(21)の冒頭で、テクストを読む読者を、論理的矛盾、無節操、自家撞着を前にしてもすこしも同じない人物であると定義したが、『雁』の読者はまさにそのような人物なのである。逆にいえば、『雁』というテクストの特質は、読者の位置をたえず転換させることによって、テクストを読むという行為が、そもそも矛盾にみちた「無節操」なものであることを顕在化させてしまうところにあるのだ。

その意味で、『雁』は、同時代におおく生産された青春小説と一律にあつかうことはできない。漱石の『三四郎』、藤村の『春』、あるいは鷗外自身の『青年』など、この時期の代表的な青春小説は、いずれも『雁』のような二重構造をもっていない(22)。これらの小説においては、読者は主人公とともに、一元的な青春の内部世界を生きることが約束されていた。そこでは、青春の内側で生きる主人公に不可視の世界は切り捨てられ、読者の視線もそこから逸脱することはない。しかし、『雁』では、本来の語り手である「僕」を超えた語り手が設定されることによって、読者が青春の内部と外部とを自在に往復することが可能になる。結果として読者の内部に生成されるのは、青春という固有の時間の裏側に、青春世界を反転させた卑小な現実が隣り合わせに存在している世界像なのである。だから、『雁』という小説は、青春小説のパロディとして、むしろ同時代の青春小説を相対化する位置にあるといってよい。

同時に、青春小説の概念としばしば重なりあう教養小説の枠組に対しても、『雁』はパロディとしての意味をもつ。前述したような『雁』における読者の位相は、主人公の「成長」を行儀よく見まもっていなければならない教養小説の読者と、対極的な位置にあるといえるだろう。『雁』は、読者に固定化した位置を要求する小説とは逆に、異なった価値観を往復する方向に読者の感覚を組みかえてゆくテクストだからである。

『雁』に一元的な物語を見いだしてしまう不毛さについて、もはやくりかえすまでもないだろう。主人公を誰かに想定し、語りの要請にしたがって出来事を綴りあわせ、ひとつの物語を構成する、というありきたりの読解では、『雁』はその半面しか姿をあらわさないのである。そのような読解は、読者としての自己の立場を固定化し、テクストの意味を創り出す読書行為の可能性をみずから扼殺してしまわざるをえない。『雁』を読む読者に要求されるのは、この小説のもつ重層的な語りの構造に柔軟に対処し、それに能動的にかかわってゆくことなのだ。そうすれば、『雁』は、青春小説の形態をとりながら、同時に青春への反語でもあるという独自な小説として、また、読むことの意味を読者の内部に現前させてくれる小説として、我々の前に存在しつづけるのである。

注

(1)高橋義孝『森鷗外』(一九五七・一一、五月書房)。
(2)三好行雄『鷗外と漱石――明治のエートス』(一九八三・五、力富書房)。
(3)高橋義孝『森鷗外――文芸学試論』(一九四六・一〇、雄山閣)。
(4)稲垣達郎『雁』解説(一九七〇・一二、岩波文庫)。
(5)竹盛天雄『鷗外 その紋様』(一九八四・七、小沢書店)。
(6)平岡敏夫はこの語り手について、「「僕」でさえない鷗外の一面を分かち与えられている」(『日露戦後文学の研究』上 一九八五・五、有精堂)とのべているが、この語り手を説明するために作者のコードをもちこむことが不適当であるのはいうまでもない。
なお以下では、この語り手を「僕」と区別するために、便宜上「全知の語り手」と呼んでおくことにする。
(7)注5に同じ。
(8)荻久保泰幸「『雁』について」(武田勝彦・高橋新太郎編『森鷗外――歴史と文学――』一九七八・六、明治書院)。
(9)たとえば田中実に、「僕」や岡田の生きる世界を「近代化の世界」、末造やお玉の世界を「近代化という新しい地殻変動からとり残された世界」とする指摘がある(「〈虚構のなかのアイデンティティ〉――『雁』――」『日本文学』一九八六・一〇)。また竹盛は、このふたつの世界が「相接する切点に彼女(注・お玉)は立って、向こう側の世界の人を迎えている」とも指摘する（注5前掲書）。

（10）末造の生きている世界の内容については、酒井敏「『雁』論――末造と岡田の造形をめぐって――」（『早稲田大学大学院文学研究科紀要』一九八六・一。のち『森鷗外とその文学への道標』二〇〇三・三、新典社）などに言及がある。

（11）この部分について磯貝英夫は、「こんな中学生的発想には、なんの意味もない」（『鑑賞日本現代文学1　森鷗外』一九八一・八、角川書店）と断じている。

（12）『雁』は回想形式の小説であるから、明治十三年当時の作中人物としての「僕」と、現在の語り手としての「僕」とを、当然分離して考えなければならない。だが、この小説においては、ロマンチックな夢想癖をもつ作中人物としての「僕」の性向は、そのまま語り手としての「僕」の語り方に延長されているといってよい。

（13）竹盛天雄「雁」（稲垣達郎編『森鷗外必携』一九六八・二、学燈社）。

（14）重松泰雄「森鷗外「雁」」（『國文學』臨時増刊　一九七一・一二）。

（15）注9に同じ。

（16）「併し末造は此席（注・お玉との対面の席）で幻のやうに浮かんだ幸福の影を、無意識に直覚しつつも、なぜ自分の家庭生活にかう云ふ味が出ないかと反省したり、かう云ふ余所行の感情を不断に維持するには、どれ丈の要約がいるか、その要約が自分や妻に充たされるものか、充たされないものかと商量したりする程の、緻密な思慮は持つてゐなかつた」（漆）。

（17）注4に同じ。

（18）岸田美子『森鷗外小論』（一九四七・六、至文堂）。

（19）小泉浩一郎『森鷗外論　実証と批評』（一九八一・九、明治書院）。

（20）お玉が妾としての境遇に馴れてゆく様子は、つぎのようにも語られている。
「お玉は最初主人大事に奉公をする女であつたのが、急劇な身の上の変化のために、煩悶して見たり省察して見たりした挙句、横着と云つても好いやうな自覚に到達して、世間の女が多くの男に触れた後に纔《わづ》かに贏《か》ち得る冷静な心と同じやうな心になつた。（中略）それにお玉は横着になると共に、次第に少しづつじだらくになる。」（弐拾壱）

(21) ロラン・バルト『テクストの快楽』（沢崎浩平訳 一九七七・四、みすず書房）。

(22)『三四郎』では、語り手によって、三四郎には見えない青春の外部世界が提示されているが、それは三四郎が生きている世界と拮抗しうるものではない。

自壊する「女語り」
――太宰治「千代女」の言説をめぐって――

1

ジェンダー論の枠組が共通理解とされている現在において、「女生徒」や「ヴィヨンの妻」をはじめとする太宰治の一連の「女語り」の小説は、どのように位置づけられるべきなのだろうか。それらを、「女の言葉」を巧妙に模写《ミメーシス》したテクストとして称揚するような評価が、もはやまったく無意味であることは指摘するまでもない。そのような解釈は、矛盾や混濁を内包させた太宰の「女語り」を、女性の本質に根ざした言葉として自然化してしまう。太宰の「女語り」は、いうまでもなく徹底した人工言語を行使してなされるのであって、そのことに無自覚な場合、「現実の制度や秩序に観念や理想の上で正面から対峙したり、反逆したりするのでなく、そこから一歩後退して、それを受け入れ（あるいは受け入れたように見せかけ）、観念よりは肉体、論理よりは生理、理性よりは感性のレベルで、受動的な自己表現を果たしていこうとする姿勢……それにマッチしたものとして「女語り」があったのだ」(1)といった、男性＝観念・論理・理性／女性＝肉体・生理・感性という二項対立にもとづいた、ステレオタイプな読解におちいるほかはないのである。

それでは、これらの小説を、男性作家の立場から「女の言葉」のステレオタイプを捏造した、たんなる反動にすぎないものと見なすべきなのだろうか。たしかに、ジェンダー・スタディーズに関する知見を多少なりともそなえている読者にとって、太宰の「女語り」の言葉は、むしろ不快感や胡散臭さの感覚をもたらすものだろう。しばしば指摘されているように、そこには、女性＝被抑圧者・非権力者という認識と共犯しつつ、「女語り」という形式によって、戦時下という時間の内部を低徊する自己主体を立ち上げようとする意志が透けてみえる。自身の「文学」を延命させるための方途として、性差における擬似的な越境が必要とされたという事態に、太宰におけるジェンダー・ポリティクスの問題が浮上してくることは、やはり確認しておかなければなるまい。

しかし、太宰の「女語り」における性差別の様態をひたすら追求するような読解(2)では、これまた作者の仕掛けた罠にはまることになる。太宰自身、「男は、女になれるものではない。女装することは、できる」「私は、「あらまあ、しばらく。」なぞといふ挨拶にはじまる女人の実体を活写し得ても、なんの感激も有難さも覚えないのだから、仕方がないのである。私は、ひとりになっても、やはり、観念の女を描いてゆくだらう」(3)などと、ほとんど居直りにちかい発言を行っているのだが、このような言葉は、それ自体はむろん批判されるべきであるにせよ、「女語り」に内在するかにみえる反動性が、むしろ作者の意志の範疇にあったことを語っている。すなわち太宰は、自作の「女語り」が、性差の越境などではけっしてありえないこと、「男」の立場から「女の言葉」を領土化するにすぎない行為であることに、むしろ自覚的だといえるのである。そのことをいくら言葉を費やして批判したとしても、作者の掌上で踊る不毛さにおちいるのは自明だろう。

だから、太宰の「女語り」小説の読解にあたっては、テクストを構成する「女の言葉」の自明性を疑い、それが指し示すイデオロギーを可視化し腑分けするスタンスを獲得する、というしごく当然の手続きとともに、「女の言葉」が男性中心的な言語システムの内部で生産されてゆく様相そのものが方法化されている事態を見定めることが要求されるのである。それらの小説は、ある意味で、「女語り」という行為そのものの不可能性を語ろうとしているのだともいえる。そして、一連の「女語り」小説のなかでもマイナーな存在と見られている「千代女」は、太宰テクストの「女語り」に内在する性差と言葉の問題を、もっとも端的に提示してみせているテクストだと考えられるのである。

2

さて、周知の通り「千代女」(4)は、語り手―主人公である「私」＝和子によって、綴方をめぐって生起した七年間の出来事と心象が語られる物語だが、その冒頭部はつぎのように語りはじめられていた。

女は、やつぱり、駄目なものなのね。女のうちでも、私といふ女ひとりが、だめなのかも知れませんけれども、つくづく私は、自分を駄目だと思ひます。さう言ひながらも、また、心の隅で、それでもどこか一ついいところがあるのだと、自分をたのみにしてゐる頑固なものが、根づよく黒く、わだかまつて居るやうな気がして、いよいよ自分が、わからなくなります。私は、いま、自分の頭に錆びた鍋でも被つてゐるやうな、とつても重くるしい、やり切れないものを感じて居ります。私は、きつと、頭が悪いのです。本当に、頭が悪いのです。もう、来年は、十九です。私は、子供ではありません。

十二の時、自作の綴方を叔父に「青い鳥」に投書され、それが一等に当選してしまったことによって、「私」は、周囲の期待の昂ぶりをよそに、逆に綴方に対して恥ずかしさと嫌悪感をいだくようになる。が、女学校を卒業するとともに「こっそり蓮葉な小説ばかり読みふけるやうになり」、ふたたび「書く」ことの欲望にとらえられてゆく。しかし、結局は「何も書け」ず、自分の文才を認めてくれていたはずの叔父にも匙を投げられ、千代女にはけっしてなれない「低能の文学少女」として自身を語るしかない。冒頭部の言説は、「書く」ことへの意志と、「書けない」ことの自覚のあいだで引き裂かれ、そのいずれにも自己を定位させることができないでいる「私」の像を、あきらかに刻印しているといえよう。

ただし、このような形で物語内容を抽出した場合、「千代女」は、「文学少女」が才能の欠如の自覚にたどりつく、凡庸な蹉跌の物語にしかならなくなってしまう。ここで着目すべきなのは、たんに、「私」がみずからの方向を見定めかねた宙吊りの状態におかれているということだけではなく、「私」が語る言葉そのものが、彼女を囲繞する四人の男たち――父親、柏木の叔父、「青い鳥」の選者である岩見、小学校の教師だった沢田――の言葉の反復、ないしは模倣でしかない、という事態なのである。

たとえば、「女は、やつぱり、駄目なものなのね」という語りだしの言葉は、「女の子の文才なんて、たかの知れたものです」という、いかにも家父長制的な父親の言葉をそのまま反復したものであるし、「それでもどこか一ついいところがあるのだ」という自恃への固執も、かつて「私」の文才をたかく評価した岩見や沢田たちによって刷りこまれているところの認識にすぎない。また、「つくづく私は、自分を駄目だと思ひます」「私は、きつと、頭が悪いのです」という自虐の言葉も、「文学といふものは特種の才能が無ければ駄目なものだ」という叔父の言葉をなぞることによって語りだされているのである。こうした現象は、この冒頭部のみにとどまらない。「七年前の天才少女をお見捨てなく」という手紙をしたためる終末部にいたるまで――むろん、この「天才少女」という言葉も、男たちによって語られていた言葉だ――、「私」の言葉のおおくは男たちの言葉を模倣することによって成りたっており、それゆえ「私」の意識は、男たちの言葉の揺れにしたがってその都度組みかえられ、動揺をきたしてゆく。「女の言葉」によって語られているはずの「千代女」の物語は、「私」の言葉に対する男たちの管理をたえず呼びこむことによって、いわば、彼らの言葉の引用のコラージュとして織られてゆくのである。

そもそも、「私」が七年間のあいだ揺れ動いてきた、綴方をめぐる欲望と嫌悪それ自体が、他者＝男たちによって形成されたものにほかならなかった。綴方への衝動を、「みんなに笑はれたら、どんなに恥づかしく、つらい事だらう」という形で抑圧してしまう「私」の心理は、綴方の当選を喜ぶ叔父や母親をよそに「こんな刺激の強い事をさせてはいけない」と語る父親と同一化し、家父長制の規範を自己の内部に形づくってしまった結果生みだされたものであろうし(5)、また、「このごろは、書いてみたいとも思ふのです」という願いは、「こんなに、へんに頭のいい子は、とても、ふつうのお嫁さんにはなれない、すべてをあきらめて、芸術の道に精進するより他は無いんだ」という叔父の言葉を内面化した結果であるにすぎない。「私」が、綴方を書く／書かないという行為を選択するとき、それが他者の意志によらずになされたことは一度もなかった。すなわち、この物語の語りを推進させる動力となっている「私」の綴方への両義的な関心それ自体が、他者の欲望をみずからの欲望とすることによって発生しているのである。

むろん、ある人間の内部にひそむ自意識や欲望はすべて他者によって形づくられる、というのも自明のことがらであろう。しかし「千代女」の場合、その欲望が、「私」にとっていずれも「教育者」としての位置にある四人の「男」——あえていえば象徴的な「父」——たちによって方向づけられている、ということに、この小説独自の意味が存在していた(6)。この点で、「青い鳥」に入選した「私」

の綴方の内容が、父親のお使い＝命令の遂行であり、また、あやまった道順を懸命に教えてくれた朝鮮人に同情し、その言葉をそのまま行為に移す、というものであったことは象徴的だともいえるだろう。あたかも綴方の権威のごとくふるまい、「私」に指示と命令をくだす四人の男たち。綴方に対する距離の如何によって自己のアイデンティティを形成している「私」は、彼らが発語する言葉の網の目から逃れでることができないし、また、そのことを意識化することもできない。この意味で、「千代女」は、ひとりの女性を「教育」する複数の男を配置することによって、彼ら＝「父」たちの言葉が、彼女の言葉を領有しつくしてゆくプロセスについて語ろうとする物語なのだといえるだろう。

3

ただし、「私」を冒頭部のような分裂におとしいれるのは、彼女の言葉が男たちの言葉の模倣に終始している、ということにのみ起因するわけではない。四人の男たちは、いずれも、「私」にただひとつのメッセージを送っているのではない。たとえば叔父は、「こんどは、いよいよ本気に和子を小説家にしようと決心した」とかつて語りながら、現在の「私」が試みた「眠り箱」なる習作を半分も読まずに放りだし、「もういい加減に、女流作家はあきらめるのだね」と宣告する。岩見は、（叔父の強引な慫慂があったにせよ）「惜しい才能と思はれるから……」と、いったんは「私」の文才を認める素振りを見せながら、「自分も本当は女のお子さんには、あまり文学をすすめたくないのだ」と父親に伝えているし、また沢田も、「私」の文才を賞讃する一方で、「あなたには誠実が不足してゐる」といい、「人間には誠実がなければ、何事に於いても成功しない」などと説き聞かせる。父親にしても例外ではなく、さきにふれたような露骨な家父長制的観念で「私」を締めつけていたかと思うと、「かえつて、いまは父のはうが、好きならやつてみてもいいさ、等と気軽に笑つて言つてゐるのです」というぐあいなのだ。男たちは、このような相反する意味を内包したメッセージを送ることによって「私」を拘束し、そのことが、「私」を、非凡とも凡庸とも自己を規定しえないダブルバインドの状態におちいらせる(7)。「自分の頭に錆びた鍋でも被つてゐるやうな」気分、「自分で自分が、わからなくなつて」いるアイデンティティ喪失の危機は、こうした二重拘束的な機能をもつ男たちの言葉に対して、「私」がなんら抵抗するすべをもたず、分裂した言葉をそのままに受容してしまうことから発生する。その端的なあらわれが、「叔父さんの悪魔のやうな予言（注・和子は小説家になるしかない、という言葉）を、死ぬほど強く憎んでゐながら、或いはさうかも知れぬと心の隅で、こつそり肯定してゐるところもあるのです」という自覚の一方で、習作に対する叔父の酷評を「私が、あとで読んでみても、なるほど面白くありませんでした」と肯定してしまう「私」の意識のあり方だろう。男たちの言葉の外側にけっして出ることのできない「私」は、自分の物語を語ろうとすればするほど、男たちの言葉の牢獄に閉ざされ、自己像を見失ってゆくほかはない。ここから逃れでるためには、「私」自身が終末においてまさに語っているように、「気が狂ふ」か、叔父に投げすてられた「眠り箱」のストーリー――「炬燵にはひつて雑誌を読んでゐたら眠くなつて来たので、炬燵は人間の眠り箱だと思つた、といふ小説」——が暗喩しているように、いっさいの言葉から目をそむけ、ひたすらな自閉と退行の状態にひたりこむしかないだろう。

そのように考えるなら、「千代女」における「女語り」の言葉は、「〈をとこの言葉〉の制度・規範・拘束から解放された〈をんなの言葉〉……その語りくちの特徴である省略、飛躍、脱線、あるいは饒舌、臆測、断定、等々も、〈をんなの言葉〉なればこそ可能な、負の精神の自在さのかたちなのである」(8)といった規定とはまったく無縁であることがわかる。「千代女」の言説に内在する混濁や矛盾は、綴方をめぐって「私」を分裂した状態にあらしめると同時に、「私」の語りのコンテクストをもたえず侵蝕しようとする、男たちの二重拘束的なメッセージの支配によってもたらされているからである。

だから、「千代女」は、「女として」語ることが、同時に「女として」語ることの崩壊を呼び寄せてしまう、という二律背反について語るテクストなのだ。はじめにものべたように、このテクストは、一見「男性」的な言語を脱構築するかのような「女語り」という方法それ自体が、じつは男性中心的イデオロギーの産物にほかならない、という逆説を、読者の前につきつけてみせるのである。

4

女学校を卒業した「私」は、「私の見た事、感じた事をありのままに書いて神様にお詫びしたい」

という願望について語るが、「私」の所有する言葉が前述のようなものである以上、その「ありのまま」は、やはり男たちの言葉の累積の域を出まい。ただ、つけくわえておくなら、「いまに気が狂ふのかも知れません」と語る「私」は、自己がそのような状態に閉ざされている理由については理解しきれていないものの、表現されるべき言葉を喪失して狂気に瀕している己れの内面を、すくなくとも自覚しつつあるとはいえる。

その意味で、物語内でひとつの伝説として語られ、小説のタイトルにも使用されている加賀千代女のエピソードは示唆的だ。師匠に何度も駄目を出されたあげく、一晩眠らずに「ほととぎすほととぎすとて明けにけり」という句を作り、「千代女でかした！」と称讃されたという千代女――それは、男の言葉による評価＝規定をなんの疑念ももたずに内面化し、男の手の内で表現することに快楽を感じてゆく女性のイメージであろう。後世の虚構であることがすでに指摘されているこのエピソードは、男の言葉に包囲されているゆえに内なる狂気をかかえこまざるをえない「私」と、そのことに無自覚であるゆえに「書く」ことができた千代女との差異をあきらかにし、「私」のおちいりつつある狂気の淵源を明示する役割をはたすのである。

しかし、物語世界内に、「私」が「書く」行為へとむかう出口が存在するのかというと、それはまったく用意されていないというしかない。「私」が、みずからかかえこんだ分裂と喪失感から解放される方途として読者の目に見えてくるのは、やはり、「気が狂ふ」ことのみであるだろう。男たちによって綴方をめぐる欲望を形づくられてしまったために、「書く」ことの不能性を余儀なくされ、また、そのことを物語る行為においてすら、男たちの言葉を用いるしかない女性――そういう一人称の主人公―語り手を設定したところに、「千代女」のアイロニーが存在するのであり、またそのことが、この小説を、ジェンダー論のコードを導入するにあたいするテクストたらしめている、といえるのである。

注

（1）東郷克美「太宰治の話法――女性独白体の発見――」（日本文学協会編『日本文学講座6　近代小説』一九八八・六、大修館書店。のち、『太宰治という物語』二〇〇一・三、筑摩書房）。

（2）こうした読解の素朴な試みとして、たとえば荒木美帆「太宰治の女性独白体――その女性読者に与える「不快」感について――」（『帝塚山学院大学日本文学研究』23　一九九二・二）がある。

（3）「女人創造」（『日本文学』一九三八・一二）。

（4）『千代女』（一九四一・八、筑摩書房）所収の本文に拠る。

（5）主人公がとらえられている強固な家父長制的思考の問題については、安藤恭子「太宰治「千代女」を読む――エクリチュールの境界をめぐって――」（『日本文学』一九九五・五）にも言及がある。

（6）この男たちの言葉に母親の言葉を対置してみるなら、その「教育」としての支配力の落差はあきらかだろう。

（7）木村小夜「太宰治『千代女』論――回想のありかたを中心に――」（『奈良女子大学大学院人間文化研究科年報』6　一九九一・三）は、「結局和子が陥っていたのは、他者の評価によってしか自分の才能を自覚出来ない不幸、それゆえに不当な評価を受けたために才能に自信をもてなくなった、しかしだからと言って、自分の才能を意識していなかった状態にはもはや戻れない、という不幸であった」と要約しているが、ここで重要なのは、「私」

を「評価」する主体が男性であり、その「評価」の言葉自体に男性としての権力が付与されている、ということである。

（8）原子朗「太宰治における〈をんなの言葉〉」（『國文學』一九八七・一）。

自己物語の戦略

――中島敦「山月記」を読み直す――

1

ジル・ドゥルーズが、世界のイメージを潜在性の力によって生成するものとして描き、その一方で、可能性の論理を批判したことはよく知られている。きわめて単純化していってしまえば、ドゥルーズの描く世界のイメージは未分化な「ひとつの卵《らん》」であり、その卵《らん》がもつ潜在性の力が多様に生成変化し、根本的に未決定的かつ予測不可能な出来事を生みだす。だから、人がこの世界を生きるとは、そうした未決定性と予測不可能性そのものを生きることだ、ということになる。ところが可能性の論理とは、そういう多様な生成変化のプロセスにあらかじめ決定性や予測可能性をもちこみ、この世界を貧しくすることにしか奉仕しない。ある出来事に対するべつの可能性の存在（「……という可能性もあり得た」という語り）は、つねに事後的に見いだされ、語られるにすぎず、ゆえに「捏造」でしかない、というのがドゥルーズの論理である。

……可能的なものとは、実は、後から生産されたものであり、またその可能的なものに類似している〔実在的な〕ものに似せて、あたかも以前から存在するかのように捏造されたものである、ということを暴く〔天秤の〕分銅《ター ル》がある。それとは反対に、潜在的なものの現実化《アクチュアリザシオン》は、差異によって、発散によって、あるいは異化＝分化によって遂行される。そのような現実化は、原理としての同一性とは無縁であり、またそれにおとらず、プロセスとしての類似とも無縁である。(1)

この潜在性／可能性という枠組を「山月記」の解釈に導入したとき、李徴が語る自己物語をどのようにとらえなおすことができるだろうか。まず彼は、自分が虎に変身してしまう、というきわめて荒唐無稽な世界の不条理とむきあう。「全く、どんな事でも起り得るのだと思うて、深く懼れた。しかし、何故こんな事になつたのだらう。分らぬ。全く何事も我々には判らぬ」と語っているように、この語りの時点での李徴は、みずからの変身の理由を解きあかす言葉をもちあわせていない。だから、「理由も分らずに押付けられたものを大人しく受取つて、理由も分らずに生きて行くのが、我々生きもののさだめだ」という諦念のもと、「運命」といういあいまいな定義をとりあえず付与しておくしかない。もちろん、物語世界外に位置する読者にとっても変身の理由は不明であり、この物語は「リアリズム」の約束事を逸脱しているらしい……という解釈コードをひとまず選択し、読みの方向を修正していくことになるだろう。しかし李徴にとって、虎への変身とは、未決定性と予測不可能性にみちた潜在性の力に出会う経験であった。彼が自己の変身に理由を見つけられないのは、そこに、原因↓結果という単純な因果関係を見いだすことができないからである。いわばそれは反物語的な出来事、意味生成を拒絶する出来事なのであり、彼はそういう事態に立ち会っていた。そういう観点からすると、「全く何事も我々には判らぬ」という言葉は意外と重要な意味をもっている。「判らぬ」という呻きこそ、潜在性にみちた世界への「懼れ」をもっとも端的に表現する言葉にほかならなかったのである。

ところが、李徴は語りの言葉を重ねるにつれて、徐々に可能性―可能世界を語る衝動にとりつかれていく。

羞《はづか》しいことだが、今でも、こんなあさましい身と成り果てた今でも、己は、己の詩集が長安風流人士の机の上に置かれてゐる様を、夢に見ることがあるのだ。岩窟の中に横たはつて見る夢にだよ。嗤つて呉れ。詩人に成りそこなつて虎になつた哀れな男を。

人生は何事をも為さぬには余りに長いが、何事かを為すには余りに短いなどと口先ばかりの警句を弄しながら、事実は、才能の不足を暴露するかも知れないとの卑怯な危惧と、刻苦を厭ふ怠惰とが己の凡てだつたのだ。己よりも遥かに乏しい才能でありながら、それを専一に磨いたがために、堂々たる詩家となつた者が幾らでもゐるのだ。虎と成り果てた今、己は漸くそれに気が付いた。

本当は、先づ、この事の方を先にお願ひすべきだつたのだ、己が人間だつたなら。飢ゑ凍えようとする妻子のことよりも、己の乏しい詩業の方を気にかけてゐる様な男だから、こんな獣に身を堕すのだ。

これらは、「もし自分が偉大な詩人になっていれば……」「卑怯な危惧と、刻苦を厭ふ怠惰」を克服できていれば……」「妻子のことを真っ先に気に懸ける人間だったなら……」という、現実の自己とは異なる可能性―可能世界の自己を夢想し、欲望する言葉である。ドゥルーズの論理からすれば、これらは事後的・遡及的に生産される「捏造」にすぎない。そして、李徴の語りを事後的な「捏造」とする解釈は、「山月記」研究史上きわめて重要な位置をしめる蓼沼正美『「山月記」論――自己劇化としての語り」(2)における、「彼(注・李徴)は、自分の言葉によって自分が挑発されていくという、言わば言葉の自己増殖性に捕われてしまい、自分自身への認識に後戻り出来なくなってしまう」「彼自身が自分の語る言葉によって捕われていることには気づかず、しかし自己の(悲)劇性だけは限りなく増幅させてしまうという、言わば自己劇化のそれであった」という解釈とも接点をもつ。蓼沼論はドゥルーズと同一のことを語っているわけではないが、言葉の自己増殖と自己劇化、すなわち事後的な「仮構された言葉」の使用によって李徴が自己そのものからの逃避をはかっていること、彼の語りが自己／世界の歪曲であり捏造であること、を強調することにおいて共通しているといえる。

李徴の語りの内容をどう評価するかについてはひとまず措き、蓼沼の解釈は、李徴における自己／世界があくまでも語られる時点において生成されたものであること(3)をあきらかにした点で重要性をもつ。蓼沼論をふくむ一九八〇年代以降の語り論の成果をふまえるなら、李徴の語りは彼自身の過去を透明に語っている、という見方そのものが誤謬にすぎない。李徴が語る「臆病な自尊心」「尊大な羞恥心」が実体として存在し、それが必然的に「虎への変身」という結果をもたらした、とする読解が現在も高校国語科の「山月記」の授業などで行われているとすれば、一九九〇年の蓼沼論文の水準にすら到達していないことになる。「李徴はなぜ虎に変身してしまったのか」などという問い自体がじつは転倒でしかない、ということが、いいかげんに自覚されなければならないことはいうまでもない。

2

さて、李徴の語りに「自己劇化」(蓼沼)や「捏造」(ドゥルーズ)を見いだす解釈を、とりあえず受けいれておくとしよう。では、そのような語り行為が、李徴という虚構世界の人物に限定された特異なものであるかというと、じつはそうではない。自己語りに関する浅野智彦と片桐雅隆の重要な論及を、ここであらためてふりかえっておこう。

……物語は出来事をありのままに描くものではない。またどれほど詳細に書き込まれたものであろうとも、単なる事実の羅列は物語ではありえない。どのような物語も特定の視点からなされる事実の選択・配列によって成り立つのであり、語り手の視点が異なれば、出来事の選択や配列も異なったものとなり、異なった物語が産み出されるだろう。このことは一つの物語が、「いつでも違ったように語り得る」という潜在的可能性を下敷にして語り出されていることを意味しており、今語られている物語はあくまでも「ある一定の視点から見たならば」という一種の仮定法的な性質を帯びざるを得ないということを示唆している。

自己物語についても同じことが当てはまる。自分自身について語る物語は、その結末部分において今ここにある自分（物語を語っている自分）に説得的なやり方で到達する必要がある。だから語られる出来事はみな、今の自分（結末）をどのようなものと考えるかにしたがって、またその結末を納得の行くものとするように、配置されることになるのである。したがって、自己はそれが物語られる限りにおいて、必ず結末から逆算された（振り返った）形で選択・配列されるのであり、事実ありのままの記述ではあり得ない。(4)

……記憶は決してそのような過去の「客観的な記録」ではなく、現在という時点においてそのつど作られ、作り直される構築物だという見方がある。典型的な例としては、「性的虐待（sexual abuse)」という語彙が、過去の出来事を意味づける根拠として用いられるケースが考えられる。J・プレイガーによって紹介された、母への依存が強く、同年代の男性と性的な関係が築けないある若い女性のケースがそれである。彼女は、その要因を小さいころに、アルコール依存的であった父からレイプされたことに求めている。しかし、それは、彼女によって構築された記憶であり、トラウマや性的虐待という語彙が流行する中で、過去における自己の出来事をそのような語彙で意味づけることによって作られた記憶であった。このような典型的なケースに見られるように、記憶は、過去の出来事の「客観的な記録」ではなく、むしろ現在の状況を説明し正当化するために解釈され、ある場合には「捏造」される構築物である。記憶において、それが事実に反するかどうかが問題なのではなく、現在をいかに説明し正当化するかが問題とされるのである。(5)

いま・ここにある自己とは、過去の集積、すなわち記憶＝物語の束として存在する主体にほかならない。だが、その記憶＝物語は固定化したものではなく、現在の自己のあり方にしたがってたえず変容し流動する。記憶とは、動かしがたい事実の表象や静的な記録ではなく、現在との関係のなかでつねに新しく作りだされ、書き換えの可能性を内包する構築物である。これが、記憶と自己の問題に関する基本的前提である。

李徴が語る自己物語は、そういう記憶構築のあり方をほとんど正確になぞっている。彼の独白は、

「今や異類の身」であり、さらに「すつかり人間でなくなつて了ふ」時が近づいている現在の自己に到達するために、「臆病な自尊心」「尊大な羞恥心」という言葉、そして「飢ゑ凍えようとする妻子のことよりも……」という「自嘲」を作りだしていく。それは、いったん失語的な状態（「何事も我々には判らぬ」）におちいってしまったものの、語り行為を持続しながら虎への変身を「正当化」し必然化する言葉を模索し、「選択・配列」（浅野）を試みてゆくプロセスそのものである。人間が自己の記憶を構築するときに、そもそも、「仮構された言葉」（蓼沼）が用いられないことはありえないし、語る行為にさきだって「本当の自分」（同）なるものが存在することもありえない。李徴の自己物語の創出は、虎への変身という怪異の出来事を前提としているにもかかわらず、人間一般の記憶構築のあり方をそのまま体現しているのである。

同時に、李徴の独白が悔いと内省をこめて語られるとき、虎になろうとしている現実とは異なっていたはずの、ありえた可能性―可能世界への意識が必然的に呼び起こされることになるが、それもまた人間の記憶のあり方一般に敷衍することができる。私たちが、いま・ここに在る自己の同一性を確認するために過去の出来事を呼び出し、記憶＝物語の構築を行うとき、ありえたかもしれないべつの可能性が同時に想定されている。日常の些事から、自己の針路を決定するような重大事にいたるまで、私たちはたえず選択を行いながら生きているが、ある選択をすることは、一方で選択されなかった経験をかならず生み出し、仮想的な分岐の可能性を形づくる。違う言い方をするなら、選択された出来事は、選択されなかった出来事とつねにともに在る。

この可能性と現実性との関係について、柄谷行人は、「われわれが「これが現実だ」というとき、「なぜああではなくこうなのか」という思いを同時にふくんでいる」「何かが現実的なのは、ああであったかもしれないのにこうであるということである。いいかえれば、現実性は「他なるもの」を排除しながらそれをはらんでいる」(6)とのべた。「山月記」に即していえば、李徴が虎になってしまう現実は、「李徴が虎にならずにすんだ可能性」を同時にはらんでいるのであり、李徴の独白はまさにそのことを語っている。現実とはことなった可能性を想定することを、ドゥルーズは事後的な「捏造」として否定し去ったが、記憶＝物語を生成する言語行為において、ありえたかもしれない可能性―可能世界が見いだされることは必然なのであり、むしろそれなしには、この現実を生きる自己そのものが存在しえないのである。

以上のような観点からすれば、李徴の独白はけっして奇異でも劇的でもなく、自己物語の生成の方法、記憶の構築のあり方を、きわめてオーソドックスに実践している語りなのだといえる。もちろん、李徴の語りに、袁傪を観客に見立てた演劇性――蓼沼のいう「自己劇化」の衝動――が内在していることはたしかだろう。しかし、そのような欲望すら、私たちの内部に萌すことはいくらでもありうる。私たちは、自己を語るという行為のなかでは、「潜在性」(ドゥルーズ)をつねに事後的な「可能性」として語るしかないし、「本当の自分」(蓼沼)は書き換え可能な流動的主体としてしかありえないし、また自己の経験をドラマティックに語りたいという欲望からも自由ではいられないのだ。国語科の授業において、もし李徴の物語を重要な読解対象とするのであれば、彼の独白は自己物語が生成されるプロセスそのものを示しており、それゆえに李徴は私たちにとってリアルでアクチュアルな人物像なのだ、ということを前提とするべきだろう。「なぜ李徴は虎に変身したのか」という旧式の問いは、「なぜ李徴は完全に虎になってしまう直前にこの自己物語を必要としたのか」という問いに置きかえられなければならないのだ。

3

ただし、李徴の独白には、自己物語一般に回収しえないと思われる要素もたしかに存在する。いうまでもなくそれは、「臆病な自尊心」「尊大な羞恥心」という語の選択と運用に代表される、語りのレトリックに関することがらである。

李徴の独白のレトリックについては、これまでいくつかの考察がなされてきた。たとえば柳沢浩哉は、「思わせぶりな魅力ある表現をオートマチックに作り出せる」撞着語法の機能と、「簡単に印象的な表現を作り出すことのできる」対照法の機能について示しながら、李徴の語りがこの両者を濫用した結果、「自己分析」が不十分となり、「自分の真の姿」をとらえられなかったと指摘する(7)。また香西秀信も、「語り手（表現者）の観念にすぎないものを、疑似「事実」として存在させてしまう」否定表現の機能や、緩叙法の強調効果について整理しながら、「将来を嘱望された若き日の自分」に「李徴が最もこだわった、彼の「真の」姿」を見いだしており(8)、柳沢論と同様の方向性をもっているといえる。

しかし、李徴の語りが、まもなく心身ともに虎となってしまう自己の物語をいかに構築するか、に賭けられているとするなら、「真の姿」を想定することはそもそも意味をなさない。くりかえしのべてきたように、かりに李徴の語りが「真の自己」なる主体を生成しているとすれば、それは語ること以前にあらかじめ存在していたのではなく、語る行為のいま・ここにおいて意図的・戦略的に創出されているものだからだ。彼の語りの価値をあきらかにするためには、真／偽、すなわち真の自己／偽の自己という対立――それはほとんどの場合、倫理的な語り／非倫理的な語りという対立にスライドされてしまう――ではなく、語りの戦略の成／否という評価軸をもちこみ、語りのレトリックにこめられた李徴の意図が成立したか、あるいは不成立だったか、という側面を問題にしなければならない。

李徴の独白は、じつは内容そのものは大したことを語っていないともいえる。結局のところ、みずからの努力が不足していたこと、矮小なプライドへの固執と才能の欠如への恐怖ゆえに他者を排除してしまったこと、が語られているにすぎず、虎に変身するという激甚な結末の理由としては陳腐とさえいえるものだ。彼の独白の価値は、ひとえにそのレトリックの行使に拠っている。「臆病な自尊心」「尊大な羞恥心」という撞着語法は、たんに「思わせぶりな魅力」（柳沢）を生産しているわけではない。臆病／尊大とのいずれとも規定しえない存在、自尊心／羞恥心のいずれの持ち主とも判断できない存在としての位置を自身に付与し、対立するふたつの意味のいずれも選択可能であり同時に選択不可能でもあるような、聴き手―読者をダブルバインドにおちいらせる仕組みを内在させているのだ。

みずからの主体の内部に葛藤を呼びこみ、複層化してみせる操作ともいえるだろう。その葛藤の存在ゆえに、袁傪の一行は「事の奇異を忘れ」て李徴の独白に真剣に聞き入るのであり、また、「山月記」を授業であつかう教師は、「臆病な自尊心」「尊大な羞恥心」の語に固執し、必須の読解対象としての義務を生徒に課さざるをえないのである。

同時に、李徴の独白は、自己否定・自己処罰を戦略的に内包した語りでもあった。いうまでもなく、「飢え凍えようとする妻子のことよりも……」の部分などがそれにあたる。これは、「こころ」「舞姫」「少年の日の思い出」など、「自己処罰を含む告白者を中心とした物語」(9)である他の小説教材にも共通する問題である。たとえば宇佐美毅は、「舞姫」の語りと、ある芸能人の事件後の謝罪会見とを重ねあわせた上で、「ここでの戦略というのは、とにかく罪をひたすら謝るということです。そして、その際に「悪い」という言葉を使わないですべて「弱い」という言葉でまとめるということが戦略だと思います」「弱くて罪を犯してしまった人間を皆さんはそれ以上鞭打つことができますか。弱かったと認め、反省している人間に対して、追い打ちをかけるようにしてバッシングができますか。そういう問いかけをすることが、この会見の基本的な戦略だったわけです」(10)という説明を行っている。李徴の場合も、自己の弱さを(部分的にではあるが)認め、聴き手の同情、ひいては同一化を呼びこむこと、また反省する身ぶりそのものが「人間的」であると認識してもらうこと、を意図した語りであった。李徴の語りの説得力は、こうして聴き手との共犯が成立することによって生みだされる。李徴は、人間としての生涯の最後に、渾身のレトリックの力を行使して他者からの承認を獲得しようとしたのであり、結果として、おそらくその試みは成功をおさめたのである。李徴の詩作に「何処か（非常に微妙な点に於て）欠ける所があるのではないか」と感じた袁傪でさえ、感涙とともに彼の言葉に耳をかたむけざるをえなかったのだから。

ここで、しばしば問題となるその「欠ける所」について、つけくわえておこう。かりに、李徴が最後に必要とした自己物語を、「「臆病な自尊心」「尊大な羞恥心」という自意識の病によって、己れの才能を空費し、ついに一流の詩人たり得ず、しかもその内なる「猛獣」によってまさに虎に変身しようとしている私」と要約するなら、「欠ける所がある」――一流の詩人の作ではない――という袁傪の批評は、李徴がみずから語った詩人としての自己像と完全に重なることになる。もちろん、「欠ける所がある」という袁傪の内言が李徴に意識されているわけではない。だが読者の内部では、李徴が遂行しつつある自己物語の構築に必須の要素としてこの言葉が機能し、彼の自己神話化を完結へとむかわせるだろう。「欠ける所」という言葉を編み出して、李徴の自己物語の完成に外部から貢献することこそ、袁傪の役割にほかならない。だから、この物語の文脈において語られる「欠ける所」は、たんに李徴の詩人としての能力に疑義を呈するための言葉ではない。むしろそれは、虎と化そうとしている彼の神話を読者の内部に構築し、かつ強化しようとするテクスト戦略の一環としてとらえられなければならないのである。

4

李徴の告白言説に対する解釈については、「何を語っているのか」「どのように語っているのか」についての研究の成果をふまえつつ、「なぜ語るのか」を考察する視点を、より積極的に導入してゆくべきではないだろうか。李徴の語りに虚偽や自己欺瞞を見いだす解釈、李徴に「反省的自己」の所有を求めつつその欠如を批判する読み方には、もう限界があると思う。「反省的自己」とは、メタレベルの自己がオブジェクトレベルの自己を反省・批判し、過去の自己を超えた新たな自己への成長・成熟をめざす、という理念であるが、そもそも李徴はそういう「反省的自己」の持ち主ではない。李徴の語りは、ある場面・ある瞬間・ある相手に対して、もっとも価値ある自己を作りだそうとする試みなのであり、要するに彼は、その場かぎりでのキャラクター作りを志向する人物なのだ。「臆病な自尊心／尊大な羞恥心」に悩むキャラクター、「即席の詩」を創作するキャラクター、「妻子を顧みなかった」ことを悔いるキャラクター、といったぐあいである。このような主体は、「反省的自己」の対立概念である、より現在的な、「再帰的自己」にあたる(11)。李徴に無理やり「反省」を強いたあげく、それが不在であると説教するよりも、現在的な「再帰的自己」のあり方が李徴において読解可能である、とする方が、この小説のポテンシャルをより引きだすことにつながるのではないだろうか。

注

（1）ジル・ドゥルーズ『差異と反復』（一九六八）。引用は河出文庫版（財津理訳　二〇〇七・一〇）に拠る。

この「潜在性／可能性」の理念に関するわかりやすい要約を、以下に掲げておく。

「……可能性の論理をとると、新たなものを産出するという流れの側面が見失われてしまう。ベルクソン―ドゥルーズが述べる潜在性とは、こうした可能性の論理とは、まったく異なったものである。可能性がどれほど複数的に設定されていても、それは最終的にこの世界が、流れとは別の場面ですでに（複数的ではあれ）決定されていることを意味している。これに対して、力の潜在性とは、本質的に未決定的なものである。未決定であるから、流れのリアリティーが産出されうることを理解しなければならない。

別のいい方をしよう。可能的なものは、あらかじめそれが何であるかを描きだしうるものである。つまりそれは、すっかり現実化されたものとして、自の前に指し示すことができるものである。しかし、このように描かれる現実的なものとは、実際には生成の現場をあとから振り返って、はじめてとりだされるものではないか。つまり現実が流れ去ったのちに、それを回顧することによってしか見いだされえないのではないか。

だから、そうした可能性とは、むしろ流れにとって二次的なものにすぎないだろう。そこで可能性を生成の下図とみなしてしまうことは、ある種の転倒を意味することになる。これに対して、潜在的なものとは、個々の要素を現実化させてしまえば、むしろその資格を失うものである。潜在的なものは、あらかじめ何であるかを描きだすことのできないもの、いいかえれば、現実化させてしまえばそのあり方が変容してしまうもののことである。流れの潜在性とは、こうした仕方で、新たなものの産出を描くと論じられる。」（檜垣立哉『ドゥルーズ――解けない問いを生きる』二〇〇二・一〇、ＮＨＫ出版）

「ドゥルーズ哲学の代名詞になっている「潜在性（virtualité）」という概念は、おそらくこの課題（注・出来事の発生のメカニズムを、この現実世界の中に見出すこと）から要請されたものである。その目指すところは、「可能性（possibilité）」の概念の脱構築である。可能世界は可能性という様相のもとにあるわけだが、ドゥルーズはこれを実在性（réalité）との対と捉えた上で、それに対立する別の対として、潜在性（virtualité）と現動性（actualité）という対を提示する（この際、ドゥルーズは「可能性」についてのベルクソンの概念を援用している）。我々は通常、可能性が現実にいくつかあって、その中の一つが選択されている、と考える。しかし、この考えは転倒している。なぜなら、可能性が見出されるのは、常に或る事柄が実現された後だからである。シーザーがルビコン河を渡ったからこそ、我々はシーザーがルビコン河を渡らなかった可能世界を考えることができる。（中略）〈可能性—実在性〉を軸として考えられている「発生」は、真の発生ではない。それとは別に、もう一つ、〈潜在性—現動性〉の軸を打ち立てねばならない。潜在的なものが現動化しつつ現実を構成している、と考えねばならない。それは、後ろ向きに見出された発生を、ここに見出すことを意味する。」（國分功一郎『ドゥルーズの哲学原理』二〇一三・六、岩波書店）

（2）蓼沼正美「『山月記』論——自己劇化としての語り」（『国語国文研究』87　一九九〇・一二）。

（3）現実の授業でも、こうした学習者の読解は存在する。藤森裕治『国語科授業研究の深層——予測不可能事象と授業システム——』（二〇〇九・七、東洋館出版社）での実践における、つぎの学習者の発言を参照のこと。「作品に描かれた李徴の自嘲は、あくまでも彼が虎に変身した後の話であって、それ自体が虎になる原因には直結し得ないのではないか」「虎になった段階での言動に変身の原因を求めることは、時間的に逆転してはいないか」。

（4）浅野智彦『自己への物語論的接近——家族療法から社会学へ』（二〇〇一・六、勁草書房）。浅野は、「物語」の特徴として「視点を二重化させるような語り」「諸々の出来事を時間軸に沿って構造化する語り」「他者に向けられた語り」の三つをあげている。

（5）片桐雅隆『過去と記憶の社会学——自己論からの展開』（二〇〇三・二、世界思想社）。片桐が、自己物語を「変身願望」との関わりで説明している点も重要である。

（6）柄谷行人『探究Ⅱ』（一九八九・六、講談社）。

（7）柳沢浩哉「『山月記』の五つの謎——撞着語法と対照法の罠——」（『国文学攷』179　二〇〇三・九）。

（8）香西秀信『修辞的思考――論理でとらえきれぬもの』（一九九八・五、明治図書）。
（9）高橋広満「定番を求める心」（『漱石研究』6　一九九六・五）。
（10）宇佐美毅「教室で『舞姫』を読むために」（『高等学校国語科授業実践報告集　現代文編Ⅰ　小説編』二〇一四・四、明治書院）。なお藤森（注3前掲書）の授業実践において、同様の学習者の発言がある。「自分の問題点を自分が語るっていうのは、人は、なんか俺ってだめなんだよなーって言ってるときはー。だいたいそんなことないよって、そういうようなぐさめみたいなのを、期待して言ってるような、なんか多少あると思うけどー。うん、そういう面が李徴にもあったのかもしれない」。
（11）鈴木謙介『カーニヴァル化する社会』（二〇〇五・五、講談社現代新書）ほか、「再帰的近代」に関する研究を参照のこと。なお片桐（注5前掲書）にも、「社会変革や社会構造の感覚がリアリティをもたず、自己の変身や変革を作為的に手っ取り早く指向する時代においては、過去の書き換えは、社会的な物語の書き換え、換言すれば「大きな物語」の書き換えではなく、あくまで自己の「小さな物語」の書き換えを意味するだろう」という指摘がある。

Ⅱ　社会的・文化的文脈のなかで

モデル問題、受難から策略へ
――島崎藤村の場合――

1

かつて、柳美里の小説家としてのデビュー作である「石に泳ぐ魚」（『新潮』一九九四・九）に対し、小説のモデルとされる女性が、プライバシーを侵害されたとして出版差し止めと損害賠償などを求める訴訟を起こしたことがある。一審・二審判決のいずれも、原告側の主張をほぼ全面的に認める判決であった。小説内でこの人物の経歴や障害までも具体的に説明されていたことに関し、二審判決は「出版によって体に障害のある者の精神的苦痛は倍加する。このような人間存在にかかわることは、表現の自由の名の下にであっても、発生させてはならない」「ことは人間の尊厳にかかわり、芸術の名によっても容認できない」とのべている（『毎日新聞』二〇〇一・二・一五）。判決それ自体はきわめて妥当というしかないが、それよりも、「小説は「虚構」で、登場人物は現実の人間とは異なるというのが、純文学の常識」「法の側が出す言葉として危険。一審よりも、表現の自由にかなり介入してきている。私小説が書けなくなる恐れが強まった」という認識を柳美里が語っていたことに注意をむけておくべきだろう。ここには、「文学」の言葉がもつ社会的な意味作用や権力、「表現の自由」という理念、「私小説」に描かれる内容と現実との関係、等々の問題が相変わらず未解決のままに存在しつづけていることが露呈されているのだ。

明治期にさかのぼれば、藤村の「旧主人」の発禁処分が想起されるだろう。「旧主人」は、「藁草履」とならぶ藤村の実質的な小説デビュー作であり、また、その内容が木村熊二・華子夫妻の家庭生活をモデルとしているのは周知のことである。発禁の理由そのものは現在でも完全にあきらかになってはいないが、若い妻の姦通を描いているという物語内容上の問題ではなく、恩人である木村熊二の夫婦生活をモデルとしたことが、当時信濃毎日新聞の記者であった山路愛山の逆鱗にふれた、という説(1)が(むろんこれも推測の域を出ないが)有力とされる。相応の自負をいだいて「旧主人」「藁草履」の両作を発表したのであろう藤村にしてみれば、「はじめて産れたる双児の一は世の光を見ること僅に一週にして死せり。笑ふべく憐むべきは小生が新しき旅路の発足に御座候はずや」(一九〇二・一一・九　田山花袋宛書簡)と自嘲せざるをえなかったわけだが、かりにモデル問題が原因であったとすれば、藤村という小説家の出発点として象徴的な出来事だったということになるだろう。藤村のケースと柳美里のケースとでは、「文学」概念もメディア環境も歴史を異にしていることはいうまでもないが、さきに引用した柳美里の認識が生成される淵源をたどっていくと、さまざまなモデル問題と遭遇して、萎縮するどころか、むしろそれを糧にしながら「文学者」として肥え太っていった藤村という小説家につきあたるのである。前述の裁判における柳美里の認識が、それと意識せずに文学場のテリトリーを防御する役割を演じているとすれば、そのふるまいを、藤村の思想的・方法的な後裔と位置づけることも可能かもしれないのだ。

2

柳美里の例はさておき、この後の藤村は、「水彩画家」で丸山晩霞を、「並木」で馬場孤蝶、戸川秋骨をモデルとした人物を登場させ、彼らの反発と文壇的な論議を巻き起こす筆禍をつぎつぎと引き起こすことになる。もっとも藤村自身は、「当時、私は筆を折つて、文壇を退かうかとも考へた」(「モデル」『新片町より』所収)などと、例によって殊勝な言葉を書きつけ、自省するポーズのみは示しているものの、他人の存在を「文学」の言葉と化すことに疑義をいだいている様子はほとんどうかがわれない。要するに、モデルとされた人物やその関係者が、発禁処分等の制裁や抗議を試みようとしても、それが藤村の認識に決定的なダメージをあたえるにはいたらなかったのである。

たとえば、小諸時代を題材とした小説「突貫」では、「旧主人」発禁のエピソードが語られているものの、それは、「私は幾分なりとも物の精髄に触れようとして、妙に自分を肩身の狭いものとした」という言説によって『破戒』の草稿をたずさえて山を下りる例の藤村伝説のコンテクストに組みこまれてしまっているし、のちの「三つの長篇を書いた当時のこと」(『市井にありて』所収)にいたっては、「あゝいふモデル問題があつたといふことは、自分の旧友や亡くなつた知己などをもつとまともに観るといふことの力になつた。……それやこれやの刺戟で、長篇の上などでも、それまで自分で敢てしなかつたことを試みようと思ひ立つやうになつたのであつた」などと、他人を小説中の作中人物として「観る」こと、その延長上に長編小説のあらたな方法を「試み」ることの意義が堂々と宣言されていたりするのである。藤村が、さまざまなモデル問題をくぐりぬけた果てに、このような認識を正当化することができた理由は何だったのか。

まったく当然のことではあるが、モデルという存在は、当の小説が書かれ、発表されなければ発生しない。すなわち、つねに事後的に誕生するものでしかない。にもかかわらず、書く行為にさきだってモデルという存在があらかじめ作者の周囲に配置されているかのような転倒(2)、作者がそれらを自由に観察し、分類・整理し、記述する権利を手中にしているかのような転倒を生みだし、それを自然化してしまうことが藤村の策略だったといえよう。そのとき、作者は、モデルを利用して小説を生産することの免罪符を獲得するとともに、無定形な「人生」を、「文学」の言葉へと昇華する「芸術家」としての位置を確保することになる(3)。モデルとされる人物の実在が、小説世界に「人生」の残滓をもたらしてしまうのではなく、逆に、モデルが実在することが「人生」や「現実の人間」や「現実の出来事」と差別化・階層化された「文学＝芸術」の聖域を構成するのだ。すなわち、「文学」を、モデルを介して「人生」と接続しつつ、同時にそこから超越させる、という一見相反する方法を必須とすることにより、モデルを利用して書かれた小説群に一定の価値が付与されるのである。

　モデル小説が、かりにそのような形で「文学」的評価を獲得することができた場合、モデル達の抗議の声は、その小説の「芸術」的価値とまったく拮抗することができない「非芸術」的な雑音とみなされ、排除されてしまうことになるだろう。藤村がモデル達とのさまざまな軋轢を経て学習していったのは、おそらくこのような認識なのであり、自分のような選ばれた作家が「文学」を生みだすためには、他人をモデルとして利用するフリーハンドがあたえられるべきである、というのが彼の本音であったことはいうまでもない。いくつものモデル問題を経由することによって、ますます肥大し、強化されてゆく藤村のモデル小説、自伝小説の方法には、こうした意志と力学が内在しているのではないか。

　だとすれば、「旧主人」の一件は、藤村にとってけっして単純な受難だったわけではない。藤村自身が発禁の理由についての情報を得ていたのかどうかは定かでないが、この後に引きつづくモデル問題のはじまりをつげる出来事ととらえるなら、むしろ、将来にわたって小説を生産していく方法を学ぶための、好個の経験だったとも考えられるのである。

3

藤村とモデル問題との関連の極まりとしては、やはり『新生』をあげるべきだろう。『新生』が、前篇を執筆し発表する作者を後篇に登場させること、すなわち書く行為に関するメタ小説であることによって、「文学」を生産する行為と、生産された物語世界それ自体を神話化しようとするテクストであることはいうまでもないが(4)、ここでは、その内容にふかくたちいるのではなく、節子のモデルである島崎こま子が執筆した「悲劇の自伝」(『婦人公論』一九三七・五〜六。同誌での筆者名は長谷川こま子)について、必要なかぎりふれておくことにしよう。

いささかの混濁を内包するこの文章から、『新生』ないし「新生」事件に関する記述に着目してみると、当然のことながら、そこには藤村に対する憤激や怨恨、そして『新生』に対する批判が見いだされる。「あの小説は殆んど真実を記述してゐる。けれども叔父に都合の悪い場所は可及的に抹殺せられてゐる」というよく知られた箇所をはじめ、妊娠中の心象について、「怖しい痙攣の発作。死の苦痛、猛烈なる男性への反抗心――男の利己心への憤怒。呪ひ殺したい衝動。自分をめちやくちやにした男と、その男の子供によつて苦しめられてゐるこのわたしを考へてこの子の生れることに対する恐怖」と語る部分などがそれにあたる。だが、「悲劇の自伝」全体が、このような感情のみにつらぬかれているわけではない。こま子の、藤村あるいは『新生』の物語に対する態度はあきらかに両義的であり、また、「悲劇の自伝」というタイトルが示すように、『新生』のヒロインのモデルという立場に自己を固定しつつ、曲折にみちた半生をドラマティックに語ろうとする意志がうかがわれるのだ。

誰だつてさうだと思ふけど、女と云ふものは、最初に愛し合ふた人を忘れることが出来ようか。

誰れかの書いたものに、(それはやはりあたし達女性の人だ) こんな句があつたのを思ひ出した。
――あたしにはわからない。けれどたゞ一途にたゞ命のつゞくかぎりあなたにさゝげあなたを想ひ、あなたを愛してゐるよりどうしていゝか術を知りません。……

いまから思へば、あたし達は、あまりに真摯であつたために、悩み過ぎたのだ。しかし真摯であつたことは私をちつとも悔いさしてはゐないのだが。ふたりともに、そのことをその結果を考へ過ぎたのかも知れない。私の前に「愛する人」として登場した人が、あまりにも近親であつたが故に、それが悲劇を生むに至つたのであつたにしても、神の前に恥ぢない真摯な態度が強かつたと云つて非難される理由があるだらうか。

これらの言葉は、『新生』の文脈にそのまま組み入れられても不自然ではないほどであるし、「私はいま、過ぎた人生の苦悩を静かに想つて「悲劇の中にゐた」私といふ一個の女をみつめよう」「わたしの半生を支配したものは恋愛の苦悩即人生の苦悩と云へないだらうか」といった語り口からは、「悲劇」の物語の主人公と語り手をヒロイックに演じ切ろうとする昂揚感がにじみ出ている。

こうして、「悲劇の自伝」は、「新生」事件で再起不可能な打撃をうけた事実の告白でありながら、同時に、『新生』のモデルであることを生涯引き受けていこうとする決意の表明ともなっているのである。藤村からふかい傷を負わされたにもかかわらず、こま子は、『新生』の物語世界を生きる「作中人物」としてありつづけようとする。「悲劇の自伝」の、『新生』のサブテクストとしてのこのようなあり方は、モデルを利用して小説を書くことの「文学」的意義をさらに強調し、『新生』／「新生」事件の神話性の強度を読者の前に現前させることになるだろう。

もしこま子が、『新生』に対して真に抵抗しようとするのなら、『新生』の言葉がいかに権力として作用し、自己の生存をおびやかすことになったのかをひたすら明白にするしかない。すなわち、藤村と『新生』とに対して徹底的に他者としてふるまうしかない。しかし、「悲劇の自伝」におけるこま子の両義的かつ曖昧なスタンスは、彼女自身を、『新生』の物語を正当化する共犯者へとなし崩しに移行させてしまうほかはなかった。だから、ここにまたひとつの転倒を見いだすことができる。すなわち、ある小説のモデルである現実の人物の意識や行動に、その小説の内容がフィードバックされていくこと――モデルに利用された人物が、のちの人生において、その小説に描かれた「自己」をみずから内面化し、模倣していくという事態である。いわば、モデル小説の究極の〝勝利〟の形態といえよう。こま子が「新生」事件の回想と記述に際して、藤村と『新生』とを呪詛しながら、一方で「芸術」としての『新生』の物語世界に籠絡される欲望と陶酔を語ってしまったとき、まさにそのような事態が発生していたのだ。

「旧主人」の発禁にはじまり、『新生』にいたる藤村の筆禍の歴史は、モデル小説の「表現の自由」を獲得しようと試みるプロセスであったといえよう。この「表現の自由」が、「文学の政治」と同義であることはいうまでもないが、藤村が生涯にわたって自己の詩集や小説群にあたえつづけた伝説や神話は、その政治性を隠蔽するために機能したはずである。おそらく、そのような言説の効用をもっとも知悉していたのが、藤村という小説家であった。こま子の「悲劇の自伝」の発表は世間を騒がすスキャンダルとなり、藤村に相応のストレスをあたえたふしもあるが、「悲劇の自伝」を読んだ彼は、己れの「自由」な創作行為が他人の人生を支配し、「悲劇」化することができるという陰湿な快楽を、ひそかに感じてもいたにちがいない。

注

（1）瀬沼茂樹『島崎藤村』（一九五七・五、角川文庫）その他を参照。

（2）こうした読解の枠組と当時の読者共同体、メディア環境との関係については、高橋昌子「作品と読者——『春』論Ⅱ——」（『島崎藤村——遠いまなざし』一九九四・五、和泉書院）、金子明雄「「並木」をめぐるモデル問題と〈物語の外部〉——島崎藤村の小説表現Ⅲ——」（『流通経済大学社会学部論叢』10 一九九五・三）などに詳細な考察がある。

（3）この時期のモデル問題論議に、一度表現されたものは自立した「芸術」となる、という意識がすでにあらわれていることに注意しておく必要がある。一例として、「寸分相違がなく出来た処でそれは結局別な人である。則ちこれが芸術の存在する理由である」（戸川秋骨「モデル問題」『中央公論』一九〇七・一二）。冒頭にあげた柳美里の認識が、このような言説と酷似していることはいうまでもない。

（4）本書Ⅲ章所収「性／「書く」ことの政治学——島崎藤村『新生』における男性性《マスキュリニティ》の戦略——」を参照していただきたい。

告白・教室・権力
――『破戒』の構図――

1

『破戒』を読みすすめてゆく読者は、ほとんど同一の意味であるはずの二種の言説が、まったく対照的な形で流通し、消費されてゆく事態に出会うことになる。いうまでもなくそれは、「我は穢多なり」という猪子蓮太郎の『懺悔録』冒頭の一節と、「私は穢多です」（二十一―六）という丑松の告白の言説とである。蓮太郎の著書の言説が、人々のほしいままな風評や臆測にいやおうなく供されてゆくのに対し、丑松の告白は、自己のすべてを投げうった言葉として人々の同情を招きよせ、彼自身の運命を切りひらいてゆく端緒ともなる。丑松の告白は、『懺悔録』というテクスト、すなわち「書かれたもの」を参照しつつ行われると同時に、そこで提示された蓮太郎のエクリチュールを乗り越えてゆくべき使命をも帯びた言説なのだ。この意味で、『破戒』は、みずからの出自を告白するにいたる丑松の内面の物語であるとともに、「話す」ことと「書く」ことの葛藤をめぐるドラマでもある(1)。告白すること、「話す」ことが、丑松という主体にとって唯一無二の表現として選択され、「書かれたもの」を再生しつつ昇華し、さらには凌駕してしまう――それが、『破戒』というテクストに内在するイデオロギーのひとつなのだ。だから、丑松の告白は、たんに『懺悔録』の冒頭部分を反復するにとどまる行為ではない。それは、「話す」ことと「書く」ことを分節しつつ序列化することによって、自身の言葉そのものにある価値を付与する行為を意味していたのである。

たとえば、蓮太郎の著書をめぐって発生する他者の反応は、「また彼《あ》の先生の書いたものなぞを読んで、神経を痛めなければ可《いゝ》がなあ」(三―五)という銀之助の、あるいは「猪子のやうな男の書いたものが若いものに読まれるかと思へば恐しい。不健全、不健全」(二―二)「彼の先生の書いたものを見ても、何となく斯う人に迫るやうなところがある。あれが肺病患者の特色です」(三―五)という校長や文平の見方に代表される。彼らにとって蓮太郎の著書は、「不健全」であり、また「一種の神経質」(一―四)をもって下層社会の人々の生活状態を描きだし、権力の否定を志向するラジカリズムをそなえているがゆえに、読者を危険な思考へと駆りたてる言説と見なされていた。同時に、その理由はすべて彼の出自、あるいは肺病という病にもとめられ、蓮太郎と『懺悔録』をめぐる揶揄と邪推の包囲網が張りめぐらされてゆくのである。

もっとも、このような反応を誤解や無理解として非難するにはあたらないともいえる。著者の思惑や一部の読者の同情にかかわりなく、さまざまな副次的言説を生みだし、同時にそれに取り巻かれてしまうのは、「書かれたもの」に課せられた当然の運命でもあるからである。だが、『破戒』の物語においては、蓮太郎の著書に関するかぎり、誤読する他者／正読する丑松、という対立の図式が一貫してくりひろげられる。「書かれたもの」はかならず誤読を生みださずにはおかない、という意識の一方で、ある選ばれた読者のみが著者の「真実」に接近してゆくことができる、という信仰が根づよく存在し、『破戒』における「書かれたもの」への認識が形づくられる。蓮太郎の著書に内在する意図を「正確に」読み解き、その言説を受けつぐものが丑松のみであるという構図によって、『懺悔録』に対する丑松の読解が特権化され、それを実践に移したはずの告白行為が称揚されるのである。このとき、『懺悔録』は、独立したそれ自体の意味を有することなく、ただ丑松の告白に奉仕するのみの言説と化すことになる。

この本の著者――猪子蓮太郎の思想は、今の世の下層社会の「新しい苦痛」を表白《あらは》すと言はれて居る。人によると、彼男《あの》ほど自分を吹聴するものは無いと言つて、妙に毛嫌するやうな手合もある。成程、其筆にはいつも一種の神経質があつた。到底蓮太郎は自分を離れて説話《はなし》をすることの出来ない人であつた。しかし思想が剛健で、しかも観察の精緻を兼ねて、人を吸引《ひきつ》ける力の壮んに溢れて居るといふことは、一度其著述を読んだものゝ誰しも感ずる特色なのである。（中略）文章はたゞ岩石を並べたやうに思想を並べたもので、露骨《むきだし》なところに反つて人を動かす力があつたのである。（一―四）

蓮太郎の言説が読者の内部に喚びおこす反応については、このように語られている。蓮太郎の著書の言説が直接に引用されるのは『懺悔録』の冒頭部分のみであり、物語内においては、ただそのレトリックがおよぼす効果が語り手によって説明されているにすぎない。しかし、テクスト自体の論理からすれば、それだけで十分なのである。『破戒』において、『懺悔録』という著書は、「書かれたもの」がかりに告白としての見せかけをもっていようとも、不特定の読者のあいだで流通するとき、不可避的に余剰の意味を生成してしまうこと、したがってそれがけっして「真実」を他者の内部に刻印しえないことを強調するための媒体にすぎないからである。

この結果、『懺悔録』中の「我は穢多なり」という言説は、それが丑松の告白として再生されるまで、闇に葬られざるをえない。逆にいえば、「書かれたもの」としての『懺悔録』は、「話し言葉」へと翻訳されることによって、はじめて他者を動かす力を獲得するのである。

告白を決意した日、丑松は、「死んだ先輩に手を引かれて、新しい世界の方へ連れて行かれるやうな心地」(二十―四)を味わう。また学校に出勤する間際にも、『懺悔録』の冒頭を「今更のやうに新しく感じて」(二十一―二)その言葉をくりかえす。だが丑松は、その言葉を「話す」ことによって生じるはずの断絶にはむろん気づいていない。不特定の読者、すなわち見えない他者のさまざまな反応にさらされてゆくはずの『懺悔録』というテクストを、他者からの歪曲をけっして許さない、「真実」の言葉としての告白に置きかえたとき、『破戒』の物語における、真の意味での蓮太郎的言説の無化がなしとげられたのだ。これまで、丑松の告白が蓮太郎の闘争の意味を矮小化するものであるという指摘がさまざまになされてきたが、その根本に、こうした「書く」ことから「話す」ことへの屈折があることは、確認されておいてよい。

2

告白後の丑松が、市村弁護士を通じて大日向からテキサスで農業をおこす誘いをうけ、またお志保の純真な愛情をも獲得するという小説の結末部については、これまで安直かつ不自然にすぎる収束として、おおくの批判がなされてきた。だが、丑松の告白を絶対化するテクストの要請からすれば、この部分は物語が閉じられるべき場所として、必然的に招来されたものといわなければならない。告白とは、「悲しい、壮しい思想《かんがへ》」（二十一―二）であり、「心の底から絞出した真実《まこと》の懺悔」（二十二―五）であるがゆえに、他者の憐憫を贈与される権利をもつ。丑松の告白の「真実」性は、他の作中人物によっても、あるいは語りのレベルにおいても、まったく疑念がさしはさまれることはない。「新平民だつて何だつて毅然《しつかり》した方の方が、彼様な口先ばかりの方よりは余程《よつぽど》好いぢや御座ませんか」「父親《おとつ》さんや母親《おつか》さんの血統《ちすぢ》が奈何《どんな》で御座ませうと、それは瀬川さんの知つたことぢや御座ますまい」（二十二―二）というお志保の言葉も、市村弁護士が示す好意も、すべて丑松の告白行為を美化し、正当化する役割をになう要素なのである(2)。ここにいたって丑松の告白は、たんなる心理的救済にとどまることなく、むしろ逆に、みずから放棄したはずの「多くの青年が寝食を忘れる程にあこがれて居る現世の歓楽」（二十―四）をも手にするための契機となるのだ。板敷の塵埃のなかに額をうずめる彼の姿がいかに惨めなものに見えようとも、物語内における告白の言葉はあきらかに力として作用し、他者の同情を一身に集めるための源泉となるのである。

むろん、すでに指摘されているように、丑松の告白は、「「真実」を伝達するふりをする言葉」(3)であり、同時に、蓮太郎や仙太といった他者を隠蔽した上で成立した言説でしかない(4)。だがそれは、丑松の内面を純粋かつ透明に表現した言葉、丑松のいま・ここを表象する言葉としてコード化され、読者の内部にも、お志保や銀之助とおなじレベルでの同情を喚びおこしてやまない。読者は丑松の告白になにほどかのカタルシスを感じることによって、彼の内面が外化されたことを承認し、その「真実」性を受けいれることになるのだ。その意味で、『破戒』という小説は、小森陽一が指摘するように、「「言ふ」ことそれ自体を純化した物語」(5)であり、「言ふ」ことをあらゆる行為の優位に位置づける物語なのである。それは物語世界における蓮太郎の消去、すなわち「書かれたもの」の敗北であると同時に、告白＝「話す」ことの勝利を意味している。

すでにあきらかなように、ここまでの告白の意味にかかわる考察は、ジャック・デリダによる音声中心主義批判のコンテクストにもとづいている。むろん、デリダが指摘する、声と存在、声と意味との「絶対的な血縁関係」にもとづく、みずからを「現前」させる思考体系としての音声―ロゴス中心主義と、『破戒』という物語世界の言説レベルでの告白行為とを混同することは、慎重に避けられなければならないだろう。だが、『破戒』における「話す」ことによる主人公の内面の表出は、同時に、小説ジャンルにおける告白の特権化が生みだされる予兆となったといえよう。エクリチュールとしての小説テクストが、つねに―すでに差延を内包しているにもかかわらず、書き手の内面を「現前」させる告白の姿を擬装するという事態が、ここに発生することになる。そこでは、「書かれたもの」としての小説テクストが、告白、すなわち「話す」ことにより接近した言語行為であるという転倒と、告白が書き手の内面を忠実に再現した「真実」の言説であるという転倒とが二重に機能することになる。自然主義の作家たちは、この転倒を戦略的に活用することによって、明治四十年代以降の小説の歴史に、作者の内面とその「現前」という制度を形成していったのである。

ただ、一言つけくわえておくなら、『破戒』はたんに告白言説の絶対性のみを語ろうとする小説ではなかったともいえる。それは、第十八章における丑松と文平の議論を傍らに見すえたときに生じてくる問題である。なぜなら丑松はこの場面で、文平に対し、つぎのような言葉を投げかけていたからだ。

「はゝゝゝゝ。して見ると、勝野君なぞは開化した高尚な人間で、猪子先生の方は野蛮な下等な人種だと言ふのだね。はゝゝゝゝ。僕は今迄、君も彼の先生も、同じ人間だとばかり思つて居た。」

（十八―五）

終末の告白よりも、この言葉の方が、むしろ丑松の認識に即していることはいうまでもない。被差別部落民が差別をうけるのは社会の不公正のゆえにすぎず、誰しも「同じ人間」であるのは当然のことだ――それが丑松の認識だったはずである。丑松の告白言説は、この文平との対話の言説、すなわち「話す」ことそれ自体と対比され、相対化されざるをえない。あえてこの場面に焦点をさだめるなら、『破戒』は、告白行為を中心化する一方で、告白の「真実」性そのものを解体してしまうテクストとして読むことも可能かもしれないのである。

もっとも、これはあくまでも深読みにすぎない。この場面で吐露された言葉は、たんなる一エピソードとしての位置を有するのみで、その後の丑松の行為や思考に連繫してゆくことはなく、ただ宙に浮くだけだからだ。対話の可能性は物語のなかで封じられ、結局、告白の権威は保持されたままにおわる。ここでは、丑松のいわば本音が、文平との対話において吐き出されているにもかかわらず、教室での告白の方が「真実」の言説として規定されていることに注意しておくべきなのだろう。このことの意味をあきらかにするためにも、告白の場面におけるコミュニケーションの内実が、あらためて問題とされなければならない。

3

丑松の告白は、他者との対話のなかではなく、教室という場において放たれる言説であった。丑松に必要だったのは、話す主体と聴く主体が相互に転換可能な対話という関係性ではなく、自己が一方的に話し、他者が聴くのみの役割に終始する「独白」という行為だったといえるだろう。このことは、丑松の告白が生徒たちの眼前でなされること、すなわち丑松が教師として告白することと密接にかかわっている。

教師としての丑松の様態に注目した言及のひとつとして、高橋博史の論文がある。高橋は、功名に焦がれる丑松にとって、生徒たちは「真に関係すべき相手」とは見なされていなかったとし、告白は「一度は自分の手で断ち切らねばならなかった生徒との繋りを、もう一度求める」行為であったとして、「その時丑松は、自分を慕う生徒達の存在を眼中に入れていなかった己れの生き方、名を求めていた自分を詫びると同時に、新しい関係を全身で乞うている」(6) という解釈を提示している。しかし、丑松の告白が「新しい関係」を構築しうる行為であったのかどうか、その内実があらためて検証されなければならない。

「皆さんも最早《もう》十五六――万更世情《ものごゝろ》を知らないといふ年齢《とし》でも有ません。何卒《どうぞ》私の言ふことを克く記憶《おぼ》えて置いて下さい。」と丑松は名残惜しさうに言葉を継いだ。

「これから将来《さき》、五年十年と経つて、稀に皆さんが小学校時代のことを考へて御覧なさる時に――あゝ、あの高等四年の教室で、瀬川といふ教員に習つたことが有つたツけ――あの穢多の教員が素性を告白《うちあ》けて、別離《わかれ》を述べて行く時に、正月になれば自分等と同じやうに屠蘇を祝ひ、天長節が来れば同じやうに君が代を歌つて、蔭ながら自分等の幸福《しあはせ》を、出世を祈ると言つたツけ――斯う思出して頂きたいのです。私が今斯ういふことを告白けましたら、定めし皆さんは穢《けがらは》しいといふ感想《かんじ》を起すでせう。あゝ、仮令《たとひ》私は卑賤しい生れでも、すくなくも皆さんが立派な思想《かんがへ》を御持ちなさるやうに、毎日其を心掛けて教へて上げた積りです。せめて其の骨折に免じて、今日迄のことは何卒《どうか》許して下さい。」(二十一―六)

いうまでもないことではあるが、丑松が教師として生徒たちの前に立っている以上、そこでは、告白する―聴くというコミュニケーションの形式とともに、教える―学ぶという関係性をも想定しなければならない。丑松の告白がいかに「詫入るやうに」(二十一―六)なされたとしても、そこには、教師―生徒という、あらかじめ定められた権力関係が不可避的に侵入するのである。このことを考慮するなら、告白の言説は、被差別部落民が「不浄な人間」(同)であるという、丑松にもともと内在していた差別感(7)を生徒たちに刷りこむものでしかないし、また「何卒私の言ふことを克く記憶えて置いて下さい」という言葉も、自己の苦悩にみちた内面的葛藤に対する理解を強要し、それへの同一化を要求しているにすぎない。ここには、教師という立場に先験的にそなわっている権力を利用し、生徒に自己の価値観を押しつけようとする一方向的なコミュニケーション形態があるばかりだ。それゆえ、この場面における生徒たちは、丑松の告白に対する働きかけを封じられた沈黙する主体、あるいはたんなる群れとしての漠然としたイメージしかむすぶことはない。要するに、丑松は自己の告白をもっとも従順に受けいれてくれる対象を選んだにすぎず、すくなくともこの場面を通じてみるかぎり、彼と生徒たちとのあいだに「新しい関係」が生まれでる余地はないのである。

告白にともなう土下座という身体表現も、このようなコンテクストにおいて読み解かれるべきだろう。それは生徒とおなじ位置にまで自分を低める行為のようにみえながら、じつは教師としての丑松が保持している権力を隠蔽するもの以外ではない。教壇における、土下座と一体として行われた告白は、権力の発動と隠蔽という巧妙な二重性において、擬装された「真実」を生成するその意志を完遂するのである。

むろん、すくなくとも丑松自身にとっての告白行為は、「功名を慕ふ情熱」（十一―三）を放擲し、虚偽にみちていた過去の自己に訣別することを意味していたといえよう。だがそれが、彼が教師であるという最後の拠点を利して敢行されたものであることを見のがすべきではない。ここでも、蓮太郎の『懺悔録』の言説との差異はあきらかに示される。蓮太郎の言説が、作者―読者という、否応なしに他者への回路を開かざるをえない関係のなかで受容されていくのに対し、丑松の告白言説は、教師―生徒という安定した固定的な関係のなかで差しだされるのだ。むろんここで、安定した固定的な関係というのは、あくまでも丑松自身の意識に即しての言い方である。丑松は告白を決意した日、生徒たちに「可懐《なつか》しい感想《かんじ》」「名残惜しさ」（二十一―二）をおぼえ、また仙太にふかい同情を感じて背後から抱きしめたりもする。だがそれもすべて、丑松自身の「自分で自分を憐むといふ心」（二十―四）、すなわち自己慰撫の衝動に根ざした感情と行動でしかない。生徒は丑松にとってつねに下位、あるいは周縁に位置するものでしかなく、彼らが真の意味での他者として丑松の前に出現する瞬間は一度たりとも存在しない。

丑松の告白を目のあたりにした後、生徒たちは、「正直な」「少年の心」をもって「丑松の心情《こゝろもち》を汲取」り、彼を学校に引き留めるための嘆願を校長に対して行う（二十一—七）。日常においては、被差別部落の出自である仙太を排斥しつづけていた生徒たちのこの豹変ぶりは、この美談的行為が、テクストのイデオロギーそれ自体の要請であったことをも示している。彼らの行為も、小説のコンテクスト内においては、お志保の愛や銀之助の憐憫とおなじく、丑松に同情を寄せることによって彼の告白を正当化する役割をになう要素のひとつにすぎないのである。

4

さて、丑松の告白場面において、いかなる権力が行使されたのかについては、以上の考察からほぼあきらかだと思う。「真実」としての説得性を他者に強迫し、「書かれたもの」の意味を片隅に追いやってしまう「話す」ことの権力、さらには学校・教室という場において生みだされる教師としての権力——このふたつの権力が巧妙に隠蔽されつつ機能することによって、丑松の告白は成就されたのである。このような視点にたつとき、差別者／被差別者、権力者／被抑圧者という単純な対立図式を『破戒』の内部に想定することの不毛さは明白となる。そのような読解は、丑松の告白そのものが権力の発動であり、物語世界内の他者・物語世界外の読者を抑圧する政治性をそなえていることを見おとしているにすぎないからだ。

ちなみに、教師を主人公に設定した小説として、『破戒』とほぼ同時期に書かれたものとしては、夏目漱石の『坊っちゃん』、石川啄木の「雲は天才である」(生前未発表)などが代表的であるが、これらの小説において共通するのは、主人公がいずれも学校という空間から逸脱してゆく教師、あるいは異分子としてあつかわれる教師だったことだ。彼らは一様に、学校という制度への批判を体現する人物としての意味を付与されており、逆に、校長、教頭といった学校ヒエラルキーの上層部を形成する人物たちは、これら反権力的な教師たちを排除する悪役的な役割をになわされている。学校という空間をひとつの社会に見立て、そこに権力者／被抑圧者というステレオタイプを設定して後者の正当性を強調するのが、これらの小説におけるほぼ共通したイデオロギーであった。

こうした二項対立の図式によって覆い隠されてしまうのが、すでにのべてきた、教師としての彼らが保持している微視的な権力にほかならない。実際、『坊っちゃん』の主人公や「雲は天才である」の新田耕助がどのような教師であったかというと、自己の道徳や価値観を生徒に押しつけ、自身を正当化するのみの「教育」しか行ってはいなかったのである。生徒を頭から「田舎者」「憐れな奴等」「いやにひねつこびた、植木鉢の楓見た様な小人」と断言してかかる坊っちゃんに関してはいわずもがなであろうが、校長らを「完全なる「教育」の模型」として差別化する一方、生徒たちを「五十幾個の天真の顔」として理想化する新井の態度も、実際にはこのような思考の裏返しにすぎまい。彼らに共通するのは、丑松とおなじく、教師―生徒という位置関係を固定させたまま、一方向的なコミュニケーションをむすぼうとする志向――生徒に対する好悪の感情にかかわらず――である。このような場においては、教えるという行為自体が教師に内在する価値観や思想を組みかえ、教える―学ぶというコミュニケーションのあり方を変革してゆく関係性はありえない。彼らにとって、生徒は教育の「対象」でしかなく、それゆえ両者の関係はつねに「われ―それ」的な関係にとどまらざるをえないのだ。だから、「徹底して生徒を愛していない」(8)坊っちゃんと、「自分と生徒との連帯をつゆ疑ってはいない」(9)新田耕助とのあいだに、ほとんど隔たりはないのである。

ところが、このようないわば欠如としての「教育」は、彼らを排斥しようとする校長たちなど権力者の存在によって隠蔽され、彼らにはむしろ反権力的・反制度的な教師としてのイメージが付与されてしまう。だが、じつはそれこそが、文学テクストにおける「教師という制度」の誕生にほかならなかった。この問題については、花袋の『田舎教師』などをもふくめ、さらにたちいって検討する必要があるのだが、いずれにしても、明治末までに成立した教師小説は、ほとんどこのような枠組を出ることができなかったといえよう。教師という存在が、己れのもつ権力の仮面を剥ぎとられたとき、いかに脆弱な存在と化してしまうかを暴いてみせた小説としては、たとえば谷崎潤一郎「小さな王国」における教師像の戯画が出現するまで、待たなければならなかった。

注

(1)『破戒』における「話す」ことと「書く」ことの葛藤については、すでに紅野謙介「『破戒』という書物」(『日本文学』一九九〇・五)に言及がある。紅野は、「最後の「告白」にいたるまでの『破戒』の物語はこの言葉(注・『懺悔録』冒頭の一文)の読みをめぐっての葛藤をひとつの軸にしている」とし、丑松の告白に、「話された言葉と書かれた言葉をめぐる新たな言葉の位階制の成立」、「書かれたテクストとしての『懺悔録』の消去を見いだしている。

(2)滝藤満義『島崎藤村――小説の方法――』(一九九一・一〇、明治書院)に、「誠実な告白が人を動かす行為であることをおそらく疑うことのなかった藤村にとって、丑松の告白への同感者たちを描く第二十二章以下は、まさに省略不可能の部分であった」という指摘がある。

(3)紅野謙介「テクストのなかの差別――島崎藤村『破戒』をめぐって――」(『媒』6　一九八九・一二)。紅野の二論文からは、丑松の告白が「計算された戦略的な言説」であるにもかかわらず、語り手が「「虚偽」を超克した「真実」の言葉としての解釈コードをあくまで強要しようとする」ことの指摘なども含め、いくつかの示唆を得た。

(4)中島国彦「告白と隠蔽――『破戒』論序章――」(『日本近代文学』21　一九七四・一〇)。

(5)小森陽一「自然主義の再評価」(日本文学協会編『日本文学講座6　近代小説』一九八八・六、大修館書店)。ただし、その「言ふ」ことが、「現実的な社会において一切の有効性をもたない言説」であるとする小森の規定には、疑義を呈しておく必要があるだろう。丑松の告白は、終末にさまざまな現実的救済が用意されていることによって、あきらかに「社会《よのなか》」を動かす力としての意味を獲得しているからである。「社会《よのなか》」を動かす有効性をもちえないとされているのは、むしろ、『懺悔録』をはじめとする蓮太郎の著書の言説の方であろう。

(6)高橋博史「「破戒」を読む」(学習院女子短大『国語国文論集』17　一九八八・三)。なお出原隆俊「蓮華寺の鐘――『破戒』読解の試み――」(『国語国文』一九八七・一)にも、丑松の告白が「蓮太郎に、父に、生徒たちに、それぞれに対して偽って来ざるを得なかった自己の歩みを、青春の虚妄としてすべて引き受け」、そこから「脱出」しようとする行為であったとする、高橋論文と共通する見解の提示がある。

(7) 第十章における屠手への視線などを指す。

(8) 川嶋至「学校小説としての『坊っちやん』」(三好行雄他編『講座夏目漱石　第二巻・漱石の作品(上)』一九八一・八、有斐閣)。

(9) 平岡敏夫『漱石序説』(一九七六・一〇、塙書房)。

戦争と自己犠牲のディスクール
――宮沢賢治「烏の北斗七星」――

1

「烏の北斗七星」――生きる／戦うことの原罪の意識、あるいはそれゆえの自己犠牲の衝動という、括弧つきの「賢治研究」の枠組に、いかにも回収されそうな物語内容が内包されたテクストだといえるだろう。にもかかわらず、研究史をふりかえってみると、このテクストが、『注文の多い料理店』所収の短編のなかでも、直接的に言及されることがむしろすくなかったという事実に気づかされる。おそらくこのことは、このテクストが負わされてきた歴史的な経緯と無関係ではない。終戦直後に刊行された復刻版『注文の多い料理店』(一九四七・一〇、杜陵書院)において「烏の北斗七星」が抹消されていたことは、このテクストが、終戦直後の歴史的時間において、きわめてなまなましい政治性をはらむ言説と見なされていた事実を物語る。むろん、この復刻版で強いられた検閲(?)それ自体は、戦争にかかわる言説を「存在しなかったもの」として忌避し隠蔽してしまおうとする意志の産物にすぎないわけだが、その措置は、「烏の北斗七星」がその時代において体現していた意味を、逆説的にリアルにうかびあがらせてもいるのである。

だが、現在の我々が読もうとする「烏の北斗七星」は、「理想の世界、すなわち憎むことのできない敵を殺さないでいい世界の実現のためならば、「何べん引き裂かれてもかまひません」という自己犠牲の姿勢」(1)とか、「大尉の祈りは、国家とか民族とかの規模をこえ、生命あるものすべてをつつみこむ宇宙観の問題につながる」(2)といった言説の関与によって、すでに囲いこまれてしまったテクストなのであり、そのため、物語を生成する戦争の言説のアクチュアルな意味が見えにくくなっているともいえる。だとすれば、「烏の北斗七星」を単純に賢治研究のコンテクストに位置づけるのではなく、戦争という現象にきわめて積極的にコミットした「戦争文学」としてその意味を顕在化させてみること。おそらくそれが、このテクストを生成する言説について考察する上での、最低限の条件となるはずである。

他方でこのテクストは、安智史が指摘するように、あくまでも「第二次世界大戦の戦中文学ではなく、第一次大戦の戦後文学」であるわけで(3)、そのふたつの戦争の差異をなし崩しにしてしまう弊は慎まなければならないだろう。ただ、「烏の北斗七星」における私の関心が、のちに引用する戦没学生の手記のごとき言説を生みだしてしまう構造にむいていることも、ここでとりあえず表明しておかなければならない。すなわち、「烏の北斗七星」が、戦争、あるいはその内部で死んでいった兵士と不可避的なかかわりをもってしまったという事実に、このテクストのもうひとつの歴史性が存在すると考えたいのである。

2

さて、「鳥の北斗七星」を読解してみると、この物語の語りが、冒頭部からきわめて明確な方向性を有していることに気づかされる。それは、擬人化された鳥の集団が形成する艦隊と、艦隊という組織の一般的・通念的なイメージとの落差を強調し、前者が到底「艦隊」の名にそぐわない集団である事実を顕在化させる語りであり、その結果、鳥の艦隊はいかにも戯画化された集団として言説化されることになるのである。

からすの大監督はなほさらうごきもゆらぎもいたしません。からすの大監督は、もうずゐぶんの年老りです。眼が灰色になつてしまつてゐますし、啼くとまるで悪い人形のやうにギイギイ云ひます。

それですから、烏の年齢《とし》を見分ける法を知らない一人の子供が、いつか斯う云つたのでした。

「おい、この町には咽喉《のど》のこはれた烏が二疋ゐるんだよ。おい。」

これはたしかに間違ひで、一疋しか居《をり》ませんでしたし、それも決してのどが壊れたのではなく、あんまり永い間、空で号令したために、すつかり声が錆びたのです。それですから烏の義勇艦隊は、その声をあらゆる音の中で一等だと思つてゐました。

雪のうへに、仮泊といふことをやつてゐる烏の艦隊は、石ころのやうです。胡麻つぶのやうです。また望遠鏡でよくみると、大きなのや小さなのがあつて馬鈴薯のやうです。

烏の艦隊は、このような形で、近代的軍隊としてのイメージからはほど遠い集団、「一人の子供にすら嘲笑されなければならない矮小な存在として語られる。「二十九隻の巡洋艦、二十五隻の砲艦が、だんだんだんだん飛びあがりました。おしまひの二隻は、いつしよに出発しました」という部分などからもうかがえるように、物語世界内の烏たちは、規律化された軍隊組織のイメージとのずれをたえず生みだし、しかもそれが、「こゝらがどうも烏の軍隊の不規律なところです」といった言説の介入によってコード化され、いやおうなしに読者の嗤いを誘いだしてゆく。烏たちは、「ユーモラスな」(4)軍隊というよりも、むしろほとんど悪意にみちたカリカチュアライズの文脈に投げだされており、仮泊のありさまは「石ころ」「胡麻つぶ」「馬鈴薯」と名指され、月の出を「あやしい長い腕の襲来と勘違いする姿は、「たびたびひどくぶつつかり合ひ」ながら「急いで黒い股引をはいて一生けん命宙をかけめぐ」る醜態として語られてしまう。「烏の北斗七星」の言説は、まずなによりも、艦隊を組織する烏たちを、徹頭徹尾卑小な嗤うべき存在として位置づけるべく方向化されているのである。

このような語りの作為からただひとりまぬがれうる特権を確保しているのが、主人公の大尉であることはいうまでもない。

そこで大監督が息を切らして号令を掛けます。

「演習はじめいおいつ、出発」

艦隊長烏の大尉が、まつさきにぱつと雪を叩きつけて飛びあがりました。烏の大尉の部下が十八隻、順々に飛びあがつて大尉に続いてきちんと間隔をとつて進みました。

大尉は、「眼が灰いろになつて」いる老いた大監督とは対照的な、「まつ黒くなめらかな」肉体をもつ烏として徴しづけられ、「出発」の号令と同時に「まつ先にぱつと雪を叩きつけて飛びあが」る俊敏な行動ぶりが前景化されることによって、有能な兵士としての位相が形づくられる。これらの言説は、大尉の登場から、彼が山烏との戦いに勝利するにいたる物語内容を生成しつつ、烏たちの世界における大尉の貴種性を明晰にうかびあがらせる機能をもつ。すなわちこの物語には、集団としての烏の艦隊と個としての大尉とを分離し、かつ両者のあいだに階層を設定しようとするイデオロギーが、明瞭な形で内在化されているのである。

このように考えるなら、烏の艦隊の戯画的な語られ方を、戦争を笑いの対象とするアイロニーの表明である、などと安易に意味づけることはできない。烏の集団を生成する言説は、大尉との差別化・

対立化の方向性にもとづいて構造化されているのであり、物語のコンテクストにおける艦隊の卑小さの強調は、あくまでも大尉の突出した優位性を完成させるための措置にすぎない。「鳥の北斗七星」では、主人公としての大尉に聖性を付与し、彼の行為を正当化するために、きわめて周到な言説編成がなされていると考えるべきなのだ。

この語りの構造は、読者に対し、ある意味できわめて抑圧的な作用をおよぼすことになる。読者は、大尉を中心化し絶対化する物語言説のイデオロギーをそのまま受容するかぎり、大尉と同一化しつつ、彼の思考と行動を全面的に肯定する読解を強いられる。そのとき、戦いの前後に大尉がささげる祈りは、誰もが抵抗しえない至高の言葉として読者の眼前に提示され、「感動」を呼びよせる呪力を発揮するだろう。「鳥の北斗七星」の言説は、冒頭部から大尉の祈りの言葉へといたる読者の読みの過程を周到に方向化しつつ、大尉の言葉を相対化する契機の一切を排除した、読者と大尉の全き一体化の場——それは擬装された政治的空白の場でもある——を用意するのである。

3

さて、すでに周知の一節となっている大尉の祈り——山烏と戦う前夜、そして戦いが終焉したあとに、大尉が心の内につぶやくふたつの言葉を、もう一度ふりかえってみることにしよう。

じぶんもまたためいきをついて、そのうつくしい七つのマヂエルの星を仰ぎながら、あゝ、あしたの戦でわたくしが勝つことがいゝのか、山烏がかつのがいゝのかそれはわたくしにわかりません、たゞあなたのお考のとほりです、わたくしはわたくしにきまつたやうに力いつぱいたゝかひます、みんなみんなあなたのお考へのとほりですとしづかに祈つて居りました。

烏の新らしい少佐は礼をして大監督の前をさがり、列に戻つて、いまマヂエルの星の居るあたりの青ぞらを仰ぎました。（あゝ、マヂエル様、どうか憎むことのできない敵を殺さないでいゝやうに早くこの世界がなりますやうに、そのためならば、わたくしのからだなどは、何べん引き裂かれてもかまひません。）

自己の生死を、超越的な意志＝「マヂエル様」に託し、「この世界」の理想と幸福と平和のために「わたくしのからだ」をも差しだそうとするこの言葉が、「よだかの星」や「銀河鉄道の夜」等にも反復されているテーマのヴァリエーションであることはいうまでもないが、「烏の北斗七星」のコンテクストにおいて重要なのは、このような祈りをささげる大尉が、戦場においてはきわめて優秀かつ勇敢な兵士としてふるまっている、という事実である。戦いの場にのぞんだ大尉は、「敵の山烏」を発見した途端に胸を「勇ましく躍」らせ、「先登になつて」部下を統率しながら、逃走する山烏の「まつくろな頭に鋭く一突き食らはせ」、あざやかに勝利をおさめるのだ。この、一見矛盾をふくむとも思える大尉の思考と行為の内実に、この物語を解くための鍵がひそんでいるはずである。

ここで注意しておくべきことは、大尉の「力いっぱいたゝかひます」という決意と、「わたくしのからだなどは、何べん引き裂かれてもかまひません」という意志とが、いずれも「マヂエル様」――すなわちタイトルにも用いられている北斗七星＝「神」にむけてささげられていることである。「マヂエル様」は、大尉の「許嫁《いひなづけ》」である砲艦の烏にとっては、大尉の無事を祈るための信仰の対象であるように、烏たちの「神」として君臨する象徴であるとともに、祈る者の内面がそのままの形で投影される欲望の鏡でもある。だから、大尉にとっての「マヂエル様」は、あるときは戦争の大義を体現する存在であり、あるときは己れの運命をつかさどる絶対者であり、またあるときは自己犠牲の意志を表明するための対象にも変容することになるのである。

「マヂエル様」の意志によって支配されている戦争の大義、己れの運命、そして自己犠牲の願望。それらの理念にみずからしたがい、また実行を決意してもいる大尉。この構図は、大尉の、「世界」の幸福のために献身しようとする行為と、ひとりの兵士として山烏を殺害する行為とのあいだに、なんの矛盾も分裂も存在しないことを示している。このふたつの行為は、超越的かつ絶対的な理念を捏造すること、さらに、その超越的理念に吸引される自己像を欲望することにおいて、まったく同質のものだからである。いいかえるなら、大尉は、「世界」の幸福や理想のためにたやすく自己を犠牲にしうる者、「マヂエル様」なる超越的意志にたやすく自己を供してしまう者であるからこそ、山烏との戦いの場で、己れの個別性を完璧に抹殺した、「力いっぱいたゝか」う英雄的兵士としてふるまうことができるのだ。一見背反するかにみえる大尉のふたつの行為は、そのイデオロギー的な構造においては、まったくひとしいものにすぎない。というよりも、敵を殺害する大尉の行為そのものが、自己犠牲の観念の存在によってまさにささえられている、と考えなければならないのだ(5)。

「烏の北斗七星」は、大尉の戦い／祈りというふたつの側面を描くことによって、戦争への協力／抵抗、戦争の加害者／犠牲者といった、単純な二項対立を解体しようとしたテクストであるようにみえる。また、そのような一見脱構築的とも思える方法は、賢治テクスト一般に通じる特質でもある。だがこの物語においては、そうした方法の存在によって、明白な加害者であるはずの大尉が、犠牲者・受難者として逆に美化され神聖化されてしまう、という転倒が発生してしまっている。そのような転倒の存在は、このテクストを、結果的に読者を戦争への幻想にかりたててしまう言説へと変形させずにはおかないのである。

このようなイデオロギーを内包するテクストとして「烏の北斗七星」をとらえるなら、この物語が戦時下において果たした意味と役割を、あらためて問いなおさなければならないだろう。賢治テクストにおける人間概念、世界概念が、世界戦争の出来と密接な関連をもつことは、すでに論議の対象となっているが(6)、「烏の北斗七星」がこの問題をもっとも端的に示すテクストであることはうたがいない。聖なる存在として特権化された大尉と、彼の美しい祈りの言葉がはらむ負の側面については、やはりあきらかにしておく必要があると思う(7)。

4

冒頭でもふれたように、日本戦没学生記念会編『きけわだつみのこえ』には、東京大学学生の佐々木八郎――賢治に「敬愛」と「思慕」をよせ、「烏の北斗七星」に「そのまま」の「僕の現在の気持」を見いだしている読者――の手記、『愛』と『戦』と『死』――宮沢賢治作〝烏の北斗七星〟に関聯して――」が収録されており(8)、「烏の北斗七星」の策略にとらえられた読者の典型例を示している。佐々木は、さきに引用した大尉の祈りの言葉に対し、「これ以上に人間らしい、美しい、崇高な方法があるだろうか」と感動をのべつつ、つぎのように手記に書きつける。

我々がただ、日本人であり、日本人としての主張にのみ徹するならば、我々は敵米英を憎みつくさねばならないだろう。しかし、僕の気持はもっとヒューマニスチックなもの、宮沢賢治の烏と同じようなものなのだ。憎まないでいいものを憎みたくない、そんな気持なのだ。正直な所、軍の指導者たちの言う事は単なる民衆煽動のための空念仏としか響かないのだ。そして正しいものには常に味方をしたい。そして不正なもの、心驕れるものに対しては、敵味方の差別なく憎みたい。好悪愛憎、すべて僕にとって純粋に人間的なものであって、国籍の異るというだけで人を愛し、憎む事は出来ない。もちろん国籍の差、民族の差から、理解しあえない所が出て、対立するならまた話は別である。しかし単に国籍が異るというだけで人間として本当は崇高であり美しいものを尊敬する事を怠り、醜い、卑劣なことを見逃すことをしたくないのだ。
では何のために今僕は、海鷲を志願するのか。そういう風に、僕の今の気持は、日本人ではあるが、狭いショーヴィニズムを離れた気持になるのであるからには僕の現在とる態度も純粋に人間として、国籍をはなれた風来の一人間として、カーライルではないが、父も知らぬ、母も知らぬこの世に生れた一人の人間として、偶然おかれたこの日本の土地、この父母そして、今までに受けて来た学問と、鍛えあげた体とを、一人の学生として、それらの事情を運命として担う人間としての職務をつくしたい、全力をささげて人間としての一生をその運命の命ずるままに送りたい、そういう気持なんだ。そしてお互いに、生れもった運命を背に担いつつ、お互い、それぞれにきまったように力一ぱい働き、力一ぱい戦おうではないか。そんな気持なのだ。

大尉の言葉にそって自己の思念を組みかえ、それによって戦いにおもむく必然性を捏造しつつ、死にいたる自己の行程を物語化しようとする衝動を、あきらかに見いだすことができるだろう。こうした形で大尉の祈りを模倣することにより、「愛」「運命」「崇高」といった観念を己れの死を代償に手中にしようとする佐々木の思考は、己れをこえた超越的意志に殉じようとする大尉のそれと、まったくひとしいものと化すことになる。「軍の指導者たちの言う事」を「民衆煽動のための空念仏」と規定することと、「学問と、鍛えあげた体」をたずさえて特攻隊を志願することとは、むろんまったく矛盾する行為にすぎない。佐々木にとっては、この矛盾を正当化するために、ぜひとも「烏の北斗七星」の大尉の言葉が必要だったのであり、その操作の結果として、「国籍」とも「民族」とも無縁の、ニュートラルな「一人の人間」という、ありもしない虚構の主体が形づくられることになったのである。

すでにのべたように、戦争の加害者がなんの疑念もいだくことなく、ヒロイックな犠牲者をよそおってしまう言説、あるいは、そのことを「運命」といった観念によって隠蔽してしまう言説は、「烏の北斗七星」それ自体を構成しているものでもある。「烏の北斗七星」は、山烏を殺す大尉の意識に自己犠牲や世界平和の観念を注入することによって、ひとりの読者を戦いの場へと誘惑した。おそらく、この虚偽を自覚した瞬間に、特攻を志願する佐々木の意識は崩壊に瀕したであろうが、「烏の北斗七星」は、このことを読者自身にはけっして自覚させない呪術性をあわせもつ物語でもあったのである。

安藤恭子は、「烏の北斗七星」の研究史において「自然界の食物連鎖に組み込まれたものの〈宿業〉をテーマと見るか、人間世界の戦争をテーマと見るかという、二つの流れ」が「並列的に」存在している事態に注意をむけつつ、「自然」なものではけっしてありえない人間界の戦争を、烏対山烏という二項を設定することによって「自然」化してしまった、このテクストの擬人法の「欺瞞」「隠蔽」について言及している(9)。安藤の論は、この物語における戦争の政治性の「隠蔽」を、擬人法という、児童文学の常套的手法の側面からあきらかにしたことにおいて重要であるが、おそらく、大尉の戦いの「自然」化は、運命への思いと一体となった自己犠牲という、あらゆる読者を拝跪させてやまない超―倫理的概念を呼び寄せるために必須の操作だったのである。むろん、「烏の北斗七星」には、運命や自己犠牲という言葉は一言たりとも出現しない。だが、佐々木の手記に典型的なように、読者が烏の大尉について語ろうとするとき、その種の概念と共犯せずにはいられない強制力が、じつに巧妙な形でテクストの全体に張りめぐらされているのだ。

こうしたテクストの策略を無批判に受けいれるとき、政治的・歴史的な構成物であるはずの個人は、愛、運命、理想といった超越的理念の前に放下されるひとつの空無と化し、戦闘の場でたやすく敵を抹殺しうる主体への転換が果たされることになる。さきに引用した佐々木八郎の手記はそのあからさまな例であったわけだが、思えばそれは、『きけわだつみのこえ』という手記集の全体をつらぬく思考形態でもあった。この書物に収録されている無惨な言説の集積と、烏の大尉の美しい言葉を並列してみるとき、あらためて、「烏の北斗七星」というテクストに刻まれた無数の傷痕がうかびあがる。そこに、このテクストが負うべき歴史的な責任が存在するわけだが、むろん、こうした問題は一個「烏の北斗七星」のみにとどまらない。宮沢賢治という作家が、他作家とはまた異なった形で、強靭な文学的＝政治的磁場をつくりあげてきた存在であることを考慮するなら、個々の賢治テクストと読者の共犯がどのような形で行われてきたのかを顕在化させることが、今後の賢治研究にたえず要請されるべき視点だといえるのである。

注

（1）佐藤通雅『宮沢賢治の文学世界――短歌と童話――』（一九七九・一一、泰流社）。
（2）続橋達雄「宮沢賢治「烏の北斗七星」考」（『国学院大学栃木短期大学紀要』18　一九八四・三）。
（3）安智史「「烏の北斗七星」考――修羅としての烏たち」（赤坂憲雄・吉田文憲編『『注文の多い料理店』考――イーハトヴからの風信』一九九五・四、五柳書院）。安は「烏の北斗七星」を、海軍が戦争の主力であった第一次大戦前後の時間内に位置づけつつ、このテクストを「旧日本軍の機構にたいし、ひそかに違和感を」表出するものとして評価している。ただし以下にのべるように、本稿ではそうした立場をとらない。
（4）原子朗編『宮澤賢治語彙辞典』（一九八九・一〇、東京書籍）の「軍隊」の項には、「時代が時代だったから階級や兵隊、兵種を含めて賢治は軍隊を作品に多く使っているが、しかし、どれも牧歌的でユーモラスな、あるいは比喩的なイメージをもち、いわゆる軍国調からは程遠い」とのべられている。
（5）たとえば小沢俊郎「賢治の社会批判」（『四次元』一九五四・四～六）にも、「戦争は止むを得ぬまゝ、相手は憎めぬまゝ、上官の命に従ってゆく烏の立場は献身の美しさをひゞかせると同時に結果的に戦争を肯定してしまうという矛盾を呈して来る。憎めぬ敵と戦わせるような力と戦わないで、勝つがいゝか負けるがいゝか分かぬ戦争に加わる。この判断中止的な考え方は、仮令時代のちがいをみとめるにせよ、賢治ほどのヒューマニストにおいて肯い難いものを感じさせるのである」という指摘があるが、そもそも「ヒューマニズム」が、「戦争」行為と対立するものではなく、むしろそれを補強する思想であることはいうまでもない。
（6）『現代詩手帖』（一九九六・一二）の特集「宮沢賢治――国教・戦争・宗教」、『批評空間』（一九九七・七）の「共同討議・宮沢賢治をめぐって」（関井光男・村井紀・吉田司・柄谷行人）など。多少煩雑になるが、これらのなかから、本稿の内容にかかわる重要な言及をいくつか拾いだしておく。
「世界が一つになって「人間」という普遍概念が真に現実的な意味を持つようになったのが――単純にいって世界が一つになったのが――戦争、世界の戦争化によってだったとすると、現在の人間の生存条件というのは、戦争抜きに考えられない。そして実際、賢治の世界を規定しているのも、そうした「戦争」の構造じゃないかと思えたんです」（天沢退二郎・西谷修の対談「賢治、あるいは夜と戦争」における西谷の発言。『現代詩手帖』所収）。

「（賢治テクストが）「時局」を反映していないのは見かけのことなのである。むろん、賢治において、戦争という問題ひとつを見ても、軍隊の勲章を「ノンセンス」とすることはあってもそれ以上のものではない。彼の全テキストに一貫しているようにひたすら大義にむかって、自己犠牲を称えられ、戦争についても「烏の北斗七星」に見られるように、英雄的行為なのである。「烏」＝動物レベルですら英雄的に戦場に向かうというのだからである」（村井紀「産業資本家宮沢賢治の誕生」『現代詩手帖』所収）。

「これ（注・大尉の祈りの言葉）は殺した敵への禊なのですが、永久平和の世界のためには自己犠牲あるいは死はやむをえないということなんですね。そして敵を殺したことは平和への祈りを通して帳消しにしてしまう。国家あるいは法（妙法）の正義のために殺すことはやむをえないというわけですね」「（賢治のテクストは）一見すると美しい言葉で書かれている。「世界がぜんたい幸福にならないうちは個人の幸福はありえない」という「農民芸術概論綱要」の言葉はその代表みたいなものです。この言葉の裏にあるのは、不惜身命、主体を消去することです。これは全体主義の論理ですね」（『批評空間』所収「共同討議」における関井光男の発言）。

(7) つけくわえておくなら、大尉の「許嫁」である砲艦の烏の存在は、出征する兵士／待ちつづける女性という、戦争に付随する恋愛物語のステレオタイプを形成してもいる。砲艦の烏は、大尉とおなじ部隊に所属しながら、同時に銃後の女性としての意味を生成し、二人の恋愛の純粋さを表象する役割をになう。大尉が結果として戦いに勝利することによって、両者の関係は、帰還する兵士／歓喜しつつ迎える女性、という構図に組みかえられるが、いずれにせよ、「そのときはおまへはね、おれとの約束はすっかり消えたんだから、外へ嫁《い》つてくれ」という大尉の言葉、それにつづく砲艦の烏の悲嘆が、戦後に続々と生産される通俗戦争ドラマにお馴染みの別離のシーンを先取りしていたことはいうまでもない。「許嫁」である砲艦の烏の存在も、大尉の戦いの聖性を強調するために、戦略的に物語に内在化された装置のひとつなのである。（賢治テクストにおけるジェンダーの表象が、なぜこのようなステレオタイプと化してしまうのかについては、べつに考察を要するだろう。）

（8）周知の通り、『きけわだつみのこえ』は、東京大学戦没学生の手記を編集した『はるかなる山河に』を前身として、一九四九年十月東大協同組合出版部より刊行された。佐々木八郎は東大経済学部の学生。一九四三年十二月入団し、四五年四月昭和特攻隊員として沖縄海上で戦死した（『きけわだつみのこえ』所収の略歴を参照）。本稿での佐々木の手記の引用は岩波文庫版（一九八二・七）に拠っている。

なお、引用文中の「軍の指導者たちの言う事」は原遺稿では「暴米暴英撃滅とか、十億の民の解放とか言う事」という表現であり、占領軍の検閲による改竄であるとする岡田裕之の指摘がある（「日本戦没学生の思想（上）――『新版・きけわだつみのこえ』の致命的欠陥について」『大原社会問題研究所雑誌』578　二〇〇七・一）。

（9）安藤恭子「〈宮沢賢治〉の表現をめぐって――「烏の北斗七星」における擬人法――」（『日本語学』一九九七・九）。

哄笑する〝細部〟
――島田雅彦『ロココ町』――

さまざまな人間と情報を呑みこみながら果てもなく肥大しつづける「超遊園地都市」ロココ町。島田雅彦『ロココ町』の主要な舞台となるこの町は、一見、反秩序的、脱都市的とも思えるさまざまな装置によって構成されている。境界も特定の場所ももたない、「地図」的な可視性を拒否する流動的な都市空間。あらゆる民族・人種・階級の人間を受けいれる開放性。高度な情報ネットワークによって個々の人間を「細胞」化する「超知性体」としての構造。人間の遺伝子のＤＮＡ配列を解析し書き換えることにより、新たなパーソナリティをつくりだす「遺伝子情報研究所」の存在。さまざまな情報を所有し、それを金銭に換えることを生業とする「情報屋」、ギルガメットを装着して無数のパーソナリティを現出させる「シャーマン」、魅力的な男たちとの恋愛の成就を至上の使命とする美女戦士の軍隊「ヴィーナス」……。

これらの要素が、近代的な「人間・個人」「社会」「都市」「恋愛」といった概念の仮構性をあらわにし、同時にそれらを解体しつくしてしまう機能をになっていることはいうまでもない。たしかに、都市の境界性そのものを無化してしまうことは、「地図」的な観念のフィクション性を露呈させるとともに、周辺に存在する人間と情報をたえず収奪し属領化する都市の増殖力を顕在化させることになるだろう。また、「自己」や「人格」なるものが、文化的・社会的な要請や制約によって形成されるイデオロギー的幻想にすぎないことも、「恋愛」が資本制システムを潜在的にささえる男女間の権力闘争であることも、これまた確認するまでもないだろう。そのように考えるなら、このテクストは、「ポストモダニズム」といういささか杜撰な言葉で名指されるところの思考体系を、架空の都市の物語としてアレゴリックに表現したもの、と規定されるのかもしれないし、コンピュータを媒体とする情報が横溢する一九九〇年代末の都市を予見した世界、という称号があたえられるのかもしれないし、あるいは、「国民国家」や「民族」的なアイデンティティを解体するポストコロニアリズムの小説的試行という評価すら可能となるだろう。事実、この小説に対しては、「ポストモダニズム文学全般へも突出するかたちで新しい表現可能性をもたらした」ウィリアム・ギブスン以後のサイバーパンクと相似的にとらえた上で、二項対立の構図が崩壊したポスト冷戦以後、すなわち「九〇年代文学そのものの可能性」を見いだそうとするような評価が、すでに存在している(1)。むろんそこには、島田雅彦に固有の「模造人間」的主体という、これまた「ポストモダニズム」の思考とたやすくむすびつくモチーフが想定されてもいるのである。

こういう評言を全面的に否定することはできないだろうし、島田雅彦にとって一九九〇年代の開幕をつげるこの小説を、とりあえず「位置づける」ためには有効な視点なのかもしれない。だが、こうした九〇年代的な思考をこのテクストから読み取ろうとする読者は、主人公の「ぼく」がはじめてロココ町を訪問する場面で、たちまちつまずくことになるだろう。


「……あんた、どういうつもりなのよ。これは立派な傷害罪よ」

「強姦したのはあそこに死体みたいに転がってる奴だろう」

「あんた、どうして邪魔をしたのよ、あの人はお客さんよ」

「邪魔って……すると君たち、合意のうえで？」

「そうよ」

「そんな。君は嫌がってただろうが。合意のうえなら、何だって人に目撃されるように悲鳴をあげたりするんだよ。人目につかない場所で声を殺してしたらいいだろうが」

「それじゃ、強姦にならないの」

「君は強姦されるのが商売なのか」

「一回、五万円。あんた、払ってくれるんでしょうね」　（「1　迷子の探偵」）


滑り台にのってロココ町に侵入した「ぼく」が最初に出会った人間が、レイプされることを「商売」とする「強姦ガール」、ミナコとその客であった。「正義感のマスク」をかぶって男の腹にまわし蹴りを食らわせた「ぼく」は、事情を理解して呆然とする羽目におちいる。ここに、あらゆる酩酊状態を許容してしまうロココ町の本質の一端が示されるのだが、「もう完全に強姦に慣れちゃってる」「ホテルのベッドでしても全然、感じない」というミナコの設定は、フェミニスト読者を顰蹙させるためにわざわざ導入されたとしか思えない反動ぶりといえよう。しかも、ミナコの「商売」には、「ここは遊園地よ」という彼女自身の一言によって、身体を資本としたゲームとしての性格があたえられてしまい、それを腹立たしく思う読者がいかにも間抜けにみえるような仕掛けがなされているのだ。

むろん、こうした細部における異物感は、島田テクストにおいてはしばしば戦略的に活用されているものである。だがそれにしても、「ミナコの臍の下まで裂けたワンピースと脚に藻のようにからみついているパンティストッキングを見て」性器をいきり立たせている「ぼく」と、「不意に見知らぬ男に押し倒されるのが好き」と語るミナコを組み合わせる作者の手つきは、いかにもあざとく、かつ図々しさに満ちているというほかはない。とりわけ、『ロココ町』の場合、「ポストモダニズム」風の意匠をこらした物語内容がまず前景化されるだけに、こうした無用な細部を導入してみせる作者のパフォーマンスがいっそう際だつのである。

おなじことは、つぎのような部分についてもいえる。

窓の下では……昼間からワルプルギスの乱痴気騒ぎだ。テニスコートほどの広さの空地を半分以上水びたしにして、下着だか泥だか見分けのつかないものを着た男女数人がバケツで水をかけ合いながら、レスリングあるいはセックスに興じていたのである。一人の男は若いグラマーな女に柳の枝の鞭で打たれ、泥水の中をアヘアへいいながら這い回り、ブルドッグのたるんだ顔を持った中年女は自分とそっくりの顔をした娘と思しき女に羽交い締めにされていた。よく見ると、中年女は一号室に住む管理人だった。親子喧嘩をする二人が口汚なくののしり合っていると、背後から筋肉質のニヤけた男が近づいて行き、娘と交尾を始めるのだった。（「1　迷子の探偵」）

これは、ロココ町の司祭者であるB君が語るところの「超遊園地都市」の機能のひとつ、「人の意識を解放し、幼児への退行をうながす」遊びの様子なのだが、実際に描かれているのは、「退行」とすら称しえない、泥レスリングと乱交とＳＭが混合された俗悪な風景であるにすぎない。要するに、真面目に解釈するのも馬鹿げた、ただ黙殺して通過するべき一場面なのである。だが、このような物語切片を堂々と挿入してしまう方法が、図式的な「ポストモダニズム」的形象を敷衍するかにみえるこのテクストを、かろうじて「小説」たらしめていることもたしかなのだ。ここで、島田の初期テクストの「大時代な言語の畸型化」に「「言葉と物」……のはざまで、何ものにも回収されえぬ居心地の悪さを宙吊りにする一種執拗に技術的な悪意」(2)を見いだした渡部直己の評言を想定してもいいだろう。すぐれて現代的な問題を差しだすかにみえる、B君＝ギルガメ師を中心としたロココ町の表象と、それを裏切るかのごとく展開される、〝細部〟の出来事の臆面もない低俗ぶり。そのはなはだしい落差は、「小説の生命は細部に存する」というテクスト読解上の理念や、「周縁が中心を無意味化する脱構築的構造」などという紋切り型の言説をせせら笑うかのごとくである。「人間」や「社会」「都市」の解体などといったテーマが、「ポストモダニズム」という常套的な用語にたやすく回収されてしまう陳腐さをまぬがれない現在、このような島田の方法は、やはり得がたいものと考えるべきなのだ。

かつて金井美恵子は、島田雅彦の『アルマジロ王』について、オペラや芝居の舞台から勝手にフレームを切り取ってしまう「ヴィデオ・カメラのテレビ的感性」と評し、「クレーン」や「レール」などという大時代的で愚鈍な映画的な装置を使わず、ズームとパンのみで処理する」「身軽さと表象に対する無邪気な無自覚」を、例によって辛辣な皮肉をまじえながら批評していた(3)。島田の方法が果たして「ヴィデオ・カメラ的」かどうかの当否はさておくとしても、金井にならって島田の方法を映像の比喩で語るなら、物語の文脈を意図的に黙殺あるいは逸脱して、映してはならない奇怪な細部を映しだしてしまう、傍目には品性を欠いているとしか見えない術策とでもいうべきだろう。たとえていうなら、ラブシーンの最中に突然まったく無意味な事物や人物がアップでとらえられてしまったり、戸外の風景をパンしていたカメラが何の脈絡もなくゴミ集積場に移動し、そこに放置されている汚物を観客に見せつけてしまう、といったようなありえない事態と似ている。こういういささか小児的ともいえる志向が、島田テクストの世界をささえる根拠となっているのだが、そのような態度は、『ロココ町』にも、やはり一貫していると考えるべきだろう。

＊

　ところで、物語の末尾で遺伝子情報研究所の副所長が語る「可能世界」の概念は、小説世界の生成そのものをアナロジカルに指し示す言葉でもある。『ロココ町』における「可能世界」とは、「誰もが持っている『もしも』の世界への憧れ」を集約した都市＝ロココ町と、遺伝子情報の書き換えによって「あり得たかも知れないもう一つの自分と出会う」行為を重ねあわせる役割を果たしているのだが、それは同時に、小説が、言葉の配列を書き換えることによって、異質な物語を自在につくりだすことのできるジャンルであることをただちに連想させる。いうまでもなく、それは、三島の『仮面の告白』や漱石の『こゝろ』を書き換えて『僕は模造人間』や『彼岸先生』を創出してみせた、「パロディ」「パスティーシュ」などと称される島田の方法そのものであろう。副所長が語る「可能世界」への欲望は、島田自身の「小説という表現形態をとって、漱石をいかがわしい、不道徳なテクストに意訳すること」、すなわち「漱石を書き換えてしまいたいという欲望」(4)と同質のものなのだ。というより、こうした意図的なパロディ小説を想起するまでもなく、あらゆるテクストは先行テクストの書き換えなのであるから、すべての小説は「可能世界」の概念の産物だ、と考えることも可能なのだ。

　ちなみに、『ロココ町』に関しては、村上春樹が多分に意識されていたふしがある。たとえば、ロココ町とその空間の構成は、『世界の終りとハードボイルド・ワンダーランド』を想起させなくもないし(5)、妻の失跡というシチュエーションや、異世界の支配者を探すために彷徨しつつ冒険する主人公の設定などは、『羊をめぐる冒険』を彷彿とさせるかもしれない。だが島田は、『世界の終りとハードボイルド・ワンダーランド』の空間を「ベルリン」と規定し、アメーバのように分裂・肥大しつつ「壁」そのものを無化してしまうロココ町の空間との差異を強調している(6)。失跡した妻にしても、ロココ町に簡単に吸収される無節操ぶりをさらして読者の笑いをさそう人物にすぎないし、探しあてられたB君は肉体を置き去りにしたまま、すでにべつの「可能世界」に移住しており、「ぼく」と彼の再会はストーリー自体に何らのカタストロフももたらさない。作者自身の言葉をかりるまでもなく、『ロココ町』は、村上春樹のテクストを連想させつつも、その内実は似ても似つかないのである。

だとすれば、『ロココ町』自体が、村上春樹テクストの悪意にみちた書き換えだという見方も成りたつだろう。失われた誰かを探し求める物語、世界を支配する超越者と対峙し闘争する物語――それらを軽薄かつ俗悪な身振りをもって嘲笑し、転倒してみせ、逆にそのことによって「ポストモダニズム」という通俗をも乗り越えようとすること。『ロココ町』というテクストの意志は、おそらくそのことに賭けられていたはずなのである。

注

(1) 巽孝之『ロココ町』解説(一九九三・八、集英社文庫)。巽は、『ロココ町』が「安部公房『燃えつきた地図』

を積極的に誤読しその装置を「再発明」することによって成り立っている」（「ＲＥＮＴＡＬ　ＴＯＫＹＯ――『夢使い』または仮想家族の創世記」『ユリイカ』一九九四・六）とも指摘する。

（２）渡部直己『読者生成論――汎フロイディズム批評序説』（一九八九・七、思潮社）。

（３）金井美恵子『本を書く人読まぬ人とかくこの世はままならぬ　ＰＡＲＴⅡ』（一九九三・一〇、日本文芸社）。

（４）島田雅彦『漱石を書く』（一九九三・一二、岩波新書）。

（５）『現点』10号（一九九〇・一〇）での島田雅彦へのインタビュー「僕は測量技師」で、与那覇恵子が「村上春樹の「世界の終りとハードボイルド・ワンダーランド」をかなり意識していらっしゃったんじゃないでしょうか」という質問を投げかけている。ただし島田は、これに対して明確に答えてはいない。

（６）注５のインタビューでの発言。

III　ジェンダー／セクシュアリティへの視点

「作者の性」という制度
――宮本百合子『伸子』とフェミニズム批評への視点――

1

『伸子』という小説、あるいはそれに付随して存在する「宮本百合子」という作者が、最近のフェミニズム批評の盛行にともなって、あらためてたかく評価されていることは周知の事実であろう。たとえば、「女性の自己表現の書としてフェミニズム批評の恰好の対象」(1)「〃百合子とフェミニズム〃のテーマはフェミニズム批評の一つの環になっている部分でもあり、今後の動向が注目されるところであろう」(2)といったように。これらの言説の根底にあるのは、『伸子』が、女性の視点から恋愛・結婚・離婚を通じた男性(社会)との葛藤を描き、さらにはそれを近代社会を形成する家父長制への批判にまでたかめたテクストであり、それゆえにフェミニズム批評が評価の対象とすべきものである、という一見当然のようにも思われてしまう前提である。むろん、個々の具体的な論述のなかで、小説に内在するいくつかの瑕瑾が指摘されはするものの、『伸子』がフェミニズムの思想形成に貢献するアクチュアリティを十二分にそなえたテクストであることは、もはや自明の事実と化しているかのようにみえる。

本稿は、『伸子』をめぐる批評・研究に支配的なこうした傾向に疑義を提出することからはじめなければならないわけだが、ありていにいって、『伸子』は、自然主義、あるいは白樺派の作家たちが生産しつづけた「リアリズム」小説の系列につらなる、男根的《ファリック》なテクストなのである。にもかかわらず、『伸子』が女性解放の小説として肯定的に評価されてきたのは、ひとえに、これまでの『伸子』論のおおくが、物語を生成する語りの構造や文体の問題といった、テクストの言葉そのものにかかわる分析を回避しつづけ、物語内容の表層部分のみをフェミニズムのイデオロギーと野合させる反動ぶりを演じてきたからにすぎない。その結果、『伸子』は、論者自身に内在する現実的・政治的行為の欲望をみたすための道具と化してしまった。そのひとつの典型である駒尺喜美「『伸子』にみる結婚」(3)は、「女が男の掌に握られる形態、すなわち結婚の形態、家庭の形態」が「女の悲劇」の元凶であるという、それ自体はしごくもっともなテーゼから出発し、いかにも「リアリズム」小説に対峙する読者の態度にふさわしく、伸子と佃の関係性をひたすら実体化しながらテクストを読みすすめる。ここには、テクストの言葉の向こう側に、さらなる上位の審級としての「事実」を――もちろんそのなかには、作者である宮本百合子の「事実」もふくまれる――想定し、倫理的・道徳的批評の対象にしようとする、ファロゴセントリズム（男根＝ロゴス中心主義）にもとづく読解方法があるのみである。

このような、小説の言葉それ自体を抑圧する批評的言説の堆積によって、『伸子』はフェミニズム批評の「恩恵」を最大限にうけた、特権的に救済された小説となってしまった。むろん、いま要求されているのは、伸子を中心として構造化されたこの小説の言語的側面をあらたに対象化しなおすことによって、見せかけの女性解放的イデオロギーに隠蔽された、反―女性性のテクストとしての深層を掘りおこすことである。『伸子』が「フェミニズム批評の恰好の対象」となりうるのは、そういう逆説的な意味においてなのである。

2

伸子と佃のあいだに交わされるコミュニケーションの様相をたどっていけばあきらかなように、両者は自己の発話する言葉に対して、ほとんど正反対な関係を切りむすぶ人物として登場している。伸子が、自己の言葉と自己の内面との符合をまったくうたがわない、透明な言語観の信奉者であるのに対し、佃は、「どうせ捧げた体です」といった言葉の裏に、つねにそれとは逆の意味を暗にすべりこませておく、裏表のある、「偽善的な云ひ廻し」(三―十一)の持ち主である。伸子と佃の非対称性を形づくるのは、まずなによりも両者の言葉が生成する意味の差異なのである。

自己の意思を表面的な言葉に包んで隠蔽したり、その場しのぎの美辞麗句を並べたてたりする佃の話法は、つねに、直線的な言葉を美徳とする伸子の怒りの種とならざるをえない。「もう少し率直だつてよかないの」（五―三）「貴方は、ぢやあ、いつか一度でも、私が伺ふことに、淡白に、男らしく、返答して下すつた事があつて？」（五―五）という怒りはそれを端的に示すものであろうし、また佃にプロポーズした伸子が、佃の返答に涙がこぼれるほど感動したのも、「彼が、初めて、男らしい権威を以て、自分の心持を明言して呉れた歓喜」（二―五）のゆえであった。両者の亀裂は、伸子が佃の言葉を「信じられなくなつた」（五―五）地点にいたって決定的となる。こうして伸子は、「現前」的言語の素朴な遂行者――内面と言葉とが直結していることの「真実」「真理」を体現する人物としての意味をもつことになる。

小説内における佃のイメージが読者に見えにくいのに対し、伸子のイメージが明晰といってもいいほどであるのは、こうした両者の言葉の差異にもよっている。むろんそれは、語り手が伸子と共犯関係をむすび、伸子の視点からのみ佃に言及してゆくという語りの方法の結果でもあるのだが、「本心の明かでない」「曖昧な」（三―十一）言葉のみを駆使し、他者とのコミュニケーションに齟齬をきたしている佃にくらべ、「真正面《まとも》でない心の関係は、私に持ち切れない」（六―一）という伸子は、いかにも無邪気に、そして直接的に、自己の言葉を、他者／読者にむかって提示してゆく。こうして、「現前」を旨とする伸子のロゴス的言語は、彼女自身を、「真実」「真理」を表象する統一的主体の高みへと押しあげるために、不可欠な媒体としての役割を果たすのだ。

「統一的主体」という言葉を適用すべき小説中の人物として、伸子ほど適当な例もまたとあるまい。

実際のところ、小説の始めから終わりまでを通じて、伸子の本質になんら変化が生じていないのは驚くほどなのである。もっとも、伸子がさまざまな遍歴を重ねてゆくことによってある変貌をとげてゆく、というのがこのテクストが要請する読み方なのであろうし、事実、『伸子』はこれまで女性の教養小説、すなわち主人公伸子の成長・変貌の物語というコードによって読み解かれてきた(4)。だが、ある本質的な一点、つまり、かぎりない成長を志向し、超越的な「真実」「真理」の規範を体現しつづける、というまさにその一点において、伸子はまったく変化することを知らないのである。むろんここでは、しばしば「向日的」「オプティミズム」などと称される伸子の性向自体が問題なのではない。「伸びたい」「人間らしく生きたい」という伸子の単純素朴な成長への信仰が、その価値をうたがわれることのない不変の前提として、彼女のあらゆる思考や行動を統治している、という事実が重要なのである。この意味で、物語内に布置されている、いかにも教養小説的な装いをもった出来事のかずかずは、伸子の自己成長の欲望に供されるのみの表層的経験をなしているにすぎない。佃との恋愛・結婚・離婚、母親との葛藤などは、男性優位の社会秩序や家族関係の束縛への認識をせまるという意味で、伸子にとっては決定的な事件であったはずだが、この素朴な成長への信仰、「真実」「真理」との同一化によって形成される彼女の主体を変革する契機とはなりえていないのだ。結果として読者の内部には、さまざまな出来事をくぐりぬけてもなお微動だにしない、伸子の確固とした統一的主体のイメージだけが生成されることになる。『伸子』は、主人公の一貫した自己成長の欲望ゆえに、教養小説としての枠組そのものが裏切られるというアイロニーを形成してしまっているのである。

何故、どつちかに確《しつ》かり自分を据ゑて、日光をたつぷり、空気をたつぷり、人間らしく活きようとする気にならないのだらう。

仲子の若々しい感情は間誤付《まごつき》と苦々しさと可哀さうさの混つた勢で佃に向つた。（一―四）

彼と生活をともにし、互に扶け合ひ、一緒にやつてゆきたいのは、たゞ、互の愛を真直育てられる位置に於いて二人が、より豊富に、広く、雄々しく伸びたいからだけなのであつた。（二―三）

彼の幸福の種類は仲子のいるものではなかつた。夫が満足して、その幸福を食ふのを傍から眺め、自分は食はず、微笑んで居るべきなのであらうか？　仲子は食ひたい人間であつた。きびしく空腹を感じる人間であつた。食はずには居られない人間であつた。（四―六）

その男は夫だ。彼と自分との間に、欲情の交換はある。然し、美しい恋心と、よく生きようとする張り合ひ、其があればこそ生きる望みは、満される見込みがない。――仲子は、それではやつて行けないのであつた。（五―五）

ところが仲子の情熱は佃一人に費ひ切れなかつた。彼女の生命は北海道の牛の乳で養はれた細胞と同じやうに豊富で、旺盛で、貪欲であつた。（中略）源に遡ればつまり一つの熱情が、愛と現はれ憎みと現はれる恐ろしい生き生きした心の潮、又、自分の本質に烈しく自由や独立を愛して歇まない本能の在ること、そして其は、人との交渉に於て実に深くはまり込む、信じ易く受け入れ易い自分の性質に対して自然が与へた唯一の意味深い杖であることなど、伸子は、永く静かに明けては暮れる田舎の一日一日の間に考へ知つて行つた。（七―六）

伸子はいつの間にか再び自分を貫いて、活潑な生活慾が流れだして居るのを感じた。（中略）新しい生活をしたい、違つた暮しを見出したい、さう思ひつめ求めて居た時、其等のものは何処にあるかさへ知れなかつた。知らないうちに、時期が来た。（七―八）

（いずれも傍点引用者）

引用がやや煩瑣にわたったが、これらの部分を読めば、結婚と離婚という出来事を通じて、伸子の本質に基本的な変化が生じていないことはあきらかだろう。そして、伸子が自己成長をなしとげ、統一的自己主体を形成することの果てに見いだそうとするのが、「高貴な輝き」（二―二）というような言葉によって語られる「理性」「精神」の理想であることは言をまたない。こうして、伸子という主体のイメージは、あらゆる多義性・曖昧性・混沌を統御し、人間に全一的なアイデンティティをもたらす超越的な力の象徴——すなわち男根《ファルス》と、もののみごとに重なってしまう。伸子は、「真実」「真理」をみずから体現し、「理性」「精神」という絶対的概念を希求することによって全一的な自己主体を獲得する、ファロゴセントリズムの権化ともいうべき存在なのである。

むろん、このような伸子のイメージの生成に関しては、語りの方法にあずかるところが大きいわけだが、それについてはのちに多少ふれるとして、ここでは伸子の言葉が「現前」を志向するロゴス的言語、すなわちイデオロギー的な意味での「男性」的言語であり、いっぽうの佃の言葉が、裏表のある陰湿な二重性をもつがゆえに統一的主体を形成しえない、「非—男性」的言語であることをつけくわえておこう。伸子が佃に愛想をつかし、離婚の意志をつきつけるこの物語を、あえて両者の発話のレベルでのみ読解してみるならば、それは、「男性」的言語が「非—男性」的言語を駆逐し、排除してゆくプロセスとしても読むことができるわけだ。

3

男根的女性《ファリック・ウーマン》、あるいは男装する女性としての伸子のイメージは、彼女を「書く」女性として設定することによって、象徴的に表現されている。伸子を「自力で立たう」（四—七）とする女性として印象づけるために重要な役割を果たしているこの属性は、伸子という人物の本質を指し示すインデックスとしての機能をもあわせもっている。

伸子にとって、小説を「書く」ことは「仕事」であり、「万一其を止めなければならないなら……私――……左様ならをするしかないの」(二―五)というように、自分の夫と等価な位置をしめるものでもある。「仕事が出来るといふことは、自分や自分の周囲の生活に対して、曲りなりにも一つの精神的足場の持てる証拠ではなからうか?」(四―七)という部分からうかがわれるように、「書く」ことは伸子にとって、己れの精神の高揚の発露であると同時に、「自力で立」つこと、すなわち女性として男性中心の社会に参入してゆくための手段なのである。小説を書くこと、ペンをもつことは、女性である伸子が社会のなかで「男並み」の位置を獲得するために必要とされる行為なのだといえよう。サンドラ・ギルバートとスーザン・グーバーが強調してみせたモデルをなぞっていうなら、彼女のペンはペニスなのである(5)。

「書く」ことの価値と意味は、小説が終末にちかづくにしたがって伸子の内部での比重を増してゆく。すでに佃との生活を断ち切ろうとしている直前、自分が書いた小説を書きなおす伸子の姿が描かれている。「書き足りない気持、心全体が流露し切つて居ない意識、――従って、自分の本当の内的な発育の上には大して意味のない作品といふ気が書終ると強く遺った」(七―四)。「内的な発育」という、『伸子』の読者にとってはお馴染みの言葉が、またしても出現する。「書く」ことは自分の内的な成長のため、すなわち自己を全一的主体としての男根《ファルス》へと押しあげるための行為なのだ。それゆえ、伸子のもつペンは、それが男根《ファルス》的主体を獲得するために必要な「もの」、すなわちペニスであるという、一見グロテスクにも思えるメタファーの想定が可能となるのである。

もっとも、物書きの女性が登場する小説はいくらでも存在するわけだから、『伸子』に関してのみペン＝ペニスのメタファーを読み取るのは不可解だという見方があるかもしれない。『伸子』のコンテクストにおける「書く」ことの意味は、佃の存在をまってはじめて解き明かされる。これまでほとんど注目されてこなかったことだが、佃は古代インド・イラニアン語の研究者であり、同時に「書く」男性でもある。たとえば第四章において、「通俗的な、波斯《ペルシャ》文学概論」の下ごしらえをする佃の姿が点描されていることを思いおこせばよい。だが、彼なりに労力を傾注したであろうその小著書は、伸子には「明快な思想も感情もない文」の集積としかみえず、そのため、「説明が足りない」「材料の底まで、たっぷり筆が届いて居ない」「駄目、駄目、これはなあに？」と、手きびしい批判をあびなければならない（四―二）。小説家である伸子と、古代インド・イラニアン語を研究する佃との優劣は、ここではっきりと定められてしまう。しかも、伸子のペンが社会に伍してゆくための手段であるのに対し、佃のそれは有用なものをなにも生産することができない、不在としてのペンである。佃は自分の仕事について、「一生C大学の図書館の御厄介になつて終ることでしよう」（一―四）と自嘲的に語らなければならないし、また「部屋の机の上にのつて居るのは、決して大した仕事ではない。イラン語の詩の古臭い翻訳を書きなほすか……」（三―九）と、伸子の軽侮のまなざしをふりむけられなければならない。伸子が自己のペン＝ペニスによって男根《ファルス》的主体を獲得する人物であるのに対し、佃は「役に立たない」ペン＝ペニスの持ち主――すなわち象徴的な不能としての意味を負わされた人物なのだ。佃が伸子に拮抗すべき強靭な男根《ファルス》をもちえない人物であることは、伸子と対照された彼のペン＝ペニスの不能性によって、暗示されているのだといえよう(6)。伸子が佃を、「全く――彼が自分でいふ通り、彼には何も無いのだ」(四―六、傍点原文)と評するとき、それは「彼には男根《ファルス》が無いのだ」という意味にほかならないのである。

さきにのべた伸子の「男性」的言語、佃の「非―男性」的言語の対置も、このことにかかわって存在することはいうまでもない。だから、伸子と佃のふたりに焦点をさだめてテクストを読み解くなら、つぎのような解釈が可能となるだろう。この物語は、強靭な男根《ファルス》をもつ女性と、男根《ファルス》をもたない男性との葛藤の劇であり、伸子は離婚という形で佃の支配からのがれることによって、統一的主体としての自己を護持し、男根《ファルス》を「去勢」されることをまぬがれるのだ、と。そして、伸子をたえず優位におく両者の関係構造を補強しているのが、この小説の語りの方法であることはいうまでもない。

ここで『伸子』の語りについてふれておくなら、それは一言でいって、ヒロインである伸子を特権化し、絶対化する語りであるということにつきる。吉川豊子が指摘するように、「伸子にとっての(伸子の側だけの)正当性を読者に、また伸子自身に納得させること、このことが『伸子』の〈語り〉の強力なコンテクストをなしている」(7)のである。テクスト内に、伸子を批判し相対化する言説はほとんど皆無であり、読者は伸子のもつ価値観やイデオロギー、恋愛・結婚・離婚という行動をえらびとる彼女の思考を全面的に肯定することを強要されることになる。語りの言説を忠実に読みすすめてゆくかぎり、屹立する彼女の像をそのまま受け容れなければならなくなる堅固な仕組みが、テクストのすみずみまで行き渡っているのだ。

このような語りの方法が、男根《ファルス》的主体としての伸子の存在と不可分な関係にあることはいうまでもない。伸子は他の作中人物からも(8)、語り手からも否定されることのない、ただひとり優越した位置を獲得する人物として物語世界内に君臨するのである。その必然として、テクストの言語秩序は、伸子を不動の中心とする中央集権的な構造を呈することになるだろう。この意味で、『伸子』は、読者の積極的な物語への参入をこばむテクストでもある。語り手は伸子を一義的な意味に封じこめ、そこから逸脱することをゆるさない。超越的な審級としての男根《ファルス》は、他者／読者による変形を絶対的に拒否しつづけるのである。

4

『伸子』を読みすすめてゆく読者は、伸子の信奉する透明な言語観が、そのままこのテクストの言語観へと延長されていることに気づくだろう。いまさら確認するまでもあるまいが、『伸子』の表現は、「現前」を至上の目的とする「リアリズム」的言語観にもとづくものであり、テクストの向う側に「事実」を想定することをたえず読者に要求する。これまで『伸子』に言及してきた論者たちが、かならずといっていいほど作者の宮本百合子に、あるいは百合子と荒木茂の関係に注目してきたのも、この小説の表現の質そのものにかかわって生じる現象なのである。『伸子』の場合、初出と単行本とのあいだにかなり大幅な異同があり、また、たまたま荒木との結婚時代の日記がのこされているという事情もあって、これらの分析を通じて作者である百合子の人間像へとさかのぼってゆこうとする読解が、くりかえし行なわれてきた。そこでは、『伸子』に表現された、一見ポジティブに思える女性解放の思想、イデオロギー、当時にあっては大胆な女性の側からの離婚の意思表示、これらのものすべては作者の「所有」であるとされ、『伸子』を肯定することは、そのまま作者である宮本百合子の思想と実人生を肯定することへと連続させられてしまう。

作者の実人生という「事実」を読者の内部に「現前」させてしまう仕掛けは、物語内容のレベルにおいても巧妙になされている。たとえばさきにのべた、「書く」女性としての伸子の設定。それも、伸子はたんに小説家として設定されているばかりではなく、佃との結婚と離婚という「自分の精神と肉体とで得た経験」（七―七）を素材として小説を書こうとする自伝的作家として設定されているのだ。つまり、駆けだしの小説家である伸子はこのテクストの署名者である「宮本百合子」の過去の姿であり、だから伸子の舐めた経験は作者の経験であり、したがって伸子がいずれ書くであろう小説が、読者がいま手にとっているこの『伸子』である、という幻想を読者に喚起させてやまない企みが内包されているのである(9)。同時に、

伸子は、其小説で、ほんの端つぽを掠め、技巧的に曖昧に自分の結婚生活の内部に触れた。書き上げて見ると、伸子は種々自分の虚栄心や綺麗ごと好きな弱い根性やに心付いた。細君として実際自分が泥濘《ぬかるみ》でばた〳〵やつて居る間は、迚も素直に、自身陥つて居る泥の穢さ、自分の馬鹿

さなど自分に向っても承認し得ない、女らしい小さい意地が突張るのを感じたのであつた。（七―四）

という、自分の書く小説に対し自己批判をする伸子の姿は、『伸子』がいかにも「虚栄心や綺麗ごと」を排除し、作者の実人生と思想とを誠実に写しだしたテクストである、という印象を読者に植えつけることになろう。『伸子』は、小説の内部世界にとどまらず、テクストの所有者である「宮本百合子」という存在にまで読者の読解の射程を届かさずにはおかない、起源としての「作者」の意味を誇示するテクストなのである。

『伸子』を自伝的小説ととらえて百合子の「事実」への遡及を志向する、いわゆる作家論的方法は、こうしたテクストのイデオロギーと共犯関係をむすびつつ、小説のなかに「宮本百合子」という主体の位置を刻印しようとしてきた。この読解方法は、作者をテクストの上位に据え、作者の内部世界から「文学」が生みだされる機微を追求しようとする一種の秘儀であり、作者をひとつの統一的主体ととらえる人間中心主義にささえられたものである。むろん、このような方法こそ、フェミニズム批評がファロゴセントリズムとして批判すべきものにほかならないのである。

トリル・モイは、ヴァージニア・ウルフに関するすぐれた考察(10)のなかで、エレイン・ショーウォルターの「テクストはその著者の経験を反映すべきであり、その経験を読者が本物であると感じれば感じるほど、そのテクストは価値があるという確信」「西欧・男性・人間中心主義の中心概念……

である統一化された自己という概念」を批判しつつ、つぎのようにのべる。

ショウオルターやホーリーのようなフェミニストたちが認識しそこなっているのは、彼女らの説く伝統的人間中心主義が、実際には家父長制イデオロギーの一部分をなしているということだ。その中核には、切れ目なく統一化された自己——個人的なものであれ集合的なものであれ——があり、それが通例「人間《マン》」とよばれるのである。リュス・イリガライやエレーヌ・シクススなら論じるであろうように、この統一化された自己は、実際は男根中心主義的自己なのであり、自己充足的で力強い男根の規範の上に築き上げられた自己なのである。みごとなほど自律的に、この男根中心主義的自己は、それ自体から、葛藤、矛盾、多数性をことごとく追放し去る。人間中心主義的なこのイデオロギーにおいては、男根中心主義的自己が、歴史や文学テクストの独占的な著者となる。すなわち人間中心主義的創造者は、潜在的＝強壮（＝性交可能《ポテンシャル》）で、男根をもつ男なのである——人間世界との関係においては神であり、テクストとの関係においては著者なのである。

この批判は、『伸子』というテクストから「宮本百合子」という作者の人間像を生成しようとする読解に、多かれ少なかれ当てはまるものである。作者を特権化することによってテクストの解釈をたんなる通路におとしめてしまう読解、テクストを作者の「事実」や「内面」の反映として読み取ろうとする読解は、作者を統一的―男根的《ファルス》「父」に仕立てあげてしまうお馴染みのエディプス的抑圧を反復しているにすぎない。モイは、そう語ろうとしているのだ。モイがディコンストラクションの理念を導入しながら展開するこの論理は、『伸子』が「実際には家父長制イデオロギーの一部分をなしている」にすぎないテクストであることをも、あきらかにしてくれる。『伸子』は、作者＝言説の所有者、テクスト＝その従属物という父権的なシステムをたえず作動させてやまない「リアリズム」「自伝的小説」の言説装置によって、その物語世界を形成するテクストだからである。『伸子』を「宮本百合子」という署名＝「父の名」とむすびつけて論じてきた読解のかずかずが、このシステムを内面化して、『伸子』の実質を見のがしてきたばかりか、みずから家父長制イデオロギーを強化することに加担してきたのだということは、もはや確認するまでもないだろう。

5

作者の特権化は、同時に作者の性の特権化でもある。これまで、『伸子』がフェミニズムの視点からたかい評価をうけてきたのは、ひとえに、「宮本百合子」という、女性名を意味する署名が特権化されてきたからにほかならない。『伸子』を評価する人々にとっては、まず作者の生物学的な性別が第一義的な意味をもつものなのだ。

このような方法が、ショーウォルターがかつて提唱したガイノクリティックス(11)の概念と重なりあっていることは、たやすくみてとれるだろう。「書き手としての女性」を焦点化し、「女性の書きものの差異」(12)を浮かびあがらせようとするショーウォルターの方法については、すでにトリル・モイの前掲論文や有満麻美子、武田美保子らによる的確な批判(13)があるので、ここではくりかえさない。ただ、日本の近代文学研究の領域では、ながらく作家論の伝統＝制度が支配的であったため、ショーウォルターの方法がうけいれられやすい土壌をそなえていたことは、つけくわえておく必要があるだろう。事実、日本のフェミニズム批評においては、フレンチコネクションに代表される脱構築フェミニズムの理論よりも、ショーウォルター、グーバー、ギルバートらガイノクリティックス派の理論の方が親近感をもってむかえられたように思われる。そこでは、作者の性別があいかわらず確固たる価値基準でありつづけることによって、男性／女性という二項対立がそのままに維持され、結果として、「作者」という、もはや解体されたはずの概念をも延命させる温床と化しているのである。

もっとも、ショーウォルターのように、フェミニスト・クリティークからガイノクリティックスへ、さらにはジェンダー理論へと、理論的戦略を駆使しつつたくみにフェミニズム批評の囲い込みを行なってゆくのならまだしもであるが、十年一日のごとく作者の性別に固執するのみではたんなる反動といわざるをえまい。そもそも、生物学的な性別を第一義的とする発想、つまり可視的な差異を不可視の差異の優位におく発想自体が、これまたファロゴセントリズムの思考体系に属するものでしかないことは、指摘しておく必要があろう。

「女性の書きものの差異」が、原理的に、テクストの署名にではなく、エクリチュールそのものに求められなければならないのは自明のことである。この意味で、『伸子』のエクリチュールは、まさしく男性的（男根《ファルス》的）なものなのである。

そのことをあきらかにするために、ここで、有島武郎の『或る女』に言及しておこう。『或る女』は、『伸子』とおなじく女性を主人公とし、女性と男性の対関係がもたらす闘争を描くという、ジェンダーにかかわる主題をはらんだテクストである。そのため、このふたつの小説はしばしば並列的に取りあげられることがあるのだが、実際には、この両者は、エクリチュールのレベルにおいて大きな落差をはらんでいる。むろん、それは小説の物語内容を抽出することのみによっては、けっして見えてこない性質のものなのだ。

　葉子の声の下からすぐかうした我儘な貞世のすねにすねた声が聞えたと葉子は思つた。真黒な血潮がどつと心臓を破つて脳天に衝き進んだと思つた。眼の前で貞世の顔が三つにも四つにもなつて泳いだ。その後には色も声も痺れ果てゝしまつたやうな暗黒の忘我が来た。

「お姉様……お姉様ひどい……いやあ……」

「葉ちやん……あぶない……」

　貞世と倉地の声とがもつれ合つて、遠い所からのやうに聞えて来るのを、葉子は誰れかゞ何か貞世に乱暴をしてゐるのだなと思つたり、この勢ひで行かなければ貞世は殺せやしないと思つたりしてゐた。何時の間にか葉子はたゞ一筋に貞世を殺さうとばかりあせつてゐたのだ。葉子は闇黒の中で何か自分に逆ふ力と根限りあらそひながら、物凄い程の力をふり搾って闘ってゐるらしかつた。何が何んだか解らなかつた。その混乱の中に、或は今自分は倉地の喉笛に針のやうになつた自分の十本の爪を立てゝ、ねぢり藻掻きながら争ってゐるのではないかとも思つた。それもやがて夢のやうだつた。遠ざかりながら人の声とも獣の声とも知れぬ音響が幽かに耳に残つて、胸の所にさし込んで来る痛みを吐気のやうに感じた次ぎの瞬間には、葉子は昏々として熱も光も声もない物すさまじい暗黒の中に真逆様に浸つて行つた。(四四)

『或る女』のエクリチュールは、人間という主体をある一点に凝縮させてしまうのではなく、解体し、分散し、多元化しようとする。と同時に、意識と無意識、精神と身体、理性と狂気……等々に境界を設けようとする二元論的イデオロギーをくつがえし、それらを混淆する多義性をはらんだものとして人間のセクシュアリティを提示しようとするエクリチュールでもある(14)。この引用部分はその一端をあげたにすぎないが、このような過剰なまでに言葉を投入してゆくセンテンスの連鎖と、それが生みだす衝迫力によって、意識とも無意識ともつかぬあやうい懸崖から狂気の闇へと墜ちてゆく葉子の姿が浮き彫りにされるのである。意識できるもの、視覚や理性によってとらえられるものを現前させようとする「リアリズム」とは異質な表現が、ここに確立されているといえよう(15)。

このような表現は、『伸子』の作者にとってまったく不可能だったものである。『伸子』は、精神と身体のあいだに明瞭な境界を設け、さらに、伸子を「精神的」「理性的」存在として一元化=男根化《ファルス》してしまうテクストであった。

このちがいは、とりわけ両者の性愛にかかわる表現の差異として顕在化せざるをえない。

倉地の心が荒めば荒む程葉子に対して要求するものは燃え爛れる情熱の肉体だつたが、葉子も亦知らず識らず自分をそれに適応させ、且つは自分が倉地から同様な狂暴な愛撫を受けたい欲念から、先きの事も後の事も考へずに、現在の可能の凡てを尽して倉地の要求に応じて行つた。脳も心臓も振り廻はして、ゆすぶつて、敲きつけて、一気に猛火であぶり立てるやうな激情、魂ばかりになつたやうな、肉ばかりになつたやうな極端な神経の混乱、而してその後に続く死滅と同然の倦怠疲労。人間が有する生命力をどん底から験《た》めし試みるさう云ふ虐待が日に二度も三度も繰返された。（三五）

佃は官能の嵐で、伸子の心を引き攫《さら》ひ、又自分の中へ取り戻さうとするやうであつた。伸子は始め拒絶した。が、終りに、烈しく泣きつゝ自分から荒々しい悲しみで彼の抱擁の下に身を投げた。彼女は自らを傷《きずつけ》る底知れぬ苦さと、動乱する官能の火花との間を漂ひ乍ら、最後といふ字が、大きく大きく物を云ひさうに、自分達悲しき男女の体の上に書かれて居るのを知つた。（七―十）

引用したのは、それぞれの小説の後半部分であるが、『或る女』は、葉子と倉地の性交渉の場面を通じて、精神／身体という二項対立をまったく無化してしまう存在そのものの惑乱を表現しえているといえるだろう。それに対して、『伸子』の方は、「官能の嵐」「官能の火花」といった言葉こそ点綴されているものの、結果としては性の衝動と分離された「理性」の方がより前面に浮かびあがってきてしまうのである。もちろん、ここでは葉子と伸子がおかれている状況のちがいを考慮しなければならないが、それにしても、身体表現のレベルにおいて、『伸子』は『或る女』にとおくおよばないといわなければならない(16)。そこに、男性と女性の身体的なつながりは、「互の愛」(二―三)の裏づけによってしか正当化されないとする、ロマンティック・ラブ・イデオロギーの限界が露呈しているとみることもできよう。それは、性・性愛・性欲にかかわる表現に「愛」のヴェールをかぶせ、混沌とした身体感覚を精神的領域へと移行させてしまう措置であり、身体を精神の劣位におく思想にささえられた性愛そのものの変形、ないしは抑圧にほかならないのである。

こうしてみると、テクストの署名が示す作者の生物学的性別にこだわることが、ほとんど根拠のないことであるのは明白だろう。『伸子』のエクリチュールが、近代小説に内在するロゴセントリックなイデオロギーを強化するものでしかないのに対し、『或る女』のエクリチュールは、「リアリズム」の規範を内部から突きくずす破壊的な力に満ち満ちているのだ。この時期の小説において、男性的言語の枠組を解体する女性的エクリチュールを見いだそうとするのなら、それは『或る女』にこそ、求められるべきであろう。

女性的エクリチュールと男性的エクリチュールとの差異、あるいは対立という厄介な問題に、これ以上深入りすることはさけておくべきかもしれない。あるいは、エレーヌ・シクスーのように、「エクリチュールの女性的実践を定義するのは不可能で、この不可能性は維持される」、なぜならそれは「理論化し、閉じ込め、コード化すること」を拒否するエクリチュールであるから(17)、というべきなのかもしれない。だがむしろ、女性的エクリチュールも、男性的エクリチュールも、その時々の政治的・文化的コンテクストの枠組の如何によってたえず移動する歴史的変数でしかない、と考えるべきなのである。だから、「リアリズム」が男性の利害と共犯しつつ、「客観的」「中立的」小説の姿をよそおう文学的制度の内部においては、『或る女』を女性的エクリチュールと規定することが可能となるのだ。『或る女』と『伸子』との差異は、日本の近代に支配的な男根的《ファルス》「リアリズム」の理念を解体しようとした小説と、それにただひたすら追随するしかなかった小説との差異なのである。

注

（1）沼沢和子「宮本百合子――女としての人間らしさ」（『國文學』一九九二・一一）。

（2）北田幸恵「フェミニズム文学批評の「現在」（日本編）」（『ニュー・フェミニズム・レビュー』2　一九九一・五）。

（3）駒尺喜美『魔女的文学論』（一九八二・七、三一書房）所収。

（4）水田宗子『ヒロインからヒーローへ――女性の自我と表現』（一九八二・一二、田畑書店）、岩淵宏子「『伸子』

にみる解放のゆくえ――仕事と愛と――」(『昭和学院短期大学紀要』23　一九八七・三。のち『宮本百合子――家族、政治、そしてフェミニズム』一九九六・一〇、翰林書房)など。

(5)サンドラ・ギルバート、スーザン・グーバー『屋根裏の狂女――ブロンテと共に』(山田晴子、薗田美和子訳　一九八六・一一、朝日出版社)。このペン=ペニスのモデルは、エクリチュールとは男性だけが産みだせるもの、すなわちペニス、勃起、射精の産物であるという西欧文化に根強いファロセントリズムの神話にもとづいている。この問題については、ジャック・デリダ『尖筆とエクリチュール――ニーチェ・女・真理』(白井健三郎訳　一九七九・九、朝日出版社)をも参照のこと。なお本稿は、このモデルを、伸子が男根《ファルス》を獲得する人物であることのテクストレベルでのメタファーとして読み取ろうとするものである。

(6)水田宗子は「女性の自己語りと物語」(『批評空間』4　一九九二・一。のち『物語と反物語の風景――文学と女性の想像力』一九九三・一二、田畑書店)において、「ジェーン・エアがロチェスターの片目と片腕を、みずからの分身バーサの放った火で焼かせて初めて、コントロール可能な、女性とコンパティブルなものにしえた〈男性的自我〉を、伸子の夫佃は、初めから、伸子が苦労することなく捨ててかかっている」とのべている。水田のいう「男性的自我」と、本稿における「男根《ファルス》」という概念とは意味を異にするものであるが、佃が(『ジェーン・エア』のロチェスターに代表されるような)男性性を欠如した人物であることを指摘している例として、ここにあげておくことにする。

(7)吉川豊子「伸子――伸子のエレクトラ」(三好行雄編『日本の近代小説』I　一九八六・六、東京大学出版会)。なお『伸子』には、地の文の語りの言説がそのまま伸子の独白にすり変わってしまう表現が数おおく見られるが、これも語り手と伸子の癒着を示すひとつの例であろう。たとえば、つぎのような部分である。

「一九一八年の冬は、民衆の心の上では春であつた。人間の社会が失つたものを新しい内容と信念で持ちなほさうとした。(中略)伸子は、その刺戟を自分の胸に感じた。地平線に新たな光が閃き出した。その光は、如何那《どんな》影響を自分の生活に与へるであらうか。」(一―七、傍点引用者)。

(8) 伸子が、佃や母親など、他の作中人物によって批判される部分はたしかに存在するが、それらは彼らが伸子と隔たった俗物根性や封建的思考の持ち主であることを強調するために機能するのであって、彼らが伸子を相対化する真の他者たりえているとは到底いえないのである。

(9) 初版本『伸子』のサブテクストである「序」の一節、「この作品は自分の生活と密接な関係のあつたものだし、作の上に年輪のやうに発育の痕跡が現れて居る点、自分は愛を感じて居る」という言葉が、このことの真実性を補強する役割を果たしていることはいうまでもない。

(10) トリル・モイ「ヴァージニア・ウルフなんかこわくない――ウルフとフェミニズム批評の現在」（有満麻美子・笹田直人訳『現代思想』一九八九・九）。なおこの論文は、モイの著書『性／テクストの政治学』（一九八五）の序章部分である。

(11) エレイン・ショーウォルター「フェミニズム詩学に向けて」（ショーウォルター編『新フェミニズム批評――女性・文学・理論』青山誠子訳　一九九〇・一、岩波書店）。

(12) ショーウォルター「荒野のフェミニズム批評」（注11前掲書所収）。

(13) 有満麻美子「訳者解説」（テリー・イーグルトン『ワルター・ベンヤミン――革命的批評に向けて』有満麻美子他訳　一九八八・一二、勁草書房）、武田美保子「歴史としての女たち――エレイン・ショウォルター」（武田美保子他著『読むことのポリフォニー――フェミニズム批評の現在』一九九二・七、ユニテ）。

(14) 本書所収「氾濫―反乱するシニフィアン――有島武郎『或る女』の物語言説をめぐって――」を参照されたい。

(15) 原子朗は、『或る女』に、「平板なリアリズムの手法を抜く実験的な、象徴的な（非自然主義的、反リアリズム的）作品として、この小説を結果的に成功させている作者の意識」を読みとっている（『文体論考』一九七五・一一、冬樹社）。原は、「自己内面の創造的欲求にしたがった爆発的矛盾」と『或る女』のエクリチュールを規定し、その意味を正当に評価している。

(16) 吉川豊子に、『伸子』の表現主体が「他《ひと》と他《ひと》とが最も身体的に関わり、自他が溶解する場――たとえば性愛というような——で伸子と佃とをとらえ、二人について語ることをほとんどしない」という指摘がある（注7論文）。ただ私は、伸子が「極めて感性的な人間である」（同）という見方には賛同しえない。むろん小説内に伸子の感覚性が表現されてはいるのだが、一方に『或る女』における葉子の感覚表現をおいてみた場合、その水準の落差はおおいがたいのである。

(17) エレーヌ・シクスー『メデューサの笑い』（松本伊嵯子他訳　一九九三・七、紀伊國屋書店）。

※『伸子』本文の引用は、「精選名著複刻全集」中の初版複刻（一九六九・九、日本近代文学館）に拠り、ルビは適宜省略した。なお、『伸子』の著者名は厳密には「中条百合子」とすべきところであろうが、改姓後の姓名がすでに読者の共通認識になっているという判断により、「宮本百合子」に統一したことをお断わりしておく。

性／「書く」ことの政治学

――島崎藤村『新生』における男性性《マスキュリニティ》の戦略――

1

かりに、『新生』というテクストをジェンダーの枠組においてとらえようとするなら、そこにうかびあがってくるのは、主人公である岸本において表象されている男性性《マスキュリニティ》の意味であるにちがいない。ただし、この言説化された男性性《マスキュリニティ》は、『新生』をたんなる恋愛小説や告白小説として、すなわち「リアリズム」のレベルで読むことによってとらえうるものではない。小説の物語内容を実体化し、表層化してしまうこの読解方法は、岸本の「偽善性」や「エゴイズム」、あるいはその裏としての「恋愛の浄化の達成／挫折」といった、すでにいいつくされた物語を呼び寄せてしまうにすぎないからだ。むしろここでは、作中人物や出来事にかかわる言説が葛藤しつつ形成する、イメージの連繋に着目してみる必要がある。つまり、単線的な物語内容を抽出することによっては隠蔽されてしまう、テクストの言葉そのものが織りなす差異の構図について考察してみることが要求されるのである。それによって、岸本における男性性《マスキユリニティ》の意味の複数性や象徴性を取りだすことが可能となるだろうし、また、『新生』が単純な男性による女性支配の形態を描いただけの小説ではないことをも、あきらかにすることができると思う。

そのためにまず、この小説を「書く」ことをめぐる物語として読む、という解釈コードを導入してみる必要があるだろう。『新生』に語られているのは、岸本が自己の近親相姦の体験を描く「懺悔」という小説を発見する物語、すなわち岸本がペンを獲得してゆくまでの物語なのであり、同時にこの「書く」という行為が、ジェンダーとつねに密接にむすびついた形で言説化されてもいるからだ。岸本における「書く」ことは、節子との関係、すなわちジェンダーの葛藤、闘争、支配の内部において、ある固有のイメージを獲得してゆく。「書く」ことが、たんなる小説家としての営為にとどまらないシンボリックな意味を生成する行為として、物語のコンテクストに位置づけられるのである。おそらくそれを分析することが、『新生』における男性性《マスキユリニティ》のシステムに接近するための、ひとつの手がかりとなるはずである。

もっとも、このことは、岸本における「告白による救済」の獲得というコード――それはただちに実体としての作者の「告白」を現前―幻前させてしまう――を延命させることを意味しない。『新生』に提示された「書く」ことの表象は、「告白」という、世間に受けいれられるための言葉を模索する行為などを超えた、はるかにしたたかな戦略に裏づけられているからだ。この稿の最終的な目的も、その戦略の実質を見きわめることにおかれなければならないだろう(1)。

2

小説の冒頭に登場する岸本は、「一生の危機」あるいは「倦怠」という、アイデンティティの危機に落ちこんでいる人物として語られているが、自然主義作家たちがひとしくとらえられていた精神的な閉塞の状態(2)、というような共時的な見方をひとまず排し、テクスト自体から岸本の頽廃を構成している要素を見いだすなら、そこで前景化されているのは、おもに女性との関係における蹉跌であることがわかる。たとえば死んだ妻園子は、「激しい嫉妬を夫に味はせるやうな極く不用意なものを一緒にもつて岸本の許へ嫁いて来た」（一—八）ゆえに、岸本の内部に女性への不信を決定的に刷りこんでしまった存在として追想される。岸本のかつての結婚生活は、「愛の経験はそれほど深く彼を傷けた」（一—八）「両性の相剋するやうな家庭は彼を懲りさせた」（一—九）という語りによって規定され、「妻の傍に見つけた悲しい孤独」から胚胎した「心の毒」（一—十四）が、現在の節子との関係を誘導した要因として位置づけられることになる。さらに、この妻との相剋の記憶に「愛の為すなきを悟」（一—百二十五）らざるをえなかった、かつての勝子とのにがい恋愛の経験が重ねあわされ、岸本の現在の境地は「信の無い心」（一—百二十七）という言葉で要約されるにいたるのである。ここでの岸本を侵食しているのは、かつての恋人や妻によって植えつけられた、不可視の存在である女性への嫌悪

・恐怖の感覚であり、己れの言葉や論理によっては解釈しつくせない女性という存在に対して、男性としての自己が敗北せざるをえなかったことのスティグマからもたらされた、欠落と虚脱の感覚なのだといえるだろう。そして、第一巻でたえず反復される女性に対する不信感や嫌悪は、女性への支配力や権威を喪失した男性としてのイメージ、女性とのかかわりにおいてひたすら怯える男性としての岸本のイメージを生成するのだ。

この素朴ともいえるミソジニーの感情にとらわれた岸本の像は、物語の現在においては、いうまでもなく節子という存在によって明示されることになる。

岸本は節子の顔にあらはれる暗い影をあり〳〵と読むことが出来た。その暗い影は、「貴様は実に怪しからん男だ」といふ兄の義雄の怒つた声を心の底の方で聞くにも勝つて、もつと〳〵強い力で岸本の心に迫つた。快活な姉の輝子とも違ひ、平素から節子は口数も少い方の娘であるが、その節子の黙し勝ちに憂ひ沈んだ様子は彼女の無言の恐怖と悲哀とを、どうかすると彼女の叔父に対する強い憎みをさへ語つた。

「叔父さん、私は如何して下さいます――」

この声を岸本は姪の顔にあらはれる暗い影から読んだ。彼は何よりも先づ節子の鞭を受けた。一番多く彼女の苦んで居る様子から責められた。（一―二十二）

けれども彼の方で節子から遠ざからうとすればするほど、不幸な姪の心は余計に彼を追つて来た。飽くまでも彼は斯うした節子の手紙に対して沈黙を守らうとした。彼は節子の手紙を読む度に、自分の傷口が破れてはそこから血の流れる思ひをした。（一―六十五）

「節ちやんは奈何して彼様だらう。奈何して彼様な手紙を度々寄すんだらう。」

斯う岸本はそこに姪でも居るかのやうに独りで言つて見て、溜息を吐いた。成るべく「あの事」には触れないやうに、それを思出させるやうなことさへ避けたくて居る岸本に取つては、節子から度々手紙を貰ふさへ苦しかつた。（一―八十六）

岸本はこのように、節子から送られるメッセージ――対話の言葉、手紙の言葉、表情やしぐさによって示される身体的なサイン、さらには沈黙という負の言葉――にひたすらおびえ、それを遠ざけようとする。岸本が感じる恐怖は、たんなる「無垢な処女」でしかなかったはずの節子が、自己の男性中心的な価値世界をおびやかす能動的な主体へと転じつつあることへの恐怖だともいえよう。むろんここには、近親相姦を「罪過」とみなす岸本の意識が存在しているわけだが、それとともに、叔父―姪という家族関係の序列の内部に安住していた岸本は、その必然として、男性―女性という対関係を要求する節子とむきあったとき、彼女から送られるさまざまな言葉、メッセージに脅威を感じざるをえない。そういう男性イコール優位という幻想を阻害されてゆく岸本の像が、ここに語られているのだ。

ここで注意しておくべきことは、岸本が、節子から送られる言葉のみでなく、妊娠から出産への接近という過程によって変貌してゆく彼女の身体に対しても、恐怖をいだいてゆく人物だということである。

眼に見えない小さな生命の芽は、その間にそろ〳〵頭を持上げ始めた。節子の苦しみと悩みとは、それを包まう包まうとして居るらしい彼女の羞を帯びた容子は、一つとして彼女の内部から押出して来る恐ろしい力を語つて居ないものはなかつた。（一―三十二）

彼の心が焦れば焦るほど、延びることを待つて居られないやうな眼に見えないものは意地の悪いほど無遠慮な勢ひを示して来た。一日も、一刻も、与へられた時を猶予することは出来ないかのやうに。仮令母の生命を奪つてまでも生きようとするやうなその小さなものを実際人の力で奈何することも出来なかつた。（一―三十五）

岸本自身が「罪過」の自覚に悩まされているのにもかかわらず、節子の身体は、あたかも異物のように子を孕んだあげく、彼の思惑などとはまったく無縁に独りあるきをはじめてしまう――ここに語られているのは、そのような女性身体に対する恐怖の感覚なのだといえるだろう。この恐怖感は、「妊娠した若い女の死体」(一—二十)への想像や、パリの下宿の前に建つ産科病院の存在(一—五十六)とあいまっていっそう増幅され、ついには「節子が不義の観念を打消すことによつて彼女の母性を護らうとして居るのではないかと疑」う(一—八十七)ような心境にまで岸本を追いこんでゆく。のちに考察することになるが、節子の妊娠によって揺れ動く岸本の意識は、たんなる「罪過」の自覚や懊悩といったものを超えて、「産む性」としての女性を恐怖や違和の対象として囲いこもうとする男性中心的なイデオロギーへと接近することになるのだ。その意味でも、第一巻十三章において節子の妊娠が唐突に読者に提示され、岸本と節子の関係がはじめて明かされる、という物語言説の仕組まれ方に、あらためて注意しておく必要があるだろう。『新生』のストーリーは、いうまでもなくこの十三章から実質的に展開してゆくわけで、それはすなわち、妊娠という事態を女性身体の差異の顕在化として位置づけるべくテクストが構造化されていることを意味する。節子の妊娠の発覚は、男性とは異なった女性身体の機能がはっきりと現前化された瞬間、男と女のあいだに存在する距離がマキシマムになった瞬間として、『新生』の物語を動かしてゆく起動力の役割をあたえられるのである。このような「産む性」に対する違和の感覚が、作中人物である岸本の内部のみならず、ストーリーを構成する物語言説そのものに内在化されていることは、確認しておいてよい。

そして、こうした女性との関係における危機には、作家である岸本の「書く」ことの危機が重ねあわされてゆく。彼は、妻が死んで以来の三年間に書いたもののおおくが「「退屈」の産物」(一—九)であると考えてみなければならないし、また、「多年彼が志した学芸そのものすら荒れ廃れ」(一—二十九）てしまったことを自覚してもいる。フランスに来てからも、岸本は、「国から持つて来た仕事も兎角手に着かな」い状態であり（一―七十二）、またその「仕事」は、「遠く離れて居る泉太や繁を養ふため」（一―九十）の手段でしかない。さらに、書きかけの「自伝の一部」（一―二十五）として引用されている物語切片(3)は、「まだ無垢で初心な自分」を対比することによって現在の危機を強調してしまう言説、あるいは少年時代の「心の悶え」という現在の自己の淵源を示す言説にすぎず、しかも、「これが筆の執り納めであるかも知れない」という遺書のごとき位置をあたえられてしまうのである。すくなくとも、「懺悔」の発見にたどりつくまで、「書く」ことは、岸本にとって未来にかかわる積極的な意味をもちえない行為として、後景にしりぞいているといわざるをえないのだ。

こうして、女性との関係をめぐって発生した岸本の危機は、「書く」ことの危機と重なりあうことによって、『新生』に独自な男性性《マスキュリニティ》のイメージと、その危機の出来とを表象する。性／「書く」ことにかかわる二種の言説が隠喩的な関係を切りむすぶことによって、岸本におけるペン＝ペニスの危機のイメージを生成するのである。

3

第二巻にいたって、岸本は、彼に対する憎悪や反抗心、あるいはその裏としての執着心をかかえこんでいた節子との関係を、徐々に組みかえ、変容させてゆく。岸本を「憎む女」「恐怖させる女」から、ロマンティック・ラブのヒロインへと変形され、「去勢」されてゆくのが第二巻での節子である。岸本の「懺悔」執筆の決意は、その果てに出現してくることになるのだ。

ここで重要なのは、岸本の「懺悔」の執筆とその発表とが、両義的な意味をもって物語世界内に位置づけられていることだろう。すなわち、岸本が「懺悔」を「書く」ことは、女性を「犯す」こと――節子と肉体関係をむすび、反発心を抑圧しつつ懐柔し、自己にとって都合のいい女性像にしたてあげてゆく行為(4)とアナロジーをなすことによって、岸本における男性性《マスキュリニティ》の意味を生成する。ペンを獲得することと、男性が女性に対する優位性を獲得することとが同義であるかのようなイメージが形成され、物語における「書く」ことの位置づけがなされるのである。この図式が、書く主体である男性作家と「受動的な創造物」である女性との関係を「処女のページに書きつけるペン＝ペニス」(5)というメタファーによって説明したスーザン・グーバー愛用のモデルにもとづいていることはいうまでもないが、実体としての作家に適用されるこのモデルを言説レベルに変換することによって、「書く」ことを男性性《マスキュリニティ》の発現として意味づける『新生』の象徴戦略に対する、ひとつの分析装置とすることが可能となる。この図式にもとづくなら、第一巻から第二巻への物語の推移において岸本が体現しているのは、ペン＝ペニスの喪失からその回復へといたる過程としての、「懺悔」の胚胎、執筆、発表だということになるだろう。岸本を侵食していた男性中心的価値世界の敗北、「書く」ことの蹉跌という二重の危機は、この「懺悔」という小説の登場によって統合され、解消されてゆくことになるわけだ。

同時に、「懺悔」の執筆と発表は、己れの書き物を「出産」すること、すなわち女性に固有の身体機能を「書く」ことによって獲得してゆく、というもうひとつのイメージを刻まれた行為でもあった。たとえば、親族との確執や「告白」することとの躊躇は、「懺悔」を書く決意にいたるまでの「産み」の苦しみであるかのようにイメージされ、その発表は、「もつと明るい自由な世界へ出て行」くための試み、「眼に見えない牢屋を出る」(二―百十)という正当な価値をもつ行為として語られる。「書く」ことは、あたかも自分の子供を産みおとすような「生産」の行為なのであり、懺悔という題名そのものが指示する「真実」の言葉の提示――自己の「分身」の産出なのである。岸本における「書く」ことは、たんにペン＝ペニスの回復、女性を支配する権力の回復ということのみを意味するわけではなく、男性である自己が女性に成りかわること、「出産」という女性の機能をみずから獲得し、表象することをも意味していたといえよう。

もっとも、岸本の「書く」ことに対するこれらの解釈は、『新生』をあくまでも「リアリズム」のレベルで読もうとする読者にとっては、恣意的にすぎる印象をあたえるかもしれない。だがこれらのことは、岸本と差異化された節子の意味を考慮にいれてみれば、あきらかなことなのだ。たとえば第二巻七十五章に配列されている、節子の制作した二十七首の短歌。

恋ふまじきおきてもあらで我が歩むこゝろの御国安くもあるかな
かゞやける道あゆみ行く二人なり鴛鴦のちぎりもなど羨まむ

我がをしへしのぶにいともふさはしき春さめそゝぐ夕ぐれの窓
夕ぐれの窓によりては君おもふわれにも似たる春のあめかな
君をおもひ子を思ひては春の夜のゆめものどかにむすばざりけり
いくとせか別れうらみし我身にもまたとこしへの春は来にけり

引用したのははじめの六首のみであるが、これらの短歌の言説は、身を寄せあうことの不可能ゆえの心の一体化の願望、距離を隔てられることによっていっそう純化される精神的な愛の強調というテーマを、ひたすら反復しつづける(6)。それによって、これらの短歌は、「もし魂を浄くすることが出来るものなら、肉を浄くすることも出来ようぢやないか」(二―七十)という思考のもとに、精神と肉体を分離させた友愛的な恋愛関係に移行してゆこうとする岸本の意志を追認し、ふたりが別離する小説の結末を正当化する形で、物語のコンテクストに組みこまれるのである。同様に、第一巻において岸本を恐怖させる力をそなえていた節子の手紙は、第二巻にいたって岸本にほとんど脅威をあたえない言葉へと変質し、「わたしはもう何物も要りません、どうぞ最後の日まで愛させて下さい」(二―百二)「何年逢はないで居ても其様なことは関はない、精神の上からは叔父さんに別れるなんてことは出来ない」(二―百二十)「いつでも心の中では御一緒ですものね」(二―百二十六)といったように、むしろ岸本が形づくろうとするロマンティック・ラブの幻想に積極的に加担する言葉へと化してゆく。節子がここで所有しているペンは、彼女を飼い馴らそうとする岸本の意志に領略された、「去勢」されたペンなのであり、それは「懺悔」という小説を産みだす岸本のペンと対照されることによって、彼女の「書く」ことの不能性を暗示するのだ。

つけくわえておくなら、節子にあたえられるペンは「代理」としてのペンでもある。彼女には、岸本が語る「談話を筆記」（二―三十八）し、眼病にかかった父親の手紙を筆記する（二―六十五）役割――すなわち代筆するためのペンが譲与されるのだ。岸本の言葉を忠実に「書き写し」、その行為に満ち足りてゆく女性、他者の言葉を模倣しつつ自己の言葉を喪失してゆく女性、という節子のイメージが、この「代筆する女性」という設定によって、象徴的に表現されているのだといえよう。

岸本の「懺悔」執筆と「出産」とがむすびつけられてゆくイメージの生成も、節子との対照によって行われる。それは節子の妊娠―出産という過程とアナロジカルな意味を構成しつつ、節子における子供を所有することの不可能性と対照される。「懺悔」が世間に公表されることによって認知され、流通してゆくのに対し、節子の子供は、「罪の子」というレッテルを貼られて認知を拒否され、家族の目にふれない場所へと追放されてしまう。この両者の差異において、岸本が制作する「懺悔」それ自体に、「生産」としての価値が付与されてゆくことになるのだ。ここでも節子にあたえられるのは、「代理」としてのペンとおなじように、「代理」としての子供――すなわち人形である（二―七十四）。節子が、岸本からあたえられたこの男の子の人形に着物を着せ、頭巾をかぶせ、たえず風呂敷包みのなかにいれて持ちあるいている（二―八十三）という風景は、彼女の手もとにあるべき子供の不在と、身代わりによる補塡という二重の意味を帯びざるをえない。この人形のエピソードは、岸本の鈍感さや節子の「母性」を強調するための道具などではなく、岸本が真の分身である「懺悔」を「出産」し、己れの所有とするのに対し、節子の子供は身代わりとしてしか所有されることはないという、両者を差別化する意味を前景化させる挿入なのである。

ちなみに、女性の「産む」役割を獲得しようとする岸本のイメージは、泉太、繁という彼自身の子供たちとの関係においても表現されている。岸本は、「懺悔」の発表によって兄の義雄から義絶されるにいたるのだが、逆にそのことによって、父と子だけの小さな世界を保持し、そこに充足することが可能となる。愛宕下から麻布の天文台側へと移り住んでゆくなかで、岸本はみずからの小さな家庭を囲いこみつつ、あたかも自分ひとりが子供たちを「生産」した人間であるかのようにふるまってゆくのだ。この父親としての岸本の姿は、「懺悔」の発表をとがめる輝子に対して、「誰が迷惑するツて言つたつて、一番迷惑するのは俺ぢやないか」（二―百十五）と言い放ち、テクストのただひとりの「父」＝所有者たろうとする作家としての岸本のイメージとかさなりあう。この「生産」の場から、園子、節子という女性の影が完全に排除されていることはいうまでもない。岸本は、女性から、書く／産む役割を徹底的に収奪して、自己と、自己に所属するもののみが存在するホモジニアスな秩序世界を、みごとにつくりあげてゆくのである。

こうして、『新生』の中心的なイデオロギーは、「書く」ことに対する強固な価値の付与、という地点に収斂されてゆく。それは女性に対する支配力の回復の隠喩であるとともに、男性には不可能な、女性に固有の機能をも可能にする行為としてのイメージをあたえられてゆくのだ。すなわち、「書く」

ことは、「犯す」ことと「産む」ことという、一見相反する欲望のいずれをも満たしうる行為である、という意味づけがなされるのである。「広々とした自由な世界に出て来た」（二―百三十九）という、小説の結末での岸本の感慨は、その結果として放たれることになる。この言葉は、表層的には、肉欲からの解放、節子とのロマンティック・ラブの完成を語るものであるが、物語の深層においては、「書く」ことを媒介とした十全な自己主体―男性主体の獲得、という意味がこめられていたといえよう。この意味で、節子の妊娠と出産、帰国後の関係の復活、兄との義絶等々、岸本が遭遇したさまざまな事件は、彼がたまたま落ちてしまった「陥穽」などではなく、冒頭の「危機」「倦怠」という状態から自己の男性性《マスキュリニティ》を回復させ、再構築するためには、むしろ必須の出来事だったというべきなのである。

ただし、このような形での岸本の蘇生は、女性の側の共犯なしには成りたたないといえる。ここで、節子が、「岸本の心を誘惑すべき何物をも」（一―十五）所有しない、「無垢な処女」として設定されていたことを、あらためて想起しておくべきだろう。グーバーのメタファーをふたたび使用していうなら、節子は、岸本によって書きこまれてゆく空白のテクスト、「空白のページ」としてのイメージをもって物語世界を生きる。彼女は、岸本をおびやかす能動的な主体に転じる瞬間を垣間みせながらも、究極的には、岸本にさまざまな言葉や情念やイデオロギーを刷りこまれてゆく存在なのであり、その結果として、すでにふれてきたようなロマンティック・ラブの境地に誘導されてゆくことになるのだ。しかも節子は、自己が男性によって教育され、変容させられることに快楽を感じる女性でもある。岸本の「懺悔」の執筆によって、節子は文字通りの「書かれる女」になるわけだが、彼女は自分という

「空白のページ」に男性が文字を書きこんでゆくことに充足を感じこそすれ、不満をもってこたえることはないのだ。このことは、とりわけ第二巻における節子と岸本の関係を読みすすめるとき、明瞭となるだろう。この意味で、節子は岸本の犠牲者などではなく、あきらかに共犯者として物語世界に参加している人物なのである。岸本が、「書く」ことを通じて十全な男性主体を獲得するためには、こうした形での女性の協力・共犯が不可欠だったといえよう。

4

大正期は、女性の「産む性」としての側面に、さまざまな形で照明があてられた時期でもあった。その象徴ともいうべき出来事は、いうまでもなく与謝野晶子・平塚らいてうの両者に、山川菊栄・山田わかが参加してくりひろげられた「母性保護論争」の発生であるが、ここでは女性の側を代表する視点が提出されていたといえるだろう。すなわちこの論争は、晶子が「男子の財力に縋って衣食する寄生状態から脱して、先づ経済的に独立すること」による「女子の人格の独立と自由」を主張した(7)のに対し、らいてうがエレン・ケイの影響のもとに、「元来母は生命の源泉であつて、婦人は母たることによつて個人的存在の域を脱して社会的な、国家的な存在者となる」という立場から「母性」の権利と保護を要求する(8)、という対立点をかかえていたわけだが、両者とも、男性の利害にもとづいて規定された女性の役割を解体しようとする意志においては、共通の地盤にたっていた。あえて単純化していうなら、「産む性」としての領域を相対的にとらえるか拡大するかという対立を超えて、経済上・労働生産上の無能力者としての「女」、あるいは子供を産ませる道具としての「母」といった、男性が女性に強要してきた役割を離脱しようとする志向をもっていたのである。むろん、両者の言説を現在的な視点からとらえれば、いずれもナショナリティの論理に吸収されてしまう側面を内包していたとはいえようが(9)、「女」「母」の意味を構成してきた従来のステレオタイプを解体し、再編成することによって、「産む性」としての女性そのものをあらたに位置づけなおそうとする試みが、晶子とらいてうの論争の形をとって前景化された、とみることが可能なのである(10)。

ところが、このような女性の側の動向に対して、女性身体を医学的なまなざしから対象化しようとする生理学、衛生学、心理学、犯罪学、セクソロジー等の言説は、女性身体に対する執拗な関心を内在させつつ、「産む」ことや「生殖」を激情、妄想、鬱症、ヒステリー、狂気、衝動的犯罪といった病理をともなう現象として位置づけ、医学的な手段による管理と保護を必要とするものであるというイデオロギーをつくりあげていったのである。以下に、その一部をあげておくことにしよう。

……女子の発狂は其源を多く色慾問題に発して居る。以上の如き現象（注・女性の「色情狂者」の言行の猥褻さ）は是れ皆な女子の生涯が生殖の為にあつて、女子の頭脳を最も多く支配するものが、生殖問題たるに基因する。随て、人に生殖行為を営ましむるに至る動機とも観るべき色慾が女子に旺盛猛烈で、之が為女子が悩まさるゝ事多きは、当然の事だらう。(11)

斯くて妊娠中に於ける精神異常は、月経時に於ける精神異常と頗る相類似し、殊に其外界の刺戟に対し感受性の強くなる点は、常に虚栄に駆られてゐる婦人をして殆ど衝動的に窃盗行為をなさしめることが少くない。（中略）且、其感情の昂進せる結果は、些細な事実から激情に至り易く、普通の健康体の時には何等烈しい行為を敢てせぬやうな人であつても、時々別人の観を呈するやうな状態となつて、思はざる不法行為をさへ敢てすることがある。殊に此種の感情異常は、ヒステリー若くは癲癇等の先天的素質を有する婦人に於て著しく、時には一種の強迫観念、又は妄想等が加はつて、普通には温順なる人をして、恐るべく驚くべき行為、例へば殺人等を犯さしめることが少くない。(12)

元来女性の日常生活は、自克の働きが強いから、自分の思ふ事も充分云はない、遠慮してつゝましい生活をする。それが女の特有であるが、（妊娠時の精神状態は）それが欠けて我儘になり、自分の思ふ通りに事をしたくなる。又仕事をするのが嫌ひになり、鬱憂状態になる。それが進むと精神病になる。即ち精神病院に入つて居る者で、其の百人中十四人は性慾に関係し、其の五分の一、即ち百人中三人は妊娠中に起つた者であります。(13)

これら女性の「生殖」や妊娠・出産にかかわる医学的言説は、「産む」ことイコール病理という囲い込みを押しすすめながら、同時に、「女子の任務は男子と結合して、子供を産生すべきである、これによりて女子がその家族と国家と、文明とに貢献することは至大であり、且つ、これによりて女子がこの世に存在するの意義が明になるのである」(14)「少女並に婦人の衛生的思想は、独り個人の為のみでなく、繁殖てふ真面目なる問題に対しては、最大の価値を有する」(15)「母の其の子に対する愛情は、最も強盛に、而も純粋であるが故に、之れを純愛といひ、父が時として、其の子を愛せざる場合でも母は之れを慈しむものである」(16)と、女性の「産む性」としての性格を絶対化し、神聖化する二重の役割をになっていた。この一見相反する志向の背後に、女性の「産む」役割の固定化と、それと不可分なものとしての近代医学による女性身体の管理権の占有(17)、という国家的な性支配の力学が存在していたことはいうまでもない。すなわち、晶子やらいてうなどの女性が、「産む」ことを女性の所有へと取りもどすことを模索していたのに対し、女性身体にまつわるステレオタイプを延命させつつ、「産む」ことへの管理をいっそう強化し、その権利を完全に男性の所有にゆだねようとする反動をもくろんでいたのが、これらの医学的言説であったといえよう。むろん、女性身体を病理性／母性という二律背反の内部に囲いこもうとする志向は、明治初期から中期にかけて生産されたいわゆる「造化機論」以来のものであるが(18)、大正期においては、このイデオロギーが近代医学の理念によってさらに正当化され、くわえて通俗的医学書、衛生学書、生理学書、性科学書の氾濫、あるいは諸婦人雑誌での相談欄の開設といったメディアの広がりを背景として、男性・女性のいずれに対しても、広範な刷り込みが行なわれていったのである。このイデオロギーは、女性身体を忌避し、「他者」

化すると同時に、女性の「産む」機能にスキャンダラスな興味と収奪志向をかきたてるという、両義的な関心を男性の内部に植えつけてゆくことになるだろう。

さきに考察をくわえてきた、男性性《マスキュリニティ》を回復・獲得してゆく人物としての岸本は、これら同時代の医学的言説のひとつの表象として位置づけられるものでもあった。妊娠・出産する女性身体に恐怖する男性、「書く」行為によって女性の「産む」機能を奪い取ろうとする男性、母親を排除した父と子だけの家族をつくりあげ、自分のみを子供たちの生産者の位置に押しあげようとする男性、という岸本のイメージは、こうした女性身体に対する忌避と、それと表裏をなす「産む」ことへの管理・収奪の志向とに重なりあってくるのである。だとすれば、最終的にこの両者を止揚した——あるいは、止揚したかのような幻想を獲得した——男性として岸本を描いた『新生』は、「産む」ことにたえず脅威と関心をいだき、なんらかのリアクションを起こさずにはいられない男性の心理を、「書く」ことをめぐる象徴操作を媒介として克服しようとした、きわめて策略にみちたテクストであったといわなければならないわけだ。

同時代の女性論、母性論、恋愛論等のコンテクスト(19)を視野にいれるとき、『新生』は、それらの言説が相互に葛藤しあう力学の磁場という性格をおびてくる。ここでとりあげた医学的言説のなかの女性像の問題は、その一端を形づくるにすぎないが、いずれにせよ、『新生』が、男性／女性にまつわる同時代のイデオロギーと不可分にかかわりあいつつ、男性の優位性を延命させるための方途を計算しつくしていた小説だったことが、ここにあらためて浮き彫りにされてくるのである。

5

以上の考察によって、単一のコードにもとづく読解によってはとらえられない、『新生』における男性性《マスキュリニティ》の戦略の位相が、あきらかになってくるだろう。すなわち、『新生』は、女性を一方的に「犯す」――ペン＝ペニスによる暴力を行使する――男性を描いた反―恋愛小説としての解釈可能性を、あらかじめ物語の深層に内在させておくことによって、物語の表層を形成する恋愛小説の枠組そのものを脱構築してしまうテクストなのである。いわば、節子を征服しようとする岸本の欲望を象徴レベルで言説化してみせることによって、ふたりが恋愛の浄化にたどりつくロマンティック・ラブの物語という、出来事レベルでの物語内容を自己解体させてしまう構造をもつ小説だと考えることができるのだ[20]。

ただし、その一方で、『新生』は「産む」ことの物語でもある。岸本と節子のあいだに設けられた差異は、「書く」ことが、女性が子供を産みおとすことに匹敵する、あるいはそれ以上に正当な創造的行為であり、神聖な営みである、という意味をも生成するのだ。すなわち、「書く」行為を表象することによって、女性を征服する欲望の所在を隠微に自己暴露しながら、同時にその「書く」行為自体を特権化し、聖性を付与する、というきわめてアクロバティックな試みを行ったのが、この『新生』というテクストだったのである。このとき、「書く」ことを超越的な行為に擬するとともに、それを男性の所有に帰着させるという、「文学」と男性との巧妙な共犯関係が完成されていたことは、確認するまでもあるまい。

こうした周到な男性性《マスキュリニティ》の戦略を読み解こうとするとき、「男性による女性の抑圧」「男性作家による女性像の歪曲」という決まりきった構図を反復する俗流フェミニズム批評の読解装置は、不要のものとならざるをえない。男性／女性の階層を反転させることに終始するこの解釈コードは、抑圧された女性像のアクチュアリティを回復させることに一定の政治的意味は有するものの、小説テクストの男性像を単調なイメージへと収斂させ、男性中心主義を機能させるさまざまな仕掛けや企てを逆に隠蔽してしまう結果を招来するにすぎないからだ。逆説的な言い方ではあるが、かりに『新生』にフェミニズム批評の視点が要請されうるとすれば、このテクストに表象されている男性性《マスキュリニティ》が、多元的な解読をうけいれる強度をそなえている事実を証明するためにのみ有効なのである。このことは、岸本という作中人物を、たんに女性を抑圧する機能としてでなく、また性差を捨象された「人間」としてでもなくとらえなければならない、ということをも意味する。「「男」もまた普遍的・抽象的な「人間」ではなく、「女」と同様のジェンダー現象である」(21)ことが自明の事実となって久しいが、小説のなかで言説化された「男」というジェンダー／セクシュアリティの内実をあきらかにすることは、いまだにひとつの課題としてのこされている。そのとき、『新生』をふくむ藤村テクストは、たんなるミソジニストの小説にとどまらない、歴史的意味としての「男」の位相を解明するための好箇の対象として、よみがえってくることになるだろう。

注

(1)『新生』における「書く」ことの意味を追跡した論文として、『新生』を「性愛《エロス》の欲望が書クコト《エクリチュール》の原動力となった珍品」ととらえる渡辺廣士「エロスとエクリチュール――島崎藤村『新生』を読む――」(『群像』一九九一・四。のち『島崎藤村を読み直す』一九九四・六、創樹社)がある。ただし、「『新生』は、神秘主義的な言説を用いずに愛による神秘的救済を暗示した」小説であるとする解釈は本稿とはむしろ正反対のものであるし、「書く」ことを「罪の存在と贖ないとを同時にオーソライズすること」であるとする意味づけの文脈も本稿とは異質なものである。

(2) このことについては、作者自身の自解(「芥川龍之介君のこと」『市井にありて』所収)がたまたま存在していることもあり、多くの評者が注目している。一応その概要を示しておくなら、たとえば「因襲破壊、形式打破、現実暴露などを合言葉としたかれら(注・自然主義世代)の壮年期には、たとえば社会の虚偽に反抗する理想主義的情熱がその裏側にひめられていた。しかし、いまいわゆる「初老」期に達して大きな疲労感とともにのこったものこそ、文字どおり《現実暴露の悲哀》であり、どうしようもない混迷や挫折感であった」(相馬庸郎『日本自然主義論』一九七〇・一、八木書店)といった言及がある。

(3) プレテクストという言葉を用いるなら、むろん『桜の実の熟する時』であるが、この場合、『新生』のコンテクストにおける引用部分の位置づけのみが問題とされることはいうまでもない。

(4) 節子のもつ情念や論理を抑圧し、自分にとって有利な価値観を刷りこんでゆこうとする岸本の意志は、たとえば節子が書いた手記を「いづれも尖りすぎるほど尖つた神経と狭い女の胸とを示したやうなもの」と片づけてまともに取りあおうとしない態度(二―三十九)や、「周囲のものに対する彼女の小さな反抗心を捨てさせたい」という願望(二―六十六)、あるいは平野謙が糾弾してみせたような、「数珠を贈つたり、「最後まで忍ぶ者は救はるべし」と書いてやつたり、エロイズとアベラアルの伝説を聞かせたり、媾曳するにも墓地をえらんだりして、徐々に「宗教」といふ鎮静剤を注射して」いった（『島崎藤村』一九四七・八、筑摩書房）、などの行為として示されていると考えられよう。

（5）スーザン・グーバー「「空白のページ」と女性の創造性の問題点」（エレイン・ショーウォルター編『新フェミニズム批評――女性・文学・理論』青山誠子訳　一九九〇・一、岩波書店）。なお、グーバーとサンドラ・ギルバートの共著『屋根裏の狂女――ブロンテと共に』（山田晴子、薗田美和子訳　一九八六・一一、朝日出版社）をも参照。

（6）中山弘明は、これらの節子の短歌について「〈恋愛〉という基盤の上でいくらでも量産されうるものなのであり、同時にまた驚くほど単純な一つの声によって支配されてもいる」と指摘している（『新生』のメッセージ――手紙と短歌――」『媒』7　一九九一・七。のち『溶解する文学研究――島崎藤村と〈学問史〉』二〇一六・一二、翰林書房）。

（7）与謝野晶子「女子の職業的独立を原則とせよ」（『女学世界』一九一八・一）。

（8）平塚らいてう「母性保護の主張は依頼主義か」（『婦人公論』一九一八・五）。

（9）小山静子『良妻賢母という規範』（一九九一・一〇、勁草書房）。

（10）たとえば、節子の手記のなかにある「母親は仮令どんなに多くの子供を持たうとも、二六時中子供にばかり煩はされて居ることは決して〳〵よい事ではない。どんな場合にも、深い同情者、親切な相談相手、賢い導き手でなければ成らないことは勿論であるけれど、ある程度までの独立自治の心が欲しい。子供はそれによつて尊い経験が得られ、母親はそれによつて自分の世界を開拓する時を得ることが出来ると思ふ」（二―三十八）という言葉に、晶子やらいてうをふくめたこの時期の女性論・母性論の投影をうかがうことができる。もっともこの言葉は、節子に仕事を手伝わせて「報酬」をあたえ、「自活の面目」を立てさせようとする岸本の思いつきを正当化する機能をもつのみで、以下の物語の展開にかかわる積極的な意味を付与されてはいない。むろんそれは、このテクスト自体が節子の言葉を封殺する言説構造を有していることによる。

(11) 青柳優美『性慾哲学』(一九一三・二、東亜堂書房)。
(12) 寺田精一『大日本文明協会刊行書3　婦人と犯罪』(一九一六・三、大日本文明協会事務所)。
(13) 富士川游「女性の精神生活」(『婦人問題講演集』第二輯　一九二一・一、民友社)。
(14) 富士川游「医家より見たる婦人問題」(『中央公論』一九一三・七)。この富士川の言説は一見らいてうの母性保護論と共通性をもっているように思えるが、むろん富士川には「母性」の保護・権利という発想は欠如している。
(15) 緒方正清『増補婦人家庭衛生学』緒言(一九一六・七、丸善)。
(16) 羽太鋭治『性慾と近代思潮』(一九二〇・一〇、実業之日本社)。
(17) この意志は、「一体婦人には、国家から見るも、亦天賦の性情から見るも、其独立することの出来る時期迄は、所謂先天的に授けられた義務を完くせしむる為め、特殊機能を整備するに必要な教育を与へなければならず。又結婚、妊娠、分娩は勿論、所謂一般看護学、民間療法等に関する心得をも、授けねばならぬ」(注15前掲書)という言葉に代表されるような「婦人衛生」のイデオロギーに端的に示されている。
(18) 川村邦光「子宮の近代――日本セクソロジーの誕生」(『imago』一九九二・九)を参照。なお大正期日本における医学的言説、ないしセクソロジーをめぐる論考については、川村の「病める女――近代日本のセクソロジー研究へ向けて」(『現代思想』一九九二・六)「女の病、男の病――ジェンダーとセクシュアリティをめぐる〝フーコーの変奏〟」(『現代思想』一九九三・七)『オトメの身体――女の近代とセクシュアリティ』(一九九四・五、紀伊國屋書店)、成田龍一「衛生環境の変化のなかの女性と女性観」(女性史総合研究会編『日本女性生活史4　近代』一九九〇・八、東京大学出版会)、古川誠「恋愛と性欲の第三帝国――通俗的性欲学の時代」(『現代思想』一九九三・七)等をおもに参照した。
(19) 大正期の両性論・恋愛論のコンテクストに『新生』を位置づける試みとして、高橋昌子の論文がある(「大正期の両性問題・恋愛論と『新生』」『名古屋近代文学研究』3　一九八五・一一。のち『島崎藤村――遠いまなざし』一九九四・五、和泉書院）。高橋は、「明治末期のエゴイスティックな性認識から大正期の自己放棄的宗教的な愛の希求へという時代の思潮」を丁寧に整理しつつ、岸本がその思潮に身をよせながらも、「最後には性の浄化と自我否定という観念的な理想にあがって、「生きて出る」という個の本然的な欲求に立ち帰る」ところに、『新生』の価値を見いだしている。しかし、岸本が「最後まで霊肉の葛藤から脱け出すことのできない人間として描かれている」という読解は、「初めて彼は荒びたパッションから離れ行くことが出来た」（二—百）「自分の情熱の支配者であることが出来た」（二—百一）という岸本の自覚が語られているかぎり、正確さを欠いているといわなければなるまい。この百章以後においては、たとえば第一巻で「私の腰は腐つてしまひさうです」（十一）「それから岸本の身体は眼を覚ますやうに成つて行つた。髪も眼が覚めた。耳も眼が覚めた。其他身体のあらゆる部分が眼を覚した」（十四）といった形で語られていた岸本の身体像はほとんど消滅し、彼はあたかも自己の身体を忘却してしまったかのような存在と化してゆく。「書く」ことを通じた岸本の男性性《マスキュリニティ》の確立は、彼が性にかかわる「パッション」から離脱し、「精神的存在」として囲いこまれてゆく過程とも軌を一にしているのである。

(20) この意味で、『新生』における恋愛の不在や岸本の偽善性を突く芥川龍之介以来の批判や、またそれに対抗して『新生』の恋愛小説としての価値を説く評価は、いずれもテクストそれ自体によってすでに脱構築されてしまっているのであり、『新生』の戦略の掌の上で踊っていたにすぎないということになろう。本稿と文脈は異なるが、芥川や平野謙の批判を「予定された読者の範疇にある」ものととらえる視点は、中山論文（注６）によっても提出されている。

(21) 荻野美穂「身体史の射程——あるいは、何のために身体を語るのか——」（『日本史研究』366　一九九三・二。のち『ジェンダー化される身体』二〇〇二・二、勁草書房）。

※『新生』本文の引用は、初版本（第一巻一九一九年一月、第二巻同年十二月刊、春陽堂）を底本とした『藤村全

集』第七巻（一九六七・五、筑摩書房）に拠った。

氾濫―反乱するシニフィアン
――有島武郎『或る女』の物語言説をめぐって――

1

『或る女』における葉子の物語が、「女」にまつわる既成の概念を転倒し、革新する役割を果たした、ということは、こんにちひとつの共通理解と化しているといえるだろう。おおかれすくなかれ、『或る女』を論じようとするものが、葉子を中心とした物語内容の展開によりおおくの比重をかたむけて、解釈の言説をつらねてきたゆえんだ。すなわち、物語言説／物語内容をかりに二元的にとらえておくなら、『或る女』は、これまで物語内容によりおおくの権威を譲渡する解釈コードに支配されてきたといえるのである。しかし、『或る女』という小説の全体から還元される物語内容が、テクストを生成するシニフィアンの編成、すなわち物語言説によってのみもたらされることも、これまた否定しようのない事実である。むしろ我々がこの小説において瞠目すべきなのは、葉子の「音楽的な錯覚」を言説化してみせた第十三章の場面に典型的に見いだされるような、奔流のごとくほとばしり出てくるシニフィアンの群れなのであり、それが必然的に形づくることになる突出した細部なのだ。しばしば「増殖」「過剰」といった語で語られるこの言葉の噴出は、『或る女』の読者にとってはすでになじみぶかいものであるが、それらは物語内容に還元してしまえばとるにたらぬ一部分でありながら、同時に物語の進行そのものをおびやかす不断の力として読者に作用する。こうしたディテールこそ、『或る女』の決定的な差異を形づくる生命部分にほかならない。

この意味で、『或る女』を〝家父長制の呪縛に反抗した女性の闘争と蹉跌の物語〟〝近代における女性／男性の関係の極限的な追求の記録〟と見なしつつ葉子の意味を解読しようとする、一見当然のごとくに思われる態度は、むしろほとんど凡庸な結果しかもたらさない。それは葉子のアクチュアルな意味を前景化するようでありながら、じつはたんに物語への安住を欲望する読解、物語言説を物語内容へと従属させる読解にすぎないからだ。女性主人公と家父長制の対立を単純に物語化しただけの小説ならば、宮本百合子『伸子』、野上弥生子『真知子』など、『或る女』の周辺にもいくらでも存在する。これらが、「女の物語」を創造しようとしながら、そのじつ「男の言説」に媚びているにすぎない反動的愚作であることは言をまたない。物語内容レベルでの読解に終始した場合、『或る女』は、これらの小説とえらぶところのない代物と化するほかはないのである。

だから、むしろつぎのように断定すべきだろう。『或る女』は、家父長制と闘争した女性の物語ではないし、女性／男性の対関係を追求した物語でもないのだ、と。それは、「女」というシニフィエを構成し、同時に反構成してもいる物語言説に徹底的に拘泥し、テクストから「或る女」の物語を抽出しようとする自己の読解過程そのものを相対化することでもある。そうすることによってはじめて、我々は物語内容の呪縛からのがれ、『或る女』の物語言説それ自体へと接近してゆくことが可能となるのである。

2

さて、『或る女』の物語言説について言及するにあたって、さしあたりいくつかのディテールをとりあげることが必要となるが、ここではやはり、『或る女』の言説の特質をもっとも端的に示している部分として、さきにもふれた第十三章のシークエンスにまず着目することにしたい。ややながい引用となるが、煩をいとわず分析を試みてみることにしよう。

そこだけは星が光つてゐないので、雲のある所がやうやく知れる位思ひ切つて暗い夜だつた。A_1おつかぶさつて来るかと見上れば、B_1眼のまはる程遠のいて見え、A_2遠いと思つて見れば、B_2今にも頭を包みさうに近く逼つてる鋼色のA_3沈黙した大空が、際限もない羽を垂れたやうに、同じ暗色の海原に続く所から波が湧いて、闇の中をのたうちまろびながら見渡す限りB_3喚き騒いでゐる。耳を澄して聞いてゐると水と水とが激しくぶつかり合ふ底の方に、

「おーい、おい、おい、おーい」

と云ふかと思はれる声ともつかない一種の奇怪な響が、舷をめぐつて叫ばれてゐた。（中略）気負ひに気負つた葉子の肉体は然しさして寒いとは思はなかつた。寒いとしても寧ろ快い寒さだつた。もうどん〳〵と冷えて行く衣物の裏に、心臓のはげしい鼓動につれて、乳房が冷たく触れたり離れたりするのが、なやましい気分を誘ひ出したりした。それに佇んでゐるのに脚が爪先から段々に冷えて行つて、やがて膝から下はA_{4}知覚を失ひ始めたので、B_{4}気分は妙に上ずつて来て、葉子の幼ない時からの癖である夢とも現とも知れない音楽的な錯覚に陥つて行つた。A_{5}五体もB_{5}心も不思議な熱を覚えながら、一種のリズムの中に揺り動かされるやうになつて行つた。何を見るともなく凝然と見定めた眼の前に、無数の星が船の動揺につれて光のまたゝきをしながら、ゆるいテンポを調へてゆらり〳〵と静かにをどると、帆綱の呻りが張り切つたA_{6}バスの声となり、その間を「おーい、おい、おい、おーい……」と心の声とも波のうめきとも分らぬトレモロが流れ、盛り上り、くづれこむ波又波がB_{6}テノルの役目を勤めた。A_{7}声が形となり、B_{7}形が声となり、それから一緒にもつれ合ふ姿を葉子はA_{8}眼で聞いたりB_{8}耳で見たりしてゐた。何の為めに夜寒を甲板に出て来たか葉子は忘れてゐた。夢遊病者のやうに葉子は驀地《まつしぐら》にこのA_{9}不思議な世界に落ちこんで行つた。それでゐて、葉子の心の一部分はB_{9}いたましい程醒めきつてゐた。葉子は燕のやうにその音楽的な夢幻界をA_{10}翔け上りB_{10}潜りぬけて様々な事を考へてゐた。

傍線を付したA1／B1、A2／B2、A3／B3……からあきらかなように、隠喩や擬人法、対句表現を用いながら、二項対立的な意味を生成する言葉のつらなりを駆使して葉子の「音楽的な錯覚」を表現しようとするのが、このシークエンスを生成する物語言説の特質といえるだろう。こうした部分はテクスト内のいたるところに見いだされるもので、『或る女』における言説編成のひとつの核を形づくっているといっていい。ただし、こうしてあたかも二項対立の枠組にのっとって整序されているかにみえる言葉の群れが、葉子の「夢幻」を図式化し、概念化することにはいささかも奉仕していないことに注意をはらっておく必要がある。むしろ逆に、それらは葉子の幻想を反図式化し、反概念化する役割をもつのである。

たとえばA1／B1の部分。ここに表現されているのは、視る主体と視られる対象（大空）との距離の感覚であるが、それは「おつかぶさつて来る」かのように接近するものでありながら、同時に「眼のまはる程遠のいて見え」る、という距離感それ自体の喪失として表現される。「おつかぶさつて来る」「眼のまはる程」という擬人法と比喩は、いずれも突出した意味を生みだすレトリックであることによって、視る主体と視られる対象との距離を極限まで接近させながら、その瞬間に両者のあいだを強引かつ一気に引き剥がしてゆく機能を果たす。この操作がA2／B2においてふたたびくりかえされることによって、「大空」を視ているはずのまなざしの機能そのものが無化され、同時に遠／近という二項対立そのものが溶解し、解体されてゆくのである。さらに、その「大空」の「沈黙」（A3）が、わめきさわぐ「海原」の喧騒（B3）と並列されることによって、沈黙と喧騒とが混淆した反世界が形成され、その果てに「おーい、おい、おい、おーい」という、人間の声とも自然の音ともつかない「奇怪な響」が導きだされてくるのだ。おなじように、以下につづく対立する意味をもつ言葉の系列も、両者のいずれともつかない反―意味を生成することによって、読者をたえず宙吊りの状態に追いこんでゆく。ここでの視る主体・聴く主体・感じる主体を葉子であるとするなら、彼女がとりこまれてゆく「夢幻界」を表現するために、じつに効果的な導入であったというべきだろう。

しかし、さらに重要なのは、ここでは視覚・聴覚・触覚といった感覚の表現そのものが問題なのではない、ということなのだ。この場面に関する言及の代表的な例として江種満子と篠田浩一郎の分析があげられるが、両者がいずれもかかえもつ弱点は、この場面について「純粋に感官的な瞬間」「理性の退行」(1)、「視覚と聴覚と触覚の相互的な交感」「原因不明の、不安」(2)といったシニフィエを見いだしてしまったことにある。感覚の混乱であれ理性の消滅であれ、それは葉子を一定の意味に拘束してしまう言説にすぎないのであり、そうした読解は、物語内容のコンテクストにそった分析としての意味はもちえても、物語言説が所有する凶暴ともいえる力を一義的に限定する役割しか果たしえまい。このシークエンスの物語言説が示しているのは、精神や理性といった概念と同時に、感覚や身体という概念をも無意味化してしまう運動にほかならないからである。ここでの葉子は、視覚・聴覚・触覚、あるいはその混乱といった属性を付与されるありきたりの人物主体とはかけはなれた、いわば言葉の自由な戯れそのものなのだ。すなわち葉子は、ひたすら溢れでてくる言葉の群れが生みだす差異それ自体と化すことによって、通常の小説テクストにおける作中人物――精神、意識、身体、感覚等々の集積体――の輪郭を拡散・消滅させた反人物、すなわち自律したシニフィアンとして浮遊しはじめるのである。A_1／B_1、A_2／B_2……A_n／B_nの言説は、たんに二項対立の概念を指し示すために存在しているのではない。それらは、葉子と葉子を取りまく世界に対して、とりあえず二極に分離する意味を付与しておきながら、即座にそれを無意味化してしまう機能をもつ言葉として氾濫しつづけるのであり、遠／近、沈黙／喧騒、理性／感覚、意識／無意識……等々の意味の分節――すなわちシニフィエの呪縛――に反乱をくわだて破壊にいたらしめようとするシニフィアンの跳梁を現前させるのである。

『或る女』というテクストは、一見、とりわけ主人公である葉子に関して、意識／無意識、精神／身体、理性／感覚、理性／狂気、そして男性／女性……等々の二項対立的な意味を、たえず生産するかのようにみえる。また実際、葉子の内部に、「霊肉二元」の葛藤・相剋や意識と無意識の分裂を想定する視点は、これまでもしばしば提出されてきている。だが実態は逆に、『或る女』は、これらの形而上学的な二分法を排除すべく言説編成されている、というべきなのだ。このテクストの象徴作用を無視して、たとえば物語内容から見いだされる父性／母性というような二項対立にとらわれてしまうと、葉子の破滅の要因として「父性の欠如」を想定したり(3)、あるいは「定子への愛着に示される母性」を「再生の回路」と規定する(4)ような読解が生みだされてしまうことになる。しかしたとえば、この奇怪な二つの矛盾が葉子の心の中には平気で両立しようとしてゐた。葉子は眼前の境界でその二つの矛盾を割合に困難もなく使ひ分ける不思議な心の広さを持つてゐた。ある時には極端に涙脆く、ある時には極端に残虐だつた。丸で二人の人が一つの肉体に宿つてゐるかと自分ながら疑ふやうな事もあつた。それが時には忌々しかつた、時には誇らしくもあつた。（三十四）

という、定子への愛情と倉地への愛の衝動という「二つの矛盾」が示された部分でさえ、葉子は、「その二つの矛盾を割合に困難もなく使ひ分ける」人物、すなわちその「矛盾」そのものを演じ、かつ戯れる人物として語られているのだ。その間隙には、例によって、極端に涙脆く／極端に残虐、忌々しく／誇らしくもある、といった反意味としての二項対立的言説が挿入され、葉子に統一的な意味をあたえようとする読者の読みを宙吊りにしにかかるのである。かりに、葉子が定子を「最後の犧牲」に供しようとする三十七章の場面ひとつをとってみても、そこに提示されている、間接言説と独白言説を駆使した錯乱した言葉の氾濫(5)は、「父性の欠如」とか「個我と母性との分裂」とかいったまずしい規定とは縁遠いものといわなければならない。葉子を生成する言説を、「矛盾」とか「分裂」といったタームで図式化することなく、あくまでも記号としての言葉、シニフィアンとしてそれに触れようとすること。『或る女』を読むことは、口語日本語という言語体系においてはきわめて困難ともいえるそのような試みに接近してゆく過程にほかならない。

シニフィエに優越しようとするシニフィアンの氾濫は、当然のことながら物語の進行そのものにまで脅威をもたらすことになるだろう。

3

葉子はこんな不思議な心の状態から遁れ出ようと、思ひ出したやうに頭を働かして見たが、その努力は心にもなく微かな果敢ないものだつた。そしてその不思議に混乱した心の状態も謂はゞ堪へ切れぬ程の切なさは持つてゐなかつた。葉子はそんなにしてぼんやりと眼を覚ましさうになつたり、意識の仮睡に陥つたりした。猛烈な胃痙攣を起した患者が、モルヒネの注射を受けて、間歇的に起る痛みの為めに無意識に顔をしかめながら、魔薬の恐ろしい力の下に、唯昏々と奇怪な仮睡に陥り込むやうに、葉子の心は無理無体な努力で時々驚いたやうに乱れさわぎながら、忽ち物凄い沈滞の淵深く落ちて行くのだつた。葉子の意志は如何に手を延ばしても、もう心の落く深みには届きかねた。頭の中は熱を持つて、唯ぼーと黄色く煙つてゐた。その黄色い煙の中を時々紅い火や青い火がちか〳〵と神経をうづかして駆け通つた。息気づまるやうな今朝の光景や、過去のあらゆる回想が、入り乱れて現はれて来ても、葉子はそれに対して毛の末程も心を動かされはしなかつた。それは遠い〳〵木魂のやうに虚ろにかすかに響いては消えて行くばかりだつた。過去の自分と今の自分とのこれほどな恐ろしい距りを、葉子は恐れげもなく、成るがまゝに任せ

て置いて、重く澱んだ絶望的な悲哀に唯訳もなく何所までも引張られて行った。（十六）

『或る女』における比喩、擬人法、あるいは修飾語句の多用についてはいまさら指摘するまでもないが、この部分も、さきの十三章などとともにその典型に属するだろう。物語内容にすればほんの一瞬にすぎない時間が、このような比喩と修飾語句をつらねた長大な物語言説で示されることによって、物語の「速度」（6）は必然的に停滞をきたし、物語世界内で生起するはずの次なる出来事はさきへさきへと押しやられ、繰りのべられてゆく（7）。物語の時間は、物語言説の肥大による「減速」と、通常の進行すなわち「加速」のくりかえしによってたえず非均質化され、線条的《リニア》な進行をさまたげられるのである。こうした言表は、物語言説から単線的なストーリーを構成しようとする読解に不意撃ちをくらわすとともに、いま・ここにある葉子の位置そのものを切りくずし、空白化する機能を負うことになるだろう。このほか三章、七章、三十六章、三十九章、四十四章等々において、葉子の幻視・幻覚・幻想は執念ぶかいまでに細密に言説化されているが、それらは、葉子と倉地の葛藤というストーリーの進行とはほとんど無縁なままおのおのに自己を主張しつづけ、しかも物語の中心線を無化し破綻させかねないほどの強度をもつ。いいかえるなら、『或る女』という「全体」を凌駕する細部、すなわち反物語を生みだす装置としての機能を所有することによって、テクストのもっとも本質的な部分を形づくるのである。

ところで、ここまでは意図的にストーリーを分断し、無意味化しながら考察をすすめてきたわけだが、こうしたもろもろの細部を「全体」に、すなわち物語にまとめあげようとする構成力はテクスト内に存在しないのであろうか？　むろん、それは読者の読みを積極的にコード化する力として、テクスト内に存在しているといわなければならない。その力はたとえば、つぎのような物語言説によって形成されているものである。

葉子の多感な心は、自分でも知らない革命的とも云ふべき衝動の為に的もなく揺ぎ始めた。葉子は他人を笑ひながら、而して自分をさげすみながら、真暗な大きな力に引きずられて、不思議な道に自覚なく迷ひ入つて、仕舞には驀らに走り出した。誰れも葉子の行く道のしるべをする人もなく、他の正しい道を教へてくれる人もなかつた。偶ま大きな声で呼び留める人があるかと思へば、裏表の見えすいたぺてんにかけて、昔のまゝの女であらせようとするものばかりだつた。（六）

葉子の嘗めた凡ての経験は、男に束縛を受ける危険を思はせるものばかりだつた。然し何んといふ自然の悪戯だらう。それと共に葉子は男といふものなしには一刻も過されないものとなつてゐた。砒石の用法を謬つた患者が、その毒の恐ろしさを知りぬきながら、その力を借りなければ生きて行けないやうに、葉子は生の喜びの源を、まかり違へば生そのものを蝕むべき男といふも

のに求めずにはゐられないディレンマに陥つてしまつたのだ。（十六）

如何かして倉地を痴呆のやうにしてしまひたい。葉子はそれが為めにはある限りの手段を取つて悔いなかつたのだ。妻子を離縁させても、社会的に死なしてしまつても、まだ〳〵物足らなかつた。竹柴館の夜に葉子は倉地を極印附きの兇状持ちにまでした事を知つた。外界から切り離されるだけそれだけ倉地が自分の手に落ちるやうに思つてゐた葉子はそれを知つて有頂天になつた。而して倉地が忍ばねばならぬ屈辱を埋め合せる為めに葉子は倉地が欲すると思はしい激しい情欲を提供しようとしたのだ。而してさうする事によつて、葉子自身が結局自己を銷尽して倉地の興味から離れつゝある事には気附かなかつたのだ。（三十四）

これらの言説が指示する内容と、その役割とは、説明するまでもなくあきらかだろう。それぞれの引用は、葉子の女性としてのアイデンティティの「革命」性とそれゆえの他者からの孤立（六）、男性を憎悪するがゆえに逆に男性に執着せざるをえない「ディレンマ」の所在（十六）、葉子にとって男性性を集約した存在である倉地の破滅を欲望する衝動と、その衝動が昂じてゆく結果必然的に葉子の未来にまちうける破滅（三十四）を語ることによって、ストーリーの構成に奉仕する。すなわち、物語世界における葉子の定位、葉子と倉地がむすびついてゆく必然性の強調、終末における葉子の破滅の暗示、というストーリーの展開軸にそった説明を葉子に付与するものであり、前述したような反物語の装置によってストーリーからの逸脱をひきおこしかねない読解行為を、物語の中心線へと強引に回帰させる機能をそなえた物語言説だといえよう。

　このような説明的な物語言説は、ほかにもさまざまな場所に見いだしうるもので、いわば、もろもろの言説を線条的《リニア》に整序しようとする「物語への意志」ともいうべきものが、テクストに内在化されていることを示す言説なのだといえる。そして、これらの説明的言説は、ストーリーの線条性をほとんど無視しつつ野放図に肥大しつづける物語言説とあいまって、『或る女』における語りの二面性を形づくる。『或る女』というテクストは、この二種の語り——物語内容の展開を補助し強化する機能をもつ物語言説と、物語内容の展開に奉仕することのない氾濫するシニフィアンとしての物語言説との、ダイナミックな葛藤のうちに生成されてゆくのである(8)。

　ただし、この語りの二面性を完全に整理しきることは不可能であるし、またテクストを安易に構造化し図式化する危険もともなう。だからここでは、『或る女』の物語言説が、物語を生成する、という物語言説に必然的に課される機能と同時に、生成された物語自体をただちに拡散させ、破壊してゆく機能をもそなえていることを確認するにとどめておくことにしよう。すなわち『或る女』は、それ自体が自己解体の衝動をはらんだテクスト、脱構築的な象徴作用をそなえたテクストであると考えることが可能なのだ。

4

ここですこし視点をずらして、葉子自身の言説について考察をめぐらせてみることにしたい。

すでに指摘されているように(9)、後篇においては語りの言説と葉子の言説が二重化された独白言説、あるいは間接言説が数おおく出現する。むろん、この種の言説は前篇でも存在するが、それらはたとえば、「女を全く奴隷の境界に沈め果てた男はもう昔のアダムのやうに正直ではないんだ。女がぢつとしてゐる間は慇懃にして見せるが、女が少しでも自分で立ち上らうとすると、打つて変つて恐しい暴王になり上るのだ。女までがおめ〳〵と男の手伝ひをしてゐる」(十六)という、あくまでも整理された秩序をもつ言葉であった。そのおおくは、「結婚と云ふものが一人の女に取つて、どれ程生活といふ実際問題と結び付き、女がどれ程その束縛の下に悩んでゐるかを考へて見る事さへしようとはしないのだ」(十一)「自分は如何しても生まるべきでない時代に、生まるべきでない所に生まれて来たのだ」(十六)という、葉子の外界への怒りや憤懣、あるいは他者との隔絶を語るものであり、葉子を物語世界において前景化させ、他の作中人物と差異化する機能を負う言説として、物語のコンテクストに組みこまれていた。その一方で葉子は、木村との対話の場面において典型的なように、対話の言葉をあやつる「タクト」(二)、すなわち嘘、誤魔化し、駆け引き、隠蔽、誇張といった記号の戯れをたくみに駆使し、他者を翻弄することのできる人物でもある。この他者を翻弄する対話の言葉＝直接言説と、他者への怒りを内包した独白・間接言説との両者が、物語世界における葉子の優位性を強調するために、一定の役割を果たすのである。

ところが後篇にいたって、こうした葉子の独白言説・間接言説は、地の文との融合を経ることによってしだいに拡散させられ、秩序をうしなってゆく。むろんそれは、物語内容のレベルでは、葉子の錯乱が昂じてゆくことから生じる言葉の混乱でもあるのだが、一方では、葉子の言説が語りの言説に侵食されることによって整合的な言葉の組織を攪乱され、迷走する言説へと接近してゆく事態でもあったのだ。

さうだ倉地の妻の若い時の写真だ。成程美しい女だ。倉地は今でもこの女に未練を持つてゐるだらうか。この妻には三人の可愛いゝ娘があるのだ。「今でも時々思ひ出す」さう倉地の云つた事がある。こんな写真が一体この部屋なんぞにあつてはならないのだ。それは本当にならないのだ。倉地はまだこんなものを大事にしてゐる。この女はいつまでも倉地に帰つて来ようと待ち構へてゐるのだ。而してまだこの女は生きてゐるのだ。それが幻なものか。生きてゐるのだ、生きてゐるのだ。……死なれるか、それで死なれるか、何が幻だ、何が虚無だ。この通りこの女は生きてゐるではないか……危く……危く自分は倉地を安堵させる所だつた。而してこの女を……このまだ生のあるこの女を喜ばせる所だつた。（三十九）

「タクト」を所有していたはずの葉子の言説は徐々にその能力をうしない、他者を動かすどころか、言葉を受け取るべき聴き手さえも喪失した内言・独白へと内向してゆく。こうした「他者を持たず自己回転する」(10)葉子の独白言説・間接言説は、語りの言説と混淆されつつ彼女の内部でひたすら膨張しつづけ、それ自体が葉子の思考と行動を支配してゆくことになる。後篇の物語が進行する過程は、この小説の物語言説に付与された氾濫し錯綜する言葉の論理を、葉子自身が体現してゆく過程でもあるのだ。それは終末において葉子の病床から放たれる、「痛い〳〵〳〵」という言葉にならない叫びにいたって極点に達する。

倉地がゐてくれたら……木村がゐてくれたら……あの親切な木村がゐてくれたら……そりや駄目だ。もう駄目だ。……駄目だ。貞世だつて苦しんでゐるんだ、こんな事で……痛い〳〵〳〵……つやはゐるのか(葉子は思ひ切つて眼を開いた。眼の中が痛かつた)ゐる。心配相な顔をして、……うそだあの顔が何が心配相な顔なものか……皆んな他人だ……何んの縁故もない人達だ……皆んな呑気な顔をして何事もせずに唯見てゐるんだ……この悩みの百分の一でも知つたら……あ、痛い〳〵〳〵! 定子……お前はまだ何所かに生きてゐるのか、貞世は死んでしまつたのだよ、定子……私も死ぬんだ、死ぬよりも苦しい、この苦しみは……ひどい、これで死なれるものか……こんなにされて死なれるものか……何か……何所か……誰れか……助けてくれさうなものだのに……神様! あんまりです……(四十九)

この葉子の叫びは、すでに苦痛や煩悶を表現するための言説ではない。葉子の叫びは、実際どのような意味も形づくりはしないいだろう。そうした意味の不在自体が苦痛の表現なのだ、といってみてもおなじことである。ここには、苦痛とか狂気とか病とかいった常套語による分節化を不要のものと化す言葉、読者をも拒絶するかのようにひたすら乱舞しつづける言葉があるばかりだ。だからこそ、この言説は、葉子という人物＝主体＝意味そのものを最終的に破砕し、解体する声《シニフィアン》として、『或る女』における究極の差異を指し示すのである。

5

あらためて強調するまでもなく、物語内容における葉子の感覚性や狂気、病を強調することは、男性＝精神／女性＝身体という、ファロゴセントリズムにもとづくお馴染みの二項対立を強化することにもつながる。一例をあげるなら、子宮後屈症という病とその手術の失敗とを、「女」としての葉子の蹉跌の表象とする読解があるが、これなどはテクスト内にひたすら意味を見いだそうとする堕落した読解の典型といえよう。周知の通り大正期は、女性の感情障害、ヒステリー、狂気、犯罪といった症例の根拠を子宮という身体部位にもとめようとする、ヒポクラテス、ガレノス以来の俗説が、セクソロジー理論の装いをもって跋扈した時代であった。子宮病の昂進を葉子のフェミニニティの危機と見なすこと自体、「子宮＝病の根源」とするこのイデオロギーと共犯関係をむすぶこと――すなわち

「俗情との結託」にほかならない。このような読解は、「病という意味」に固執したあげく、その意味を構成している言説そのものへのまなざしを欠いた結果生じるのであり、結局のところ、精神／身体、理性／狂気という二項対立の強化に加担するしかないのである。

このような、テクストからひたすら意味を取りだそうとする読者の立場を象徴的に示す作中人物が、古藤である。言葉の「タクト」を自在にあやつる葉子に対して、古藤は、「明白に云ふと僕はあゝ云ふ人は一番嫌ひだけれども、同時に又一番牽き附けられる、僕はこの矛盾を解きほごして見たくつて堪らない」(十九)と語る人物、すなわち葉子を「分ろう」とする意志をもち、葉子の意味を「正しく」読み取ろうとする人物なのだといえよう。同時に古藤は、「**sun-clear**」(三十四)「真実」(四十一)を信条とする透明な言語の信奉者であり、「誠実」(四十一)な言葉によって他者と対話しようとしながら、同時にそのこと自体によって規制され、支配されているロゴス的言語の奴隷でもある。この意味で、古藤はロゴセントリズムそのものを体現する人物なのであり、「真実」の有無によって他者の言葉を判定する彼が物語世界において果たしている役割は、「倫理的ポール」(11)ではなく、「政治的ポール」にほかならない。

「あなたには美しい誠実があるんだ」(四十一)と語り、葉子に真実《ロゴス》を見いだそうとする古藤の行為は、言葉の戯れを生きる葉子の矮小化であることにおいて、テクストから強引に意味を紡ぎだし矮小化しようとする読解行為と酷似する。葉子に感覚、狂気、病といった意味を押しつける読解は、葉子に「誠実」を押し売りする古藤の行為を裏返しになぞっているにすぎず、シニフィアンに対するシニフィエの優位を反復するものでしかないのだ。いいかえるなら、狂気とか病とかいったタームに依拠した解釈に終始しているかぎり、『或る女』をまったく読んでいないことにひとしいのである。

ここで、冒頭にしるした一節にふたたび立ちもどらなければならない。『或る女』は、家父長制と闘争した女性の物語ではないし、葉子の感覚や狂気や病を物語化した小説でもない。むしろ、ひたすらにシニフィアンの氾濫をつらねることによってシニフィエの解体を呼びよせ、その結果、読者が意味を付与することを畏怖せざるをえない、ある名状しがたい世界を創造しているのがこのテクストなのである。このことは、『或る女』が、小説とは言葉の戯れと抗争そのものである、という事実をもっとも明晰に体現してみせたテクストだということをも意味する。だからこそ、『或る女』は、身体、感覚、狂気、病といった、男性中心的イデオロギーの内部で汚染されつくした概念を徹底的に破壊したテクストだと規定することができるのである。それはまた、これまでもくりかえしのべてきたように、男性／女性、理性／狂気、精神／身体といった、ファロゴセントリックな秩序の内部で生産される二項対立と階層とを脱構築する実践でもあるのだ。

そのように考えるなら、『或る女』は、葉子が生成する「女」という意味を超越した地点においてもっともフェミニズム的なテクストである、という逆説が成立する。この認識は、物語内容のレベルでのみフェミニズム批評の課題を引きだそうとする立場からすれば、奇異に感じられるかもしれない。だが、たんに物語内容において「女」の意味を追求しただけの小説ならば、明治・大正期にも、我々はうんざりするほど見いだすことができる。この時代に、あくまでも記号表現のレベル、物語言説のレベルに徹底的に固執することによって男性中心的イデオロギーの解体を実践した、ということにおいて、『或る女』は稀有なラジカリズムを内包した小説だということができるのである。

注

（1）江種満子『有島武郎論』（一九八四・一〇、桜楓社）。
（2）篠田浩一郎『小説はいかに書かれたか──『破戒』から『死霊』まで──』（一九八二・五、岩波新書）。
（3）森山重雄『文学アナキズムの潜流』（一九八七・九、土佐出版社）。森山の論は、「人間の自然性（本能）をそのまま容認するのではなくて、たえずそれを試練に持ち込み、自然性に挑戦し、これを超越する意志を孕む」「個人の内面にある混沌とした無秩序に秩序を与えてゆく志向」として「父性」を意味づけ、その「父性」の本質的な欠如を葉子の破滅の要因とするもので、『或る女』の物語言説の力のみならず、葉子が生成する「女」という意味のラジカリズムをも矮小化するファロゴセントリックな読解の典型である。
（4）川上美那子『有島武郎と同時代文学』（一九九三・一二、審美社）。葉子に「個我と母性の分裂という女性固有の体験」を見いだし、「母─葉子─定子を結ぶ母娘共同体とでも呼ぶべき関係はE・ノイマンの説く女性の心的深層における母権的基層─大地母神的世界に基づくのであり、女性にとって自然で全一的な世界である」とする川上の読解は、結局のところ、森山論文（注3）のファロゴセントリズムを裏返しにした「母性」中心主義にすぎまい。物語内容レベルの視点に関するかぎり、川上の論は、父性／母性という形而上学的二項対立のイデオロギーを強化するものとしかなりえていない。むろんこれは、川上が依拠している青木やよひのエコロジカル・フェミニズム理論、あるいはエーリッヒ・ノイマンの女性論自体がかかえもつ欠陥でもある。
（5）第三十七章の終り、「葉子のする事云ふ事は一つ〳〵葉子を倉地から引き離さうとするものばかりだつた」以下の部分をさす。

(6) ジェラール・ジュネット『物語の詩学――続・物語のディスクール』(和泉涼一・神郡悦子訳 一九八五・一一、書肆風の薔薇)。

(7) 原子朗は、『或る女』の冒頭場面の描写に関して、「せわしない、いわば緊迫した場面の描写としては……いささか冗長すぎて、リアリズム小説の描こうとしている現実の時間と、そして小説(文章)じたいの時間とのズレを感じさせる結果になっている」と指摘し、そこに葉子が「「或る女」前・後篇をとおして徹頭徹尾違和感の女」であることの象徴を読みとっている(『文体論考』一九七五・一一、冬樹社)。『或る女』を徹底的にエクリチュールとしての側面から論じた原の考察からは、「存在《ザイン》を超克しようとする意力のみなぎり、いうなれば当為《ゾルレン》の意志が、ことばを増殖させ、文脈を撓曲にし、あえて饒舌にしてゆく」という指摘をふくめ、いくつかの示唆を得た。

(8) 中村三春『言葉の意志――有島武郎と芸術史的転回』(一九九四・三、有精堂)に、「《粉飾》そのものである物語言説と、《粉飾》の剥脱を志向する物語内容とは、ある意味では矛盾対立する」という指摘がある。ただし、『或る女』の「文体」を「物語内容を強力な主題意識とともに呈示するための、装置であり、レトリックの強度によって、解決不能の問題を変革の祈願へと転倒する、いわゆる本格的リアリズムのエクリチュールである」とする中村の見解と、「主題」を宙吊りにし、無意味化することにこそ『或る女』の「文体」の特質があると考える本稿とは、基本的に視点を異にするものである。そもそも、「《粉飾》」というようなタームによって『或る女』の物語言説の特質をとらえることは不可能だといわざるをえないのである。

(9) 川上美那子につぎの指摘がある。「後篇では、葉子のモノローグがそのまま地の文に溶け込み、語り手との密着の度合が強くなっている」「女主人公の感官にしたがって錯乱世界をたどるべく仕組まれたこのテクストの表現構造によって、読み手もまた、整合的な現実認識を揺さぶられ、名付けられぬ世界を生きねばならない」(注4前掲書)。

（10）大津知佐子「有島武郎『或る女』」（『国文学 解釈と鑑賞』一九九三・四）。
（11）西垣勤『有島武郎論』（一九七一・六、有精堂）。
※引用者強調には傍線を用い、原文の傍点はそのまま残した。

父＝作者であることへの欲望
――島崎藤村「嵐」の自伝性を読む――

1

藤村の自伝小説群のほぼ最後尾に位置する「嵐」にたいして、ある特権的な意味をあたえることができるとすれば、藤村テクストにおける父性／自伝性の問題がもっとも典型的にあらわれた小説だ、ということになるだろう。「嵐」はいわば、ふたつの「父と子」の物語を生成する小説なのだ。ひとつは、むろん物語世界内の語り手「私」とその子供たちの物語であり、もうひとつは物語世界外における、作者という「父」とその嫡子としての「作品」の物語である。子供たちに対して、「父」としてのあるべきモデルを身をもって提示しようとする「私」の姿は、自身のあるべき肖像を自伝的「作品」として創造しようとする作者＝島崎藤村の姿とアナロジーをむすぶ。この意味で、「嵐」は潜在的なメタ自伝小説とも呼ばれるべきテクストなのである。

このような視点にたつときに想起されるのが、「母であること《マザリング》」との問題、女性作家の問題、自伝の問題」を関連づけて捕捉しつつ、メアリー・シェリーの『フランケンシュタイン』について分析したバーバラ・ジョンソンの「わたしの怪物／わたしの自己」である。ジョンソンによれば、『フランケンシュタイン』は「固有の独自性をもった自伝」として読むことが可能であり、「母親というものに対するメアリー・シェリーの複雑な感情」と、「女性の著者であろうとすることへの苦闘」とを表現したテクストなのだという。ヴィクター・フランケンシュタインが創りだしてしまった怪物は、「自伝そのものを意味する比喩」であり、そこには女性が小説を創造することの「怪物性」と、母―娘という関係から形成されてしまう女性の自己矛盾の「怪物性」が表現されている、というのがジョンソンの考察である(1)。

この分析は、女性作家と創造行為の関係について興味ある問題提起がなされたものといえるだろうが、男性というジェンダー領域の内部に生きつつ、おおくの自伝小説を生産しつづけた島崎藤村という作家について、ある示唆を提供してくれる論理でもある。すなわち、ジョンソンの用語をかりていうなら、藤村テクストの内部に「父であること《ファザリング》」との問題、男性作家の問題、自伝の問題」という問題系をさぐりあてるための視角の提示である。むろん、時間も空間もまったくへだたったメアリー・シェリーのゴシック・ロマンと藤村の小説とのあいだに因果関係などあるはずもないのだが、ここであえてジョンソンの言説を引用してみたのは、藤村テクストの自伝性の位相をあきらかにするためには、ジェンダーの政治性にかかわる視点が必要とされるのではないか、という思惑のゆえなのだ。

たとえば、「嵐」においては、作者—作品の関係を、物語内容としての父—子の関係と共犯させるために、男性というジェンダーと密接にかかわる操作が行われているといえる。それをあきらかにすることが、藤村テクストにおける父性／自伝性の問題に接近する契機になると思われるのだ。いずれにしても、とりあえずは「嵐」内部における、父—子の関係を具体的に考察するところからはじめなければならないだろう。

2

「嵐」の物語内容については、「子供の成長を丹念にあとづけながら、そのすこやかな成長の裏に、主人公自身の心の歴史をわずかに暗示した」(2)ととらえるのが、最大公約数的な見解といえるだろう。「嵐」の父親＝語り手である「私」のイメージが、実生活における作者の像から「仮構」(3)されたものであろうとなかろうと、この物語を、父—子の関係の内部で生成される出来事と心象の言説化であるとする読解は、ほとんど不動のものであるといっていい。

むろん、「嵐」を父—子の物語として読むことに、錯誤が矛盾があるわけではない。だがここでは、「嵐」における父親＝語り手である「私」の像が、たとえば志賀直哉の小説に代表されるような「父」のイメージとは異質な形で生成されていることに注意をむけておきたい。「私」の像が、子供を抑圧する「父」、子供にとって対決・葛藤の対象となる「父」、というエディプス的なイメージとはむしろ逆の形で提示される事態に、「嵐」における父性の特質が存在するのである。

少年の時分には有りがちなことながら、兎角兄の方は「泣き」易かつたから、夜中に一度づゝは自分で眼をさまして、そこに眠つてゐる太郎を呼び起した。子供の「泣いたもの」の始末にも人知れず心を苦めた。

町の空で、子供の泣き声や喧嘩する声でも聞きつけると、私はすぐに座を起つた。離れ座敷の廊下に出て見た。それが自分の子供の声でないことを知る迄は安心しなかつた。

にはかに夕立でも来さうな空の日には、私は娘の雨傘を小脇にかゝへて、それを学校まで届けに行くことを忘れなかつた。

長い月日の間、私はこんな主婦の役をも兼ねて来て、好き嫌ひの多い子供等のために毎日の総菜を考へることも日課の一つのやうになつてゐた。

これらの部分から印象づけられるのは、子供の日常に周到に目配りをし、生活の煩瑣な部分にこまごまと世話をやき、その成長を歓びをもって見つめつづけるという、通念化・規範化された「母」のイメージであろう。それは、「私」がはやくに妻を亡くし、子供たちを「不自由な男の手一つ」で育ててきた、という物語内容レベルの要因によるばかりではない。一人称の「私」の語りそのものが、「私」が「母」としての役割を果たすことを強いられてきた事実、それゆえに「母」としての側面を必然的に所有する存在である事実をことさらに強調しつづけるのである。たとえば「私」は、「主婦といふもののない私の家では……」「私が早く自分の配偶者《つれあひ》を失ひ、六歳を頭に四人の幼いものをひかへるやうになつた時から……」「母さんさへ達者でゐたら……」「母親のない幼い子供等を控へるやうになつてから……」といった言説によって、執拗なまでに「母」の不在について反復し、同時に「餌を拾ふ雄鶏の役目と、羽翅をひろげて雛を隠す母鶏の役目とを兼ねなければならなかつたやうな私であつた」「私は子供を叱る父であるばかりでなく、そこへ提げに出る母をも兼ねなければならなかつた」と、自分がその不在を埋めるべく奮闘している事実を語るのだ。

このような「私」の語りは、「母」の不在というそれ自体の意味よりも、「私」が父／母いずれの意味も役割も満たしうる、完璧な親であるというメタメッセージをおくるために機能することになる。同時代において、「私」の「父」としての性情に関し、『嵐』のなかの父親は、温かい。慈愛のこもつた、細かい注意のゆきとゞいた人の子の親の眼で、その子供たちの生長を凝視してゐる」(4)「幼い四人の子供を残して妻に先立たれた一人の父が子供を叱る父となり、同時に子供をいつくしむ母ともなつて、それぞれの成長を時には我の奔逸を抑へつけた忍耐強き静けさを以てぢつと見詰め続けて行く」(5)とのべた評者は、「私」の言説が発するメタメッセージを忠実に受けいれ、それを肯定的にとらえた者たちであった。だが、「私」の語りを戦略としての位相においてとらえるなら、それは、「母」の役割を徹底的に収奪しようとする「私」、「母」を物語世界から排除することによってみずからが完全無欠な親たろうとする「私」の像をあらわにする。中山弘明が指摘するように、「嵐」の語りは、「「母」の存在の意図的な消去」「母性を父性の中に回収しつくそうという、この強引なまでの手つき」(6)に満ち満ちているといえるのだ。実体として「父」の属性を付与されながら、産む性としての「母」にかぎりなく接近し、現実には不可能であるはずの「母」としての意味をおのれに刻印すること。それが、「私」の語りのひとつの目的だったといってもいい。

そして、「私」の言説操作の結果、「私」が七年間子供たちと住みつづけた「借家住居」は、あたかも子供たちを生育させ、庇護するための胎「内」のごとき空間と化すことになる。「家の内も、外も、嵐だ」という周知の独言の後につづく、「私が二階の部屋を太郎や次郎にあてがひ、自分は階下へ降りて来て、玄関側の四畳半に坐るやうになつたのも、その時からであつた」という言葉も、この住居が子供たちを「屋外《そと》」に触れさせないための役目をもつ胎「内」空間であり、「私」がその中心に位置する存在であることを端的に示しているといえよう。こうした家の内／外という分断は、「屋外《そと》」を混乱と刺激にみちた危険な空間として意味づけるとともに、家の「内」を、完璧な保護者である「私」が防御する空間として囲いこむ役割を果たすことになる。実質的には家の「内」の世界とはほとんど無関係な、「屋外《そと》」の「誰しもの心を揺り動かさずには置かないやうな時代の焦躁」が前景化され、そこは、「殺人、強盗、放火、男女の情死、官公吏の腐敗」といった新聞記事の内容がそのまま投影した世界であるかのごとく語られるのだ。

　こうした外部から子供たちを遠ざけうる存在である「私」は、エディプス的な意味での「父」とはまったくことなった意味で、子供たちの絶対的な支配者となる。「私」は、父性／母性の両義的な意味を満たすことのできる、子供たちにとって十全な、しかも唯一の存在であるからだ。「私」は「母」の不在をいわば逆手にとることによって、自己を家の内部に君臨させることに成功した。「父」としての実体を保持しつつ、庇護することによって抑圧する規範的な「母」の役割をも担うことによって、子供たちのすべてを自己の手中におくことを可能にしたのである。

3

「私」の語りによって生成される胎「内」空間は、子供たちをたえずその内部に封じこめ、均質化する機能をもつ。むろん、たとえば三郎が「新しい」思想家にかぶれては家族に喧騒をふりまき、「私」に「少年らしい不満でさんぐ〵子供から苦められた私は、今度はまた新しいもので責められるやうになるのかと思つた」とため息をつかせる、といった、「内」のノイズのような役割を子供たちが演じないわけではない。しかしそれは、「父さん――ホワイトを一本と、テラ・ロオザを一本買つて呉れない？　絵具が足りなくなつた」という、いかにも「腔噺り」らしい三郎の言葉が挿入されることによって無化され、さらには「私達親子のものが今の住居を見捨てようとした頃には、こんな新らしいものも遠い「昨日」のことのやうになつてゐた」という言説の介入によって、手もなく過去の出来事へと押しやられてしまう。子供たちが「私」に対して示すさまざまな反応は、いずれも成長への一階梯として、通過儀礼のごとき位置をあたえられるにすぎない。三郎にかぎらず、太郎の帰農も、物語の結末に用意された次郎の郷里への出発も、すべては「私」が思い描いた計画にそってなされたものであり、子供たちは終始「私」の掌のうえであやつられる存在でしかないのだ(7)。同時に、太郎・次郎・三郎・末子という、無味乾燥に数列化された四人の名は、個々の差異を顕在化させない集合体として存在する子供たちの様態、すなわち「私」をおびやかす他者とはけっしてなりえない彼らの意味性を暗示してもいる。ここに登場する子供たちは、大人の世界の秩序に脅威をあたえる周縁的存在、といった、しばしば子供や少年少女に付与される属性をもたない、「私」によって徹底的に骨抜きにされた存在なのである。

次郎の作つた画を前に置いて、私は自分の内に深く突き入つた。そこに吾が子を見た。何となく次郎の求めてゐるやうな素朴さは、私自身の求めてゐるものでもある。最後からでも歩いて行かうとしてゐるやうな、ゆつくりと遅い次郎の歩みは、私自身の踏まうとしてゐる道でもある。三郎はまた三郎で、画面の上に物の奥行なぞを無視し、明快に〳〵と進んで行つてゐる方で、昨日自分の描いたものを今日は旧いとするほどの変り方だが、あの子のやうに新しいものを求めて熱狂するやうな心もまた私自身の内に潜んでゐないでもない。父の矛盾は覿面に子に来た。

　このような「私」の語りによって前景化されてくるのは、「私」と子供たちとの強靭な連繋であり、同時に、自己と似た存在を創りだそうとする「私」の欲望でもある。「私」は、「長いこと養つて来た小鳥の巣から順に一羽づゝ放してやつてもいゝやうな、さういふ日が既に来てゐるやうにも思へた」などと語りながらも、実際には家と土地をあたえ、将来の方向を定めてやるという形で、たえず子供たちを紐つきのままにとどめておく——いいかえれば呪縛しつづけるのである。と同時に、太郎を「自分の思ふやうな人」に育てあげようとした例において典型的なように、「私」はつねに己れの欲望にそった形で、見方によってはじつにエゴイスティックに、子供たちの生活や思考を組みかえようとする。「時には自分は土を相手に戦ひながら父のことを思つて涙ぐむことがある」と雑誌の文章に書きつけた太郎は、みごとに「私」の欲望に似せたモデルへと自己を変形させていたのだともいえよう(8)。結末において語られる「その時になつて見ると、「父は父、子は子」でなく、「自分は自分、子供等は子供等」でもなく、ほんたうに「私達」への道が見えはじめた」(傍点引用者)という感慨も、子供たちをけっして他者化しない「私」の志向が端的に表現された言葉にほかならない。

　こうして、郷里への次郎の出発は、「私」が手塩にかけて創りあげた「作品」の完成というイメージをもたらすことになる。それは「私」の胎「内」からのいわば「出産」であるとともに、自己と相似的な存在を創りあげる行為の完了でもあるのだ。むろん、「作品」あるいは「出産」といった言葉はあくまでも比喩であるが、この物語に独自の父—子関係を生成する「私」の言説それ自体が、このような言葉を用いるにふさわしいイメージをつくりだすのである。「類似への欲望、自分自身の似姿を創りだそうとする欲望――これはすぐれて自伝的な欲望である」(9)というのは、『フランケンシュタイン』についてのべられたジョンソンの言葉であるが、「私」が子供たちにむける欲望も、みずからが「作者」であろうとする欲望であるとともに、「自伝的な欲望」にほかなるまい。この「私」の語りの内部において、父―子の物語は、自伝小説をめぐるアレゴリー、あるいは「嵐」という小説の生産行為そのものをめぐるアレゴリーとなるのだ。作者である島崎藤村が「嵐」という自伝的「作品」を産みだすように、「私」も子供たちを創造し、産みだす。このような言い方が可能となるのは、「私」が語りのトリックを駆使しつつ、みずからを擬似的な「母」へと接近させていくことによって、子供たちの創造主として自己を君臨させる、という事態が物語世界に発生しているからなのである。

この解釈から導きだされてくるのは、「作者」であることと「父」であることの同一視であるとともに、さきにのべたような、「母」の徹底的な排除でもある。「父」が「母」としての意味をも担いうるということは、「母」の無用を宣言することにひとしいからである。「私」が「子のために建てたあの永住の家と、旅にも等しい自分の仮の借家住居の間には、虹のやうな橋が掛ったやうに思はれて来た」と実感することができたとき、「子供は到底母親だけのものか、父としての自分は偶然に子供の内を通り過ぎる旅人に過ぎないのか」という疑念も克服されたといえよう。作者が「作品」を所有するように、「父」は子供を完全に所有することができる存在となるのだ。ここに、「嵐」のみならず、藤村の小説テクスト全般にわたる「文学」と男性の共犯、あるいは「文学」と「父」の共犯、という問題が喚び起こされてくることになるだろう。

4

すでに三好行雄が、「『嵐』を藤村の生活記録と読んだうえで、一箇の作品に対する批判が、作者そのひとの生活観もしくは処世態度への批判にたちいたるという事態は、あえていえば同時代批評のほとんどに共通する顕著な特色であった」(10)という観点のもとに整理しているように、「嵐」をめぐる同時代の言説は、「私」と、作者である藤村とを同一人物とみなすことを前提としている。むろんその背景に、三好も指摘している当時の私小説・心境小説をめぐるモードの問題があったことはいうまでもないが、ここでは、子供とかかわる「私」の論理を、そのまま「書く」ことの論理と同一のものにみせかけるテクストの策略が、同時代のモードと共犯する形で行使されていたことに注意をむけておきたい。その術策におちいった批評の典型である南部修太郎の言説(11)は、「云ふまでもなく、この父は作者その人の姿であらう」という前提のもとに、「子供達を愛しきつてゐる父の慈愛深き心、私は幾度か瞼裏が熱くなつた」と記しつつ、同時に、「何の奇も何の巧さも見えないが、或る年配に達した人でなければ到底現し出せないやうな、平凡と見えて而も無限の味はひを持つやうな筆を以て全篇をしづ〳〵と書き進めて行つてゐる」とのべ、「父」が子にむける愛情と、作者が小説を産みだすことの倫理性とを並列している。またたとえば、「藤村の子に自分がなつたら仕合せだと思へる人はいくたり居るか」などと藤村を茶化してみせる武者小路でさえ、「子供にたいする父の思ひやり、殊に責任感いたはり方」をそのまま作者の書きぶりへと移行させ、「嵐をよんで、そのおちつき方に感心した」と評価する(12)、といったぐあいである。宇野浩二の批評(13)などを数すくない例外として、同時代の言説はいずれも、「嵐」の作者を『新生』の作者の欺瞞・保身ぶりと差別化し、誠実さにみちた人格としての特権を付与する。「父」が子供たちを生育させる過程で発揮される倫理性は、物語を生産する作者の倫理性と同一視され、その結果、「父」と作者のいずれもが聖性を帯び、人間的な高みへと押しあげられるのである。

もっとも、藤村テクストにおける「文学」と「父」との共犯は、すでに『新生』においてはっきりと言説化されていたともいえる。「嵐」よりもさらに徹底したメタ自伝小説としての構造をもつこのテクストには、パリの客舎にあって亡き「父」を想いおこす岸本の姿が描きだされていた。むろん、ここでの「父」は、岸本がおちいっている危機の淵源を示す「悩ましい生涯を送った人」として追想されるわけだが、同時にこの「父」は、息子である岸本に知を、すなわち言葉を譲りわたす存在でもあったのだ。

父が生前極力排斥し、敵視した異端邪宗の教の国に来て、反つて岸本は父を視る眼をさへ養はれた。自分の国の方に居た頃の彼は、平田派の学説に心を傾けた父等の人達があの契沖や真淵のやうな先駆者の歩いた道に満足しないで、神道にまで突きつめて行つたことを寧ろ父等のために惜んだ。今になつて彼は古典の精神をもつて終始した父等が当時の愛国運動に参加したことや、学問から実行に移つたことを可成重く考へて見るやうに成つた。彼はこの旅に上る前の年に、記念することがあつて父の遺した歌集を編み、僅の部数ではあつたがそれを印刷に附し、父を知る人達の間に分けたことも有つた。その遺稿の中には父が飛騨の国で詠んだかず〳〵の旅の歌があつた。（一―百十九）

「父」から岸本へとうけつがれる知＝言葉。こののち岸本は、泉太、繁という子供たちの「父」としての位置をたもちつつ、告白としての「懺悔」の稿をおこすことになるだろう。このような父―子のラインにそって継承される知＝言葉の系譜から、女―母の存在が完全に排除されてしまう[14]ことは、「嵐」と同様である。『新生』では、「嵐」のような形での同時代モードとの共犯こそ成立しなかったものの、このふたつのテクストが提示しているのは、ほとんど似かよった意味なのだといえよう。すなわちそれは、「書く」こと、物語を産みだすこと、自伝の作者であることと、「母」を収奪しつつ排除する「父」であることは同義である、というメッセージなのだ。そして、藤村における「父であること《ファザリング》の問題、男性作家の問題、自伝の問題」も、この地点において、ひとつにつながれることになるのである。

こうしてみると、「嵐」の物語世界に、こま子、静子、園子という「三人の女性を拒否するひとつの意志がある」ことを指摘した三好の論理[15]はただしい場所をついていたといえる。むろん、藤村の実生活中の人物とのかかわりにおいてテクストを計量することはここでは無用だとはいえ、「嵐」における女性の排除／「父」の中心化というイデオロギーに、たしかに着目しえたものだからだ。ただ三好は、女性の排除の意味を『夜明け前』との連続性においてとらえてしまったために、「嵐」は、藤村における「宿業感の浄化」を神話化するための通過点としての意味しかもちえなかった。むしろ、「嵐」は、男性＝父＝作者による言葉＝文学＝自伝の支配、という藤村の小説の内部に存在しつづけていた欲望を端的に言説化してみせたという点においては、ひとつの到達点ともみなすべきテクストなのである。

もっとも、こうした結論におちつくことは、「言葉は男が支配する」という、男性中心的な文学制度における自明の事実を反復するにすぎないともいえる。だがここで検討すべきなのは、その言葉の支配の質、内実の問題であろう。ふたたび物語内容のレベルに戻って「嵐」の「父」の像に着目してみるなら、それは、「ルソーの――あるいはあらゆる男性の――自伝は、人間《マン》＝男とはこうあるべきだという規範に従うことが、いかにむつかしいかを語る物語となっている」[16]という、西欧的な自伝[17]において示される「男」の規範への欲望とは異質な形で生成されるものであった。たしかに藤村の場合も、たとえば『家』は、主人公である三吉が「新しい家」の家長＝「父」となることがいかに困難であるかを語る物語となっていた。ところが、『新生』あるいは「嵐」においては、主人公はいかにもやすやすと家長となり、「父」となる。そこには、「母」を排除しつつ、自己が「母」的意味をになう全一的な親となるというトリックが隠されていたわけだが、このことを逆にとらえるなら、藤村テクストにおける「父」が、それ自体では自立することができず、子供の上に君臨することもできない、ひ弱な、強靭さを欠いた存在であることを物語っているのではあるまいか。だから、『新生』「嵐」における「父」は、子供の葛藤の対象となるエディプス的な「父」ではありえず、むしろ子供を吸引し、籠絡することによって「父」たりうる存在として終始する。「母」的イメージをかりてまでも、子供を自己の一部としてたえず呪縛し、囲っておかないかぎり、「父」としての条件を満たしえない存在なのである。

このことは、テクストが書き手の「人生」へと吸引されるという幻影――すなわち自伝小説の形態――を希求することによって、かろうじて「作者」たりえた藤村の文学行為とアナロジカルな意味を形づくってもいる。テクストが作者に従属すべき存在であることへの露骨な欲望は、同時に作者そのものに内在する欠落や動揺や脆弱さを暴露することにもなる。作者であること、「父」であることを追い求めることは、すなわち自己が作者たりうるのか、「父」たりうるのかという不安の所在を示すものにほかならないのだ。

「父性／自伝性の文学」というレッテルから、徐々に解放されつつあるようにもみえる藤村の小説テクストであるが、その父性／自伝性の内実については、あらためて問いなおすべき問題点もあるのではないか。ジェンダーの視点を導入してみることは、そのためのひとつの試みとなりえよう。たとえば花﨑育代が言及している、「日本において殺すべき権威＝父としての作者の絶対性が強固に存在していたのであろうか」(18)という問題も、このような場から発生してくることになる。むろん、そのためにはバルトあるいはフーコー的な概念としての「作者」と、日本的な「作者」概念との差異を厳密に計量することが前提となるだろうし、また、「当該テクストを書いた人間がその「作者」たることを引き受けようとするモチーフ」(19)について検討することが、とくに藤村のように、「島崎藤村」という固有名を神話化することに生涯をささげたともいえる作者の場合、必須のものとなるだろう。それらについては今後の課題とせざるをえないが、ここでは、物語世界内において「父」であろうとする欲望と、物語世界外において作者であろうとする欲望とが、テクストの生成過程において一体となりつつ満たされてゆく策略の存在を「嵐」に確認するにとどめ、この小論を閉じることにしたい。

注

(1)「わたしの怪物／わたしの自己」は、『差異の世界――脱構築・ディスクール・女性』(大橋洋一他訳 一九九〇・七、紀伊國屋書店)に所収。フェミニズム批評による『フランケンシュタイン』の考察としては、他にたとえば「生れたばかりの生命に対して突然嫌悪を感ずるという主題、誕生とその結果をめぐる罪と恐怖と逃亡のドラマ」(エレン・モアズ『女性と文学』青山誠子訳 一九七八・一二、研究社出版)といった解釈があり、ジョンソンの考察はこれらを総合したものだと考えることができる。

(2) 平野謙『嵐・ある女の生涯』解説(一九六九・二、新潮文庫)。

(3) 三好行雄『島崎藤村論』(一九六六・四、至文堂)。

(4) 青野季吉「新批評時代へ」(『東京朝日新聞』一九二六・九・二～五)。

(5) 南部修太郎「九月の創作」(『読売新聞』一九二六・九・五)。

（6）中山弘明「『嵐』の機能――方法としての「老い」――」（『早稲田大学大学院文学研究科紀要　別冊（文学・芸術学編）』16　一九九〇・一。のち『溶解する文学研究――島崎藤村と〈学問史〉』二〇一六・一二、翰林書房）。

（7）この点については、すでに同時代にも批判があった。たとえば、「子供が自発的に行動し出す前に父が少し立ち入つて交渉してゐるやうな感じがした」（武者小路実篤「藤村の嵐をよむ」『改造』一九二六・一〇）「この作に出て来る子供の年頃の代弁者があつて、何かいふことはないのか？」（宇野浩二「小説道管見」『新潮』一九二六・一一）といった言及がある。

（8）中山は、「「私」があえて「母鶏の役目」まで引き受けることで、一家を構えてみせねばならなかった真の理由も、つまりは「私」にとっての「過ぐる七年」の「嵐」の総体を、言わばすぎ去った一つの物語として語り得る、文字どおりの「話相手」――言わば聞き手としての〈子供〉を仮構する為に他ならなかった」というコンテクストにおいて、「嵐」の〈父〉は「〈子〉にとっての他者ではなく、自己同一化の対象としての〈父〉なのではあるまいか」と指摘している（注6論文）。

（9）注1に同じ。

（10）注3に同じ。

（11）注5に同じ。

（12）注7の武者小路の批評。

（13）注7の宇野浩二の批評。宇野は、「嵐」の「神聖視」に疑問を投げかけつつ、藤村の「技巧」が以前の小説から進展していないことを指摘し、「伸び支度」の方を高く評価している。

（14）『新生』における女―母の排除と「書く」ことの中心化の意味については、本書所収「性／「書く」ことの政治学――島崎藤村『新生』における男性性《マスキュリニティ》の戦略――」で考察したが、本稿は、『新生』における「書く」ことと子供たちとの隠喩的なかかわりについてふれたこの論文の一部を継承している。

(15) 注3に同じ。
(16) 注1に同じ。
(17) たとえばフィリップ・ルジュンヌ『自伝契約』(花輪光監訳 一九九三・一〇、水声社) は、「作者、語り手、登場人物の間の名前の同一性」について厳密な基準を設けることによって、自伝と自伝小説とをジャンル分けしているが、本稿では藤村の自伝小説を、いわゆる自伝 (ルソーの『告白』など) に近接したジャンルととらえており、両者のあいだにそれほど厳密な区別は認めていない。
(18) 花﨑育代「作者とは……?」(『日本近代文学』49 一九九三・一〇)。
(19) 亀井秀雄「形式と内容における作者」(『日本文学』一九九二・一)。

Ⅳ テクストを生きる

――ロラン・バルトとエクリチュールの理念――

読むことの偶発性・一回性・有限性
――ロラン・バルト「作者の死」「作品からテクストへ」についてのノート――

1

ロラン・バルトの著名なふたつのエッセイ、「作者の死」（一九六八年）「作品からテクストへ」（一九七一年）といえば、文学研究にコミットしようとする者が、初学の段階でかならず通過しなければならないひとつの関門として知られている。この両者から、「テクスト」「作者」「読者」「エクリチュール」等々の概念について、さまざまに啓示をうけた人はおおいだろう。もちろん、筆者もそのようなひとりであった。

本稿は、この「作者の死」「作品からテクストへ」、さらには『記号の国』（一九七〇年）にもすこしふれながら、バルトにおける書くこと／読むことの問題について思考していきたいと思うのだが、とくに後者に関しては、文学理論としてのプラグマティックな意義が強調され、それがいささか安易な応用を生んできたようにも思う(1)。いまさらこのことをあげつらってもしかたがないのだろうが、たとえば日本でもっともひろく読まれていると思われるチャート的な文学理論概説書のひとつ、『ワードマップ　現代文学理論』(2)は、「作者の死」について、「作品とテクストを対立させ、作品は作者のもの、そして、テクストは読者のものであることを明らかにし、作品と作者に死の宣告をした」「テクストを読む読者は、多次元性、多元性の場において、読む行為とエクリチュールの相互関係に陥り、新たな意味の創造を始める。作家によって記されたエクリチュール（書かれたもの）を、テクストとして読者が再びエクリチュール（書く行為）するのである。古典的な読者が受動的であったのに対し、テクストを前にした読者は積極的に意味生成に参加し、生産行為を行なう主体へと変貌する」と説明する。膨大に存在する他の文学理論書も大同小異であり、「作者」の概念を解体することによって、テクストと読者の関係に新たな可能性をつくりだした歴史的なエッセイとして、「作者の死」「作品からテクストへ」が評価されるのである。

バルトがこのように――テクスト概念の地平を切りひらいたポスト構造主義者として――受容されることによって、文学研究の視界が拡大され、方法的な転回がもたらされたことはもちろん否定できない。たとえば日本の近代文学研究においても、とくに一九八〇年代以後、「作者／作品」概念の解体と再編は大きな方法的変革をもたらしていった。バルトは、この時期に日本語訳されたジェラール・ジュネット『物語のディスクール』（一九七二年）、W・イーザー『行為としての読書』（一九七六年）、スタンリー・フィッシュ『このクラスにテクストはありますか』（一九八〇年）などと並び、新しい理論について語る際にはけっして欠かせない固有名であった。

だが、バルトのふたつのエッセイが、これらの研究と並列されるような方法論の著書ではありえないことも、もはや自明というべきだろう。それは、読むこと／書くことの体系的理論であるどころか、テクストを解釈する行為自体を迷宮化し、それに不可能性を授けてしまう過剰なラジカリズムをそなえた言説にほかならないからだ。以下、いまだに便利なテクスト理論として扱われがちなバルトの言説から異なった可能性を導くべく、あらためてふたつのエッセイを読み解いてみたいと思う。

2

作者の「死」――バルトの言葉をかりるなら、「父親が子供に対してもつのと同じ先行関係を」もち、書物を支配しようとする「近代の登場人物」を消滅させること、とひとまずはとらえることができるだろう。しかし、素朴な疑問だが、なぜ「死」という語が使われなければならなかったのだろうか。たんに方法論として、テクスト概念の創造、あるいは新しい読者の誕生を揚言するのであれば、「作者の解体」とか、「作者との訣別」といった温厚なタイトルでもよかったはずである。

「作者の死」の冒頭ちかく、バルトはつぎのように語る。

エクリチュールとは、われわれの主体が逃げ去ってしまう、あの中性的なもの、混成的なもの、間接的なものであり、書いている肉体の自己同一性そのものをはじめとして、あらゆる自己同一性がそこでは失われることになる、黒くて白いものなのである。

おそらく常にそうだったのだ。ある事実が、もはや現実に直接働きかけるためにではなく、**自動的**な目的のために物語られるやいなや、つまり要するに、象徴の行使そのものを除き、すべての機能が停止するやいなや、ただちにこうした断絶が生じ、声がその起源を失い、作者が自分自身の死を迎え、エクリチュールが始まるのである。

そっと置かれた「自動的」という言葉は重要である。バルトにとってのエクリチュールとは、ある対象や目的の存在を前提とする他動詞的な行為ではなく、もっぱら自動詞的な欲望の発動をさすのであり、そのことがこの後、シュールレアリスムの自動筆記法や、誓い、宣言といった行為遂行的言語に託して語られる。エクリチュールのはじまりとともに、作者は、「現実に直接働きかける」こと、すなわち己れの意図を喪失し、自己の内部に果てのない一冊の辞書をそなえた「書き手《スクリプトゥール》」にとってかわられるのである。

かつての古典的な（そして現在でもある程度存在している）作家論においては、ある作者が作品の形で物語内容、主題、思想……を生みだすことが前提となっている。生みだされた思想は、作家論を語る論者によってふたたび作者にフィードバックされ、作者の文学的価値と存在理由とを形づくる。

だがバルトのいうエクリチュールの場においては、そうした表現行為のいっさいが排除され、テクストはただ自動詞的に言葉をつむいでゆく快楽の産物としてのみ存在する。そのテクストとは、前時代の先行テクストを超越した独創の産物などではなく、既成のコードの「裏をかく」ことによってかろうじて成りたった言語活動の痕跡にすぎない。

作者ではなく、「書き手《スクリプトゥール》」としての存在を必然とされることは、ある種の創作家にとっては相いれないものであろう。エクリチュール行為が、独自の思想を生産するどころか、書くことの対象や目的をその都度「蒸発」させることに奉仕するのだとすれば、書かれた小説や詩が作者自身に回帰し文学的権威を付与する、という作用ももちろん消滅し、時間を超えた文学の永続も、他者との壁を越えた思想の共有も、究極の不可能性にたちいたるしかなくなる。「作品を創造することによって作者はアイデンティティを獲得する」とか、「自分の作品は読者に送るメッセージである」とか、「自分の肉体は滅びても作品は後世に残る」などといった、すくなからぬ作家をいまだにとらえているのかもしれない願望、「私」「アイデンティティ」といった起源の所在を書く行為の原点とする認識は、たんなる幻想であり戯れ言でしかない。作者はこうして、名としても実体としても「死」ぬ。それはほとんど物質的な「死」にもひとしい。

こうしたバルトの姿勢に対しては、もちろん批判もある。野崎歓は、「作者の死」について、「(バルトの) 本来的な、繊細な美質を裏切る部分がある」「荒々しさが感じられる」と指摘し、「テクストの読解にはより「対話」的な要素がありうるのではないか。作者をあらかじめどうあってでも排除しなければならないという言い方は、かえってわれわれと作品の関係にとって抑圧的な作用を及ぼしかねないだろう」(3)と、しごくもっともともいえる批判を展開する。そして野崎は、「翻訳者」という概念を導入しながら、「テクスト生成の場に必ず存在するはずなのだが、しかし完全な捕捉を逃れ、常に揺れ動いてやまない」存在としての作者を新たにたちあげることにより、作者性の方法論的な可能性に言及しようとする。「作者の死」を文学研究への導入可能性として読もうとする立場からすれば、野崎の苛立ちはたしかにその通りであろう。だが結局のところ、バルトの言説を、解釈行為に奉仕すべきプラグマティックな理論としてとらえているという点では、バルトを「テクスト論」の提唱者とみなす通俗的なチャート的文学理論書とおなじ認識を共有しているにすぎないのではないか。

　くりかえしのべるように、「作者の死」は、文学を書く行為を解きあかすための理論ではない。それは、文学を書くという出来事の出来事性について――つまり、書くという行為が遂行されているとき、そこになにが起こっているのかを――語ろうとするエッセイなのであり、それをつきつめれば、むしろ解釈するという研究の営み自体が不可能となってしまう性質のものである。バルトがこの文章で、エクリチュールの実践を表現するために用いているさまざまな語り――「書くということは、それに先立つ非人称性……を通して、《自我》ではなく、ただ言語《ことば》活動だけが働きかけ《遂行する》地点に達することである」「手はあらゆる声から解放され、純然たる記入の動作（表現の動作ではない）に運ばれて、起源をもたない場を描きだす」「多元的なエクリチュールにあっては、すべては解きほぐすべきであって、解読するものは何もない」――をそのままに受け入れるなら、それは、我々が自明視しているところの言語＝記号の意味生成の機能、すなわち表象可能性、反復可能性、複製可能性……をほとんど拒絶する地点にまでいたるだろう。バルトは、我々にとって当然の前提である言語＝記号に関する約束事、「書かれたものを読む」という行為の約束事を無化しながら、エクリチュール行為の瞬間にしか生みだされないのであろう快楽の経験を描きだしてゆくのだ。

私たちは通常、ある理論を導入してあるテクストを論じるとき、他のテクストを論じる際にも導入可能な汎用性のある方法に依拠しつつ、自分なりの意味生成を行うべく努める。しかしバルトのエクリチュールの理念にしたがうなら、そのような方法は神学的解釈の一形態にすぎず、エクリチュールの場を喪失し、テクストの理念それ自体を抹殺する結果しかもたらさない。バルトが「作者の死」で語っていることは、たんに「作者」という存在の抹殺にとどまらず、書かれた文学を解釈することそのものの不可能性である。

バルトの言説にこういう理念を見いだしたくなってしまうのは、現在の日本に他動詞的な衝動ばかりが溢れかえっているからなのかもしれない。みずからの実存を賭けて文学や思想の言葉を己れの内面から引きずりだし、読者を動かそうとする強迫観念とも見まがう衝動——そのミニチュアはネットやSNSにも氾濫している——が蔓延し、つぎのような言葉を恥じることもなく作者自身に語らせてしまう。

（植本一子）いつも言っているんですが、私って、本当に自分の身に起きた、本当のことしか書けないんです。それは読むときも一緒で、本当のことしか読みたくないという気持ちがつねにあって。

（金原ひとみ）私もそうです。

（金原）小説って、必ず人に伝わるっていう気持ちで書いているんですけど、でも、それは安易に理解できる、共感できるってことではなく、伝わらないということが伝わればいいなという思いで書いているんです。（4）

たまたま目に入ってしまった対談からの引用である。後者の金原の方は、小説の言葉におけるディスコミュニケーション（それもまったく自明のことなのだが）を意識しているだけ幾分かましなのかもしれないが、それにしても、一体いつの時代なのか？　と疑わざるをえない認識といえよう。こういう起源の病にとりつかれた言葉が小説家から放たれ、かつそれが一定のリアリティをもってしまうのが、現代という時代の不幸なのかもしれない。

バルトがエクリチュールの理念を変容・拡張させていった一九六〇年代、それに引きつづく七〇年代は、現在と同様、あるいはそれ以上に、強烈な思想的・文学的メッセージを表明することが——すなわち他動詞的主体であることが——求められる時代だった。そうした状況に抗うように、あるいは遁走するように、バルトはまったく新しい快楽と欲望の言語論を創造していった。そして、一見反時代的にみえる彼の言語とテクストについての思考は、過激な装いをもった同時代のどのような思想的・文学的言説にもまさって革命的だったのである。

3

「作品からテクストへ」はより読者の側に重心がおかれた批評であるが、やはり、文学理論に効果的に奉仕するかのような種々の言説に満ちているようにみえる。「作品のほうこそ「テクスト」の想像上の尻尾なのである」「「テクスト」を規正する論理は、了解的ではなく(作品が《言おうとすること》を定義するものではなく)、換喩的である」「「テクスト」はといえば、「父」の記名なしに読まれる」……等々。だが、ここで注目したいのは、またしても解釈することの不可能性をつきつけてくる、つぎの部分だ。

「テクスト」は複数的である。ということは、単に「テクスト」がいくつもの意味をもつということではなく、意味の複数性そのものを実現するということである。それは還元不可能な複数性である(ただ単に容認可能《アクセプタブル》な複数性ではない)。「テクスト」は意味の共存ではない。それは通過であり、横断である。したがって「テクスト」は、たとえ自由な解釈であっても解釈に属することはありえず、爆発に、散布に属する。実際、「テクスト」の複数性は、内容の曖昧さに由来するものではなく、「テクスト」を織りなしている記号表現の、立体画的複数性とでも呼べるものに由来するのだ（語源的に、テクストとは織物のことである）。「テクスト」の読者は、（自分のなかの想像的なものをすべて取り払った）無為な主体に比べられよう。適当に空虚なこの主体が、ワジ〔北アフリカの水なし川〕の流れる谷間の中腹（ワジがここに出てくるのは、ある種の異郷感《デペイズマン》を保証するためである）を散歩する（これはこの拙文の筆者にもあったことで、筆者が「テクスト」の生きた観念をつかんだのは、そうした場所においてである）。彼が知覚するのは、互いに異質でちぐはぐな実質や平面に由来する、多様で還元不可能なものである。光、色、草木、暑さ、大気、わきあがる小さな物音、かすかな鳥の鳴き声、谷間の向こう岸の子供たちの声、すぐ近くや非常に遠くを通りすぎる住民たちの往来、身振り、衣服。これらの**偶発的**なものは、どれも半ばしか同定できない。それらは既知のコードから来ているのだが、しかしその結合関係は唯一であって、これが散歩を差異にもとづいてつくりあげ、差異としてしか繰りかえされないようにするのだ。「テクスト」に起こるのも、これと同じことである。つまり、「テクスト」は、その差異（ということは、その個性という意味ではない）においてしか、「テクスト」でありえない。「テクスト」の読書は、**一回性**の行為である（このことが、テクストに関するいかなる帰納的＝演繹的科学をも幻想に変えてしまう。テクストの《文法》は存在しないのである）。

テクストの読者が、散歩する主体に擬せられていることに注意しよう。異郷を歩く主体が、光や自然、鳥の鳴き声や子供たちの声、住民たちの往来や身振り……に出会うこと。それらすべての経験は偶発的かつ一回的であり、かつ差異としてしか存在しない。おなじように、テクストの言葉たちに出会うことも、つねに偶発的かつ一回的な差異の経験でしかありえない。そうバルトは語っている。

何気ないようではあるが、これも解釈という行為そのものを無化する、およそ反理論的な宣言である。私たちはテクストを解釈する（論じる）とき、当然のことながら、初読、再読、三読、n読……と、幾度となく読むことをくりかえす。だが、テクストを何度読み込もうと、それぞれの読書は——散歩という行為とおなじく——つねに偶発的かつ一回的な差異の出来事である。初読から再読へ、再読からn読へ……と読みを重ねることは、現在の読みを上書きし、過去の読みを喪失していく偶然と恣意の経験なのであり、しかもそれぞれの読みはつねに一度しか起こらず、反復＝交換不可能である。ある瞬間に生みだされた読みはその都度消え去り、二度と取り戻すことはできないのだ。だから、テクストにある読みをあたえる行為は原理的に不可能なのであり、私たちが解釈と名づけているものは、あくまでもひとつの仮構、限定、断念のもとに行われている作業にすぎない。バルトの語る「還元不可能な複数性」、すなわち「意味の複数性そのものを実現する」とは、テクストを読むときにかならず生起するそのような問題をふくむのであり、テクストにさまざまな読みをあたえることができる（＝「容認可能《アクセプターブル》な複数性」）ということとはむしろ正反対の事態をさしている。いうまでもなく、前節でのべたエクリチュールの理念は、このことと通底する。

テクストの読書が偶発的かつ一回的である、ということをもう少し大げさに敷衍すれば、それは我々の生そのものだ、ということになるだろう。読書という行為が、たまたま一回だけ起こる反復＝交換不可能な出来事である、ということは、我々の生きる人生の時間が、偶発性と一回性に支配された出来事の連なりによって生成されている、ということと等価である。読者とは、後戻りのできない人生の時間のなかで、偶発性にみちた一度かぎりの読書をくりかえす存在にほかならない。テクストの「還元不可能な複数性」、すなわち解釈することの不可能性を明示することは、必然的に、そういう読者＝我々自身の有限性を顕在化させる。「作者の死」「作品からテクストへ」は、作者の消滅と引き換えに読者の誕生を謳っている、と考えられがちだが、むしろ読むという行為が、読者自身の有限性と不可分であることを示すエッセイとして――すなわち、読者にも「死」を授ける文章として――読まれるべきなのではないか。

もちろん、私たちの日常的な読書行為にはらまれている偶発性と一回性はきわめてささやかなものであり、読書をしながらみずからの有限性にまで思いいたる人はおそらくいるまい。だが、ふたつのエッセイの認識を大きく拡張すれば、のちにバルトが『明るい部屋』（一九八〇年）で、「何世代もの人々の生や死や無慈悲な消滅」を実感しながら語った、「いったいなぜ、私はいま、ここに生きているのか？」という驚きへといたりつくのではないか。それはパスカルが『パンセ』で語っている、「どうしてあの時より今なのか。誰が私をここに置いたのか。誰の命令、誰の導きによって、この場所とこの時が私に割り当てられたのか」という、「自分があそこではなくここにいること」への驚きと同義であろう。パスカルが直面したのは、自己という存在の一回性と有限性、偶発性と恣意性であり、それはつきつめればあらゆる人間に共有されうる問題である。我々はテクストの「還元不可能な複数性」と出会うことによって、一度だけの経験に支配されている自己の有限性、差異としてしか存在しえない自己の偶発性に——あるいはその縁《へり》に——かろうじてふれる。テクストを読む行為そのものが、我々の生の根源的なあり方を照射するのである。

4

さて、「作者の死」「作品からテクストへ」のふたつのエッセイとほぼ同時期に刊行され、バルトのエクリチュールの理念を捕捉するための格好の著書と考えられている『記号の国』について、最後にすこしだけふれておくことにしたい。

『記号の国』が、たんなる日本滞在記ではなく、「エクリチュールの国」としての日本を見いだした旅の軌跡である、ということは現在ほぼ定説である。「なぜ、日本なのか。筆者が訪ねることのできたすべての国のなかで、日本は、筆者の信念と夢想とにもっとも近い記号のはたらきに出会えた国だからである。西欧の記号支配が筆者にひきおこす嫌悪感やいらだちや拒絶からもっとも遠い記号のはたらき、と言ってもいいだろう」。バルトも、ある側面では、たとえばアレクサンドル・コジェーヴの日本文化への考察(5)などとおなじく、西欧という〝意味の帝国〞の対概念として日本文化をとらえている。だがバルトは、「われわれの主体が逃げ去ってしまう、あの中性的なもの、混成的なもの、間接的なもの」(「作者の死」)としてのエクリチュールを実践する国として日本を発見したのであり、日本に「ポスト歴史」の極まりとその結果としての「スノビスム」を見いだしたコジェーヴの西欧中心主義とはむしろ対照的である。両者がともに「欠如」とか「空虚」といった概念を使用していても、その内実は根本的に異質なのである。

ここでは、『記号の国』のなかでもとくに印象的な俳句への考察について、すこし異なった角度からふりかえってみよう。

……解釈という方法では、俳句をとらえそこなうことしかできない。なぜなら、俳句にむすびついた読解の作業とは、言葉を誘発することではなく、言葉を中断することだからである。

芭蕉が水音を耳にして発見したのは、もちろん「啓示」とか象徴への過敏とかいった主題ではなく、むしろ言語の終焉である。

俳句は、描写も定義もしない(結局、わたしが俳句とよぶのは、不連続な描線すべてのことであり、わたしの読みに提供されるような日本の生活のできごとすべてのことである)。俳句は、細くなってゆき、ただ指示するだけになってしまう。「それはこうだ」、「このようだ」、「そのようなものだ」と俳句は言う。あるいは、「このような！」とだけ言う。きわめて瞬間的で短い調子で（音のふるえも繰りかえしもなく）言うので、繫辞さえもが余計なものに思われるだろう。定義を禁じ、永久に遠ざけたことを後悔しているようにみえるから。俳句においては、意味は一瞬の閃光、光の浅い傷跡にすぎない。

「エクリチュールの国」としての日本を発見したバルトが、俳句というジャンルに魅せられたのは必然だったかもしれない。俳句にはただ「指示する」ことのみがあり、思想も主題も見いだしえない空虚がそこに存在する。バルトにとっての俳句とは、言葉の「中断」「終焉」なのだから、いわゆる余白や余韻といったものを想定して、そこに意味を見いだしたり、想像力を働かせたりしてはならない。意味が不在となることによって、俳句に詠まれる風景は、バルトが章題に用いている「偶景」、すなわちたんなる出来事となる。その出来事はやはり、偶発的であるとともに一回的であり、反復＝交換不可能である。

こうして、俳句に関するバルトの考察は、「作者の死」「作品からテクストへ」で展開されていた、書くこと／読むことの――ひいては人の生そのものの――問題にふたたび接近する。わずか十七音の俳句に、人間の人生を想像させるような長大な物語は存在していない。しかし、それが偶発性と一回性とに満たされた出来事の表象であるゆえに、私たちの生に不可避的にかかえこまれている反意味性、反物語性への認識を呼び起こすのである。

「作者の死」「作品からテクストへ」について、「構造主義以降の「主体の死」を高らかに宣言しているように見えながらも、じつは書くように読んでゆくという読書の楽しみを語っている」「批評活動から読書の快楽へ移行してゆきつつある」(6)という規定はその通りだろうし、この時期のバルトを語る言葉として的確だろうとは思う。だが、書くこと／読むことの出来事性の問題をさらに拡張し、それを我々が生きる行為そのものに擬するなら、一回性と有限性、偶発性と恣意性とに満ち、意味や物語に還元しえない生の姿、そして「快楽の人」とはすこし異なったバルトの像も浮き彫りにされてくるのではないだろうか。この問題は、おそらくその後もバルトの内部に潜在し、たとえば、『明るい部屋』におけるルイス・ペインの写真への言及――彼が死のうとしている未来と、すでに死んでしまっている過去との交錯――へと接続しているように思われる。もちろん、よく知られている母アンリエットの〝喪〟の問題も、ここにふくまれるだろう。

バルトの言説は、物語をつむぎだすことによってしか生きていけない我々の意識に暴力的な変革をせまる。我々は自己の過去を、記憶＝物語化することによってアイデンティティをたもっているが、テクストを読むこと＝物語を生成する行為自体が、偶発性と一回性とに満ちた出来事の集積であり、そこには結局「還元不可能な複数性」しかありえないのだとすると、物語が我々のアイデンティティを保証する、という命題の正当性はまったく消失する。そういうバルトの三つのエッセイのもっとも過激なエッセンスをどう取りあつかうべきなのか。その部分はあえて括弧にくくってしまい、文学理論としてプラグマティックに活用することをめざすのか。そこでは、物語とともに在らざるをえない我々の主体のあり方そのものが問い直されることになるだろう。

注

(1) 蓮實重彦は、「「思想史」的な見取り図」「バルトの学術的な「カノン」化」を排し、「欲望の人、官能の人、快楽の人」「語の最良の意味における批評家＝エッセイスト」としてのバルトを焦点化している。『批評あるいは仮死の祭典』(一九七四・五、せりか書房)、「バルトとフィクション——『彼自身によるロラン・バルト』を「リメイク」する試み——」(『文学界』二〇〇六・一)を参照。

(2) 土田知則・神郡悦子・伊藤直哉『ワードマップ 現代文学理論——テクスト・読み・世界』(一九九六・一一、新曜社)。

(3) 野崎歓「作者と訳者の境界で——ロラン・バルトから森鷗外へ」(日本近代文学会関西支部編『作家/作者とは何か——テクスト・教室・サブカルチャー』二〇一五・一一、和泉書院)。

(4) 金原ひとみ・植本一子「対談 平穏を求め、破滅に安らぐ」(『すばる』二〇一九・七)。

(5) アレクサンドル・コジェーヴ『ヘーゲル読解入門——『精神現象学』を読む』(上妻精・今野雅方訳 一九八七・一〇、国文社)。「「ポスト歴史の」日本の文明は「アメリカ的生活用式」とは正反対の道を進んだ。おそらく、日本にはもはや語の「ヨーロッパ的」或いは「歴史的」な意味での宗教も道徳も政治もないのであろう。だが、生のままのスノビスムがそこでは「自然的」或いは「動物的」な所与を否定する規律を創り出していた。(中略)日本人はすべて例外なくすっかり形式化された価値に基づき、すなわち「歴史的」という意味での「人間的」な内容をすべて失った価値に基づき、現に生きている」等の記述を含む。同書によれば、コジェーヴは一九五九年に日本に旅行し、その後こうした認識にたどりついたという。

（6）石川美子『ロラン・バルト――言語を愛し恐れつづけた批評家』（二〇一五・九、中公新書）。

※バルトのテキストについては以下の翻訳を用いた。

「作者の死」「作品からテクストへ」――『物語の構造分析』（花輪光訳　一九七九・一一、みすず書房）

『記号の国』――『ロラン・バルト著作集7　記号の国』（石川美子訳　二〇〇四・一一、みすず書房）

なお、引用文中のゴシック強調は引用者による。

エクリチュールの痕跡

――古市憲寿「百の夜は跳ねて」・北条裕子「美しい顔」と現代小説のオリジナリティ――

1

二〇一九年七月十七日に第百六十一回芥川賞が発表され、今村夏子「むらさきのスカートの女」が受賞の運びとなったが、候補作の古市憲寿「百の夜は跳ねて」(『新潮』二〇一九・六)をめぐって、多少のざわつきが生じたことは記憶されているだろうか。この小説には末尾に参考文献一覧が付されており、大井克仁監修『新装版シャンパン博士のシャンパン教科書』以下十一種の文献があげられているのだが、とくに木村友祐「天空の絵描きたち」(『文學界』二〇一二・一〇)とのかかわりに関して、その依拠のしかたに疑義を呈する声がおおくの選考委員からあがったのである。以下、選評から引用してみよう(1)。

○候補作（注・「百の夜は跳ねて」）に関しては、前作よりも内面が丁寧に描かれていて豊か、という書評をどこかで目にしたが当然だろう。だって、きちんとした下地（注・「天空の絵描きたち」を指す）が既にあるんだからさ。

いや、しかし、だからといって、候補作が真似や剽窃に当たる訳ではない。もちろん、オマージュでもない。ここにあるのは、もっと、ずっとずっと巧妙な、何か。それについて考えると哀しくなって来る。（山田詠美）

○わたしは悲しかった。木村友祐さんの声が、そのまま「百の夜は跳ねて」の中に、消化されず、ひどく生のまま、響いていると、強く感じてしまったからです。小説家が、いや、小説に限らず何かを創り出す人びとが、自分の、自分だけの声を生みだすということが、どんなに苦しく、またこよなく楽しいことなのか、古市さんにはわかっていないのではないか。だからこんなにも安易に、木村さんの声を「参考」にしてしまったのではないか。たとえ木村さんご自身が「参考」にすることを了解していたとしても、古市さんのおこなったことは、ものを創り出そうとする者としての矜持に欠ける行為であると、わたしは思います。（川上弘美）

○……参考文献に挙げられていた木村友祐氏の佳品『天空の絵描きたち』を読み、本作に対して盗作とはまた別種のいやらしさを感じた。（吉田修一）

○……参考文献にあげられた他者の小説の、もっとも重要な部分をかっぱいでも、ガラスは濁るだけではないか。（堀江敏幸）

このように、先行テクストを「参考」にした古市の創作戦略にきびしい批判があびせられた。ところが一方、奥泉光は、「外にあるさまざまな言葉をコラージュして小説を作る作者の方向を、小説とは元来そういうものであると考える自分は肯定的に捉えた」と、いかにも『ノヴァーリスの引用』『「吾輩は猫である」殺人事件』の作者らしく評価し、「百の夜は跳ねて」を第一候補に推しているのだ。

こうした評価の分裂は、選評する小説家たちの方法論の差異に根ざしているといえるのだろうが、ネット／ＳＮＳ以後の現代における創作のオリジナリティとは一体なにを指すのか、という問題が、ここに露呈しているのだともいえる。もちろん、ロラン・バルトの「テクストとは、無数にある文化の中心からやって来た引用の織物である」(2)という周知の一節をあらためて参照するまでもなく、小説とは先行する諸テクストからの引用の産物であり、また読者との共有によってしかその意味世界を生成しえないという原理にしたがわざるをえない以上、オリジナリティという概念が素朴に成りたつことはありえない。だが、ネット／ＳＮＳの遍在化以後、言語世界におけるオリジナリティ概念の消滅は加速度的に進行していった。ネットにアクセスすれば、そこには剽窃、コピペ、パクリを当然かつ自明の行為とする言語のシミュラークルがあふれかえっており、オリジナルの概念も、あるいはオリジナル／コピーという二項対立の意識もまったく機能していない。ネット空間で発生しているのは、自己の言語と他者の言語の境界が完全に溶解している事態、自己と他者のあいだで言葉を剽窃する・されることが自然化している事態である(3)。というより、そもそも言語的なオリジナリティなどというものはかつて存在しなかったし、今後もいっさい存在しない、という事実をネット空間が明示的かつ暴力的に突きつけてみせたのだ。そして、言語的な「自己」の輪郭が消滅してしまっている不安ゆえに、人々は——創作にたずさわっている者もむろんふくめ——つよい承認欲求に駆られざるをえない。

「百の夜は跳ねて」に対するきびしい批判にも、小説家たちのそういう不安と焦燥が潜在しているのではないか。かつてのケータイ小説や最近のなろう系小説に代表されるように、小説はいまや誰でも簡単に手を伸ばせるお手軽なジャンルであり、いずれＡＩが創作活動をすることも夢ではない。そういう状況のなかで、小説のオリジナリティとはなにか、という問いに正面から答えられる者は誰もいない。そのような現状に対する苛立ちが、先行テクストとの微妙な関係の上に成りたっている古市の小説にむけて集中砲火された、というのは穿ちすぎた見方だろうか。

本稿では、ネット／ＳＮＳ以後の状況を踏まえ、現代小説におけるオリジナリティとはなにか、というこの古典的な問いについて、あらためて思考してみたい。その際、今さら、と思われることは承知の上で、エクリチュールというこれまた古典的な概念を重視する立場をえらびたいと思う。

2

「百の夜は跳ねて」は、さほど解釈に困難を生ずる小説ではない。就職活動に失敗して高層ビルの窓拭きの清掃会社に就職した青年、翔太が主人公である。高層ビルの内側の一流会社や裕福な人々の住まいと、その外側で窓拭きの作業に明けくれる清掃作業員との断絶は、翔太自身の世界からの疎外感を象徴しており、しかも彼はかつて眼の前で同僚が転落死したトラウマをかかえこんでいる。

その前に、ひとりの老婆があらわれる。老婆はたまたま自分が住む高層マンションの窓を拭いていた翔太を部屋のなかに招きいれ、彼が清掃作業を行うさまざまな窓から部屋の内部の写真を撮ることを依頼する。多額の謝礼を受け取った翔太が恐る恐る撮影を実行し、写真を老婆に渡すと、彼女はその一枚一枚に意味を付与し、自己の記憶と丹念に結びつけてゆく。老婆と対話を重ねるうちに、自死の誘惑に駆られつつ「死ねない僕にぴったりの仕事」として窓拭きを選んだ翔太の空虚に徐々に癒しがもたらされてゆく。窓の内と外との断絶は克服され、老婆の部屋に飾られた自作の写真を眺めながら、「誰も動かず、灯りさえも点さない「窓」には、数え切れない人生があるように感じられ」、そこに「本当だったら世界のどこにも残らなかったはずの風景」が見いだされる。そして終末、翔太は写真を撮るという表現行為を手にいれ、世界との断絶から和解へと進んでゆくことになる。母親との関係も修復され、それは世界との和解の徴しとなる。

一方の木村友祐「天空の絵描きたち」は、「百の夜は跳ねて」とは異なり、あくまでも窓拭きという労働世界の内部で生き、自己形成することを決断する主人公を登場させている。主人公の安里小春は、多忙だったデザイン会社を退職して高層ビルのガラスを拭く清掃会社に勤めはじめた、まだ新人の作業員である。小春は、熟練を要する窓拭きの作業と個性豊かな同僚に日々揉まれ、「ぼくらってのは、せっせと窓拭いて、額縁のなかにきれいな絵を描きだしてんだよ」という羽田の言葉、「おれらってのは、人が慌ただしく生きて、死んでくなかで、たまたま同じときに居合わせたんだよね」という権田の言葉を受けいれながら、「職人」として徐々に成長してゆく。その権田が作業中に転落死し、彼にふかい敬意と恋愛感情をいだいていた小春は激しいショックを受けるが、安全管理を怠りながら事故の責任を権田個人に押しつけようとする会社に怒り、そして権田が転落死した窓を拭く作業を同僚とともに行うなかで、労働することの意味にふれてゆく。小春は最後に、「今のあたしには、これしかありません。ロープをやってる間だけ自由になれるこの感じを……、生きてるって感じを、手放したくないんです」と、窓を拭く作業員としてのアイデンティティを心中で語りながら、「自分のやりたいことはもうとっくにみつかっていたのだ」という確信にいたりつく。

この小説の眼目となるのは、作業員を辞めてしまった田丸の眼にうつる終末の光景だろう。「ロープを操って下りていく彼ら五人の姿が、「永遠」を思わせる湖面の上をまたたく間に転げ落ちていく、ただの落滴に見えていた」。落滴とは清掃作業中に落下する洗剤の滴のことであり、通行人の迷惑となるので当然落とさない方がいいものとされている。作業員たちを落滴に見立てる視線には、彼らを、いつ地面にたたきつけられるかもしれない無力な存在、取るに足らない卑小な存在にすぎないとする苦いアイロニーがこめられており、小春に「職人」意識の覚醒がおとずれる結末に安堵しようとする読者の意識に不意撃ちをあたえるのだ。この最後の数行が、「天空の絵描きたち」を、「職人」としての自意識の誕生を描くありふれた小説から、かろうじて救っているといえる。

さて、それでは両作品のあいだに、たんなる「影響」を超えたアンモラルな収奪が存在するかというと、そういう不正は見いだしえないといってよい。両者はいずれも、窓拭きの作業に従事する主人公を設定し、文字通りの「宙吊り」状態から新たな自己の生成と未来の発見にいたるプロセスを描いており、また彼らに大きな転換をもたらす人物（老婆と権田）を配置している点では共通性をもつ。しかし、「百の夜は跳ねて」の翔太にとっての窓拭きの仕事が、写真という表現の世界を獲得するためのひとつの階梯にすぎなかったのに対し、「天空の絵描きたち」の小春にとっては、窓拭きの作業員をつづけていくことが「生きてるって感じ」を手に入れるための唯一の手段となる。老婆が翔太に新しい世界の見方を授けるのに対し、権田は小春に生と死の狭間を揺れながら作業する窓拭きの労働の意味を教える、という差異もあきらかである。また、「百の夜は跳ねて」には、「天空の絵描きたち」の末尾に挿入されているようなアイロニーは存在せず、結末はきわめて向日的だ。前者が後者を「参考」と引用の対象にしていることは確かだが、両者はその基本的な思想において、ことなった物語世界の創出へむかっていると考えるべきだろう。

にもかかわらず、山田詠美や川上弘美などの選考委員があらわにした、「巧妙な、何か」「悲しかった」「いやらしさ」などといった過剰な反応は、現代文学を代表すると目されている作家たちにも、オリジナル／コピーという二項対立と階層の幻想がいまだに内面化されていることを示している。むろんそれは、オリジナル／コピーという二項対立が、「真の文学」と「偽の文学」のあいだに分割線を引き、きわめて旧弊な意味での「文学の制度」を温存する恩恵を彼らにもたらすからにほかならない。

そもそも、「百の夜は跳ねて」と「天空の絵描きたち」のあいだには、さしたる独創性のレベルの落差など存在しない。選考委員たちのおおくは「天空の絵描きたち」の方を推したいようだが、窓拭きという設定に特筆すべきほどのことはないし、小春の「職人」としての成熟も、他者にふれながら自己発見にいたる過程も、ごくごくありきたりの展開にすぎない。とりわけ、権田と小春の決定的な会話の後、権田に死が訪れる未来が容易に予測できてしまうのは致命的な凡庸さであり、終末に挿入されたアイロニーだけではそれを逆転するにはいたっていない。要するに、両者とも、数かぎりなく生産されてきた小説たちが形成する、シミュラークルの循環の内部にしっかりと収まっている作品にすぎないのであり、それ以上でも以下でもない。

ただ、「百の夜は跳ねて」を好意的にとらえるなら、末尾にわざわざ参考文献一覧を付すことによって、小説にオリジナルもコピーも存在しないこと、小説は無限の引用の連鎖のなかにしか存在せず、過去のあらゆる小説（とその他の文化テクスト）は現在の小説を生みだすためのデータベースにすぎないこと、現在の小説も発表された瞬間からデータベースと化していくこと、を再帰的にあきらかにしていると考えられるのではないか。そういう意味では、末尾の参考文献一覧は、結果的に、オリジナル／コピーという古ぼけた価値観にいまだにとらわれている選考委員たちを嘲笑する役割を果たしているといえるだろう。

作者の古市自身にそういう明瞭な意図があったかどうかはわからない。本人は、「影響を受けたものすべてを挙げたい。評論も小説も先人への尊敬を忘れないで書いていきたい」「木村さんの小説をみんなに読んでほしいという気持ちです」(4)などと、自分が依拠した小説、資料へのリスペクトを殊勝に語っているが、本心はどうだろうか。むしろ、現代小説がオリジナリティを所有しうるなど笑止千万、という悪意――ちなみにそれはアニメ、ゲーム、ライトノベルなどポップカルチャーの領域では当たり前すぎるほど当たり前の認識なのだが――を既成の小説家たちに投げつけるポジションになう方が、彼にはふさわしいのではないだろうか。

3

「百の夜は跳ねて」も「天空の絵描きたち」も、所詮は同レベルの凡庸な小説にすぎず、「文学史」と称されるシミュラークルの渦のなかの一滴でしかない。あらゆる小説がそうなのだとすれば、これまでのべてきた通り、オリジナリティという概念そのものが消滅し、小説とは、一定のフォーマットをふまえ、一定の技法を行使できさえすれば誰にでも生産可能な文化ジャンルということになる。果たして、小説におけるオリジナリティという概念はまったく無用なのだろうか。

じつは本稿で主張したいのは、小説にオリジナリティを見いだすことの可能性、というある意味できわめて保守的な認識である。ただし、オリジナリティは物語内容の水準には宿らない。物語内容のヴァリエーション、それを構成するさまざまな物語要素は、クラウド上のデータベースのように誰でも調達することができ、つねに複製可能、リサイクル可能であるにすぎない。かりに複製不可能な小説のオリジナリティがありうるとすれば、もっぱら物語内容とは異なる領域に存在する。

この意味で、川上弘美がさきの「天空の絵描きたち」についての選評のなかで、作者の「声」という比喩を用いていたことは示唆的だ。我々が表現する言葉は、そこにどれほどつよい感情やふかい思考をこめていようとも、つねに他者の言葉の引用、模倣とならざるをえない。だが、自己の「声」だけは他者とまぎれることがない。いまのところ、人間の自己表現のうち確実に独自性を主張できるのは、「声」だけだといってもいい。川上は、「天空の絵描きたち」に、他とまぎれることのない、木村友祐という作家に固有の「声」を聴いた、ということなのだろう。そして、「声」という比喩で語られる表現行為の複製不可能性こそ、エクリチュールと呼ばれるべきものだ。

ロラン・バルトが、「作者の死」(5)の冒頭で語っている。――「ある事実が、もはや現実に直接働きかけるためにではなく、自動的な目的のために物語られるやいなや、つまり要するに、象徴の行使そのものを除き、すべての機能が停止するやいなや、ただちにこうした断絶が生じ、声がその起源を失い、作者が自分自身の死を迎え、エクリチュールが始まるのである」。エクリチュールの語が単純に指し示す意味は、書記行為あるいはその結果としての書かれたもの、であるが、バルトにおいては物語内容を目的的に生産する行為を意味しない。あらためて強調しておくが、引用した一節のなかで重要なのは、「自動的」の語である。エクリチュールの行為とは、「象徴の行使そのもの」を自動詞的に成すことなのだ。

花輪光は、バルトが使用するエクリチュールの概念の変化を整理して、『零度のエクリチュール』（一九五四年）で示されたそれを「他動詞的で、コミュニケーションのための言語活動」と呼び、一方、「作者の死」や「作品からテクストへ」をふくむ一九七〇年前後に提示されたエクリチュールを、「自動詞的で、自己目的的な言語活動」と呼んでいる(6)。むろん、ここで取りあげるべきは後者――なにかを書くという目的をもたず、もっぱら書き手《スクリプトゥール》（作者、ではない）の欲望、快楽、衝動のうながしによって成りたつ行為――としてのエクリチュールである。そしてバルトにおいては、エクリチュールによって生成される言語世界のみが、テクストと呼ばれうる。（この点でも、「声」という川上弘美の比喩は的確だったといえる。「声」を発するという現象は発話主体の自動詞的行為の結果であり、そのこと自体が目的的な意味をもつわけではないからだ。）

幻惑的な語りにみちたバルトのエクリチュールの理念を明瞭な小説言語のスタイルとして把握することはむずかしい。たとえば、かつて蓮實重彦が、谷崎潤一郎が触知する「素肌にまつわりつくように迫ってくる言葉の厚み」をめぐって、「谷崎潤一郎には、作品の執筆意図などというものは、もともと存在していない。彼にあっての執筆は、マゾヒズムやフェティシズムを書くといった他動詞的なものではなく、もっぱら自動詞的な体験なのである」(7)と語っていたことを想起してもいいだろう。

また、以前に中上健次は、吉本隆明との対談のなかでつぎのように語っていた(8)。

（吉本）なんかよくわからないところなんだけれども、（『地の果て　至上の時』に関しては）ほんとういうとあなたは物語をつくるというか、小説をつくるみたいなモチーフをさ、ほんとは喪失しているのに、こしらえていたのじゃないかなとおもえたりする。

(中上) そんなことないですよ。

(吉本) ないですかね。

(中上) そんなことないというのは、それはいくらでもいえるんです。「路地」を考えますと、いくらでも、私自身のモチーフなどはあぶくのようにわいてくるんです。というのも「路地」の語り部みたいにおもっているんですから。そうじゃなくて基本的に「路地」が照らし返しているということですが、しかしモチーフなどということもあまり素直に信用なさらないほうがいいですよ。作家の書くものと、作家と作品の距離というのは、あんまり信用なさらないほうがいいとおもうのです。これはたとえばチボーデだとかそういうあたりの作品神話みたいなものを信じてしまう世界ですけれども、そういうものから一歩ずれたところ、はずれたところで僕なんかは書きはじめているのですね。のっけからそういう形でできているのですから、作品の背後に作家がいて、モチーフがあるという、そのことをあんまり信用なさらないほうがいいとおもうのです。

(吉本) ああそうか……。

(中上) たとえば谷崎潤一郎や川端康成に吉本さんがおっしゃるようなモチーフがあったか、というと、日本の作家は、ないんですね。

「モチーフ」すなわちある対象を書くという意志などない、自分は「「路地」の語り部」なのだ(9)、という言葉は、自動詞的な欲望にうながされて物語を書きつらねてゆくことの宣言にほかならないだろう。谷崎、そして中上がもつ「言葉の厚み」は、そういう欲望の発現として生まれでる。

バルトが、「これ（注・「作者」が作品に対して先行関係をもつこと）とまったく反対に、現代の書き手《スクリプトゥール》は、テクストと同時に誕生する。彼はいかなることがあっても、エクリチュールに先立ったり、それを越えたりする存在とは見なされない。彼はいかなる点においても、自分の書物を述語とする主語にはならない。言表行為の時間のほかに時間は存在せず、あらゆるテクストは永遠にいま、ここで書かれる」(10)と語っていることを敷衍すれば、エクリチュールの行為こそが小説と「現代の書き手《スクリプトゥール》」を生みだす(11)。逆にいえば、たんに物語内容＝ストーリーを書くことを目的としている小説、他動詞的な意志にのみもとづいて書かれた小説は、テクストの名で呼ぶに値しない、ということになろう。新奇なストーリーを創造することに固執する小説は、地の文とか会話文などと称される言葉を寄せ集めて作られた、いわば「物語内容の説明文」にすぎない。だからそこには、「自分の書物を述語とする主語」、すなわち旧弊な文学概念の亡霊である「作者」しか見いだすことができないのだ。

それでは、古市憲寿「百の夜は跳ねて」と、木村友祐「天空の絵描きたち」はどうだったろうか。残念ながら、このふたつの小説のあまりにもリーダブルで明晰すぎる文章、透明性をよそおうフラットな表現には、「互いに対話をおこない、他をパロディー化し、異議をとなえあう」(12)エクリチュールの痕跡は皆無といえよう。凡百の小説とおなじく、他動詞的な意志にもとづいて目的的に物語を生産する「物語内容の説明文」の域を出ることがない。だからここには、読者の創造性を保証する「作者の死」も招き寄せられることはない。独自のストーリーを創出することに注力する意志の退屈さにおいて、両者ともえらぶところはないのであり、川上弘美の擁護にもかかわらず、「声」の差異――それを生みだすことを可能にするエクリチュールの行為――を感知することはまったく不可能なのである。

4

北条裕子「美しい顔」（『群像』二〇一八・六）が第六十一回群像新人文学賞を受賞し、芥川賞候補となった後、いくつかのノンフィクションやルポルタージュ、記録文集との類似が指摘され、その後『群像』二〇一八年八月号に謝罪文と参考文献一覧(13)が掲載されるにいたった経緯については、よく知られているだろう。

剽窃云々の問題についてはしばらく措くとして、騒動の前後で大きく見方が変わってしまったこの作品に、どういう評価をあたえるべきなのだろうか。群像新人文学賞の選評には、「ここまで真正面からストレートに「あの日」を描いたフィクションはなかった」（高橋源一郎）「「私」を越えた何かを、イデオロギーではなく小説という形で捉えようとしている」（多和田葉子）「いかなる表現手段よりも、小説というフィクションの形式こそが現実と相渉り、現実と拮抗しつつ、それを乗り越えることができるという証としてこの作品はある」(辻原登)「驚くべき才能の登場に興奮が収まらない」(野崎歓)といった賞讃の言葉がならぶ。他にも、「ついに二〇一一年に起きた東日本大震災を「表現」する作品が登場した」(14)(田中和生)「生半可な小細工や技術には目もくれず、ただひたすら真正面からあの出来事に向き合っているさまに感動を覚える」(15)(佐々木敦)等の熱い批評が語られている。才能ある若手の登場に飢えている現代文学の状況が、これらの評価を生みだしていることも否定できない。

私自身は、この小説をさほどたかく評価する気にはならない。理由のひとつは物語内容の弱さにある。カメラの前で視聴者が期待するステレオタイプな被災者像を演じ、「甘美な悲劇のヒロイン意識にどっぷりと浸る」「精神的売春」に快楽を感じはまりこんでゆく「私」、それを醒めて操作している「私」、という二重化は、「私」の虚偽がいずれ剝がれ落ち、何らかの変容が主人公に訪れるであろうことを容易に読者に予想させる。実際、物語はその通りに進行するのであり、被災地を舞台に設定し、震災という出来事を描くことから必然的に導きだされる「主人公の成熟」というお約束の結末が用意されている。タイトルでありキーワードでもある「顔」——主人公サナエがメディアにむかって演じている「美しい顔」、「奥さん」が綺麗に整えてくれた溺死した母の顔、「奥さん」の「怖い鬼のような顔」——の差異と繫がりとに着目し、意味を付与していけば物語の中心に接近することができる、という構成のしかたもほとんど単調とさえいえる。とりわけ、物語のなかできわめて重要な役割を果たす「奥さん」の言葉――「あなた自身が、ひたすら悲しんで苦しんで怒って、そのあとで、だんだんと納得するしかないの」「あなたはあなたの中の一番深いところにひとり降りていって、透明な檻の中に閉じ籠もって、そこでたったひとり悲しみに専念するの」「今苦しんでおけば、今苦しみ抜いておけば、いつか必ずお母さんのことを、やすらかで穏やかな存在として受け入れられるようになっていきます」……が、小説の言葉としていかにも陳腐であり、主人公に決定的な変容をもたらす契機として脆弱なのは致命的であろう。結局、物語内容に関しては、震災という歴史的事件が発生したからそれを物語の舞台とした、というジャーナリスティックな動機を出ていない。いうまでもないが、そこに「なぜ書くのか、何を書くのか、というのっぴきならない問題」「小説を書くことの必然性」(16)などというものがあろうとなかろうと、小説の価値とはいっさい関係がないのである。

ただ、「美しい顔」を「百の夜は跳ねて」「天空の絵描きたち」と異質な小説にしているのは、多和田葉子や佐々木敦も着目している、語りの文体(17)であろう。もちろん一人称語りの方法に拠るところも大きいのだが、演じる「私」と醒めている「私」、オブジェクトの自己とメタの自己との空隙を埋めるためにひたすら繰りだされていく葛藤的な言葉の運動は、「百の夜は跳ねて」「天空の絵描きたち」には見いだしえないものだ。「美しい顔」における複製不可能な部分は、あえていえばそこにしか存在しない。この小説がもつアクチュアルな意味は、他動詞的な目的をもって震災を描いたことではなく、震災体験を屈折した饒舌で語る主人公の言葉に、「永遠にいま・ここで書かれる」(バルト)エクリチュールの痕跡を、かろうじて見いだすことができることなのだ。

その意味で、この小説が参考文献不掲載のミスにより、剽窃の嫌疑を受けてしまったことは皮肉だった。作者の北条裕子が参考文献を伏せていたことがあきらかとなり、その一覧が『群像』誌上に掲げられた際におおくの批判が集中したが、その理由は、文献としてあげられた『遺体――震災、津波の果てに』や『3・11 慟哭の記録』で紹介されている被災者の言葉に、人々が複製不可能な「声」の所在を見いだしていたからではなかったか。他人の小説の話型や物語切片を借用している、という指摘にとどまらないきびしい反応があいついだのは、引用元のテクストが、震災という例外状況で生みだされた唯一無二の「声」であり、それを作者が代行＝表象することに疑念がもたれたからにちがいあるまい。「事実として言えるのは、被災者本人にしか書けない、帰属しない言葉を利用して彼女が作品を書き、その事実を伏せていたということだけです。その態度と作品の質だけが全てでしょう。私は敬意が欠けていると思ったということです」(18)「究極的に、立場の違いはあれ、震災が人間という存在を今なお揺さぶるものである以上、震災において本質的に表現できないものとは何かという問いを突き詰めていく作業が、震災を表現することではないでしょうか」(19)「小説の舞台設定のためにだけ震災が使われた本作品は、倫理上の繋がり（当事者／非当事者の溝）を縮めるどころか、逆に震災への『倫理的想像力』を大きく蹂躙したのだと私は述べておきたい。その意味において罪深いのである」(20)と、「美しい顔」における代行＝表象のあり方(21)をくりかえし批判した金菱清の言説は、その典型と考えられるだろう。

結局、北条裕子は講談社を通じて謝罪文(22)を発表し、事態ははっきりとした決着を見ないまま、なし崩しのような形となってしまった。私が考えるに、北条は参考文献の不掲載についてのみ機械的に不注意を詫びるコメントをすればよかったのであって、「客観的事実から離れず忠実であるべきだろう、想像の力でもって被災地の嘘になるようなことを書いてはいけないと考えました。その未熟な判断が、関係者の方々に不快な思いをさせる結果となりました」「大きな傷の残る被災地に思いを馳せ、参考文献の著者・編者を始めとした関係者の方々のお気持ちへも想像を及ばすことが必要でした」などという中途半端な謝罪をするべきではなかった。自分は直接の被災者ではないが被災体験を分有する権利をもつ、その権利の上にたって小説言語を駆使した代行＝表象を行う、「本質的に表現できないもの」があるという立場はとらない、と堂々と宣言するべきではなかったのか。もっとも、文学界での居場所を喪失しかねない（？）そのような表明を第三者が要求するのは身勝手というものであろうが……。

私はいまのところ、佐々木敦や野崎歓ほどには北条の能力を買っていないが、複製不可能なエクリチュールの片鱗をいささかなりとも提示してみせてくれている点、古市や木村とは異質な存在として認知せざるをえない。災厄について語りながら、その語りの言葉そのものに取り憑かれる主体、すなわち自動詞的に言葉を繰りだす「語り部」と化すまで、あと一歩だったかもしれないのだ。

だから、非当事者が当事者を勝手に代行＝表象する権限などない、というお決まりの批判（それは結局、当事者たりえない問題についてはなにも語らない怯懦を蔓延させるにすぎない）に臆することのない、物語内容への偏執にとらわれた現代小説をせせら笑う〝文体の怪物〟としてよみがえった北条に、ぜひもう一度お目にかかりたいと思っているのである。——もっとも、これはほとんど夢想にちかい願いなのかもしれないが。

注

(1)『文藝春秋』二〇一九年九月号。
(2)ロラン・バルト「作者の死」(『物語の構造分析』花輪光訳 一九七九・一一、みすず書房)。
(3)近現代文学における(とりわけネット以後の)「剽窃」「盗作」の研究として、栗原裕一郎『〈盗作〉の文学史——市場・メディア・著作権』(二〇〇八・六、新曜社)、甘露純規『剽窃の文学史——オリジナリティの近代』(二〇一一・一二、森話社)、清水良典『あらゆる小説は模倣である。』二〇一二・七、幻冬舎新書)がある。
(4)「他人の小説「参考」 厳しい批判」(『朝日新聞』二〇一九・九・一)で紹介されている古市のコメント。
(5)注2に同じ。
(6)花輪光「訳者解題」(注2前掲書)。
なお、『テル・ケル』(一九七一・秋)誌に掲載されたバルトの対談(タイトルは「返答」。吉村和明訳『ロラン・バルト著作集8 断章としての身体』(二〇一七・九、みすず書房)所収)の一節を、少々長くなるが以下に引用しておく。
『零度』(注・『零度のエクリチュール』)においては、エクリチュールはむしろ社会学的な概念、いずれにせよ社会 - 言語学的な概念だ。それはある共同体、ある知的グループに固有の個別言語《イディオレクト》であり、したがってひとつの社会方言《ソシオレクト》であって、複数のコミュニティのあいだで、国家のシステムとしての言語と、主体のシステムとしての文体の中間に位置している。いまならわたしはむしろこのようなエクリチュールを(作家/著述家の対比を参照しつつ）エクリヴァンスと呼ぶだろう、なぜならまさしく（現在の意味での）エクリチュールがそこには不在なのだ。そして新しい理論においては、エクリチュールはむしろ、わたしがかつて文体と呼んだものの場所を占めるだろう。文体は、その伝統的な意味では言表の型に関連づけられる。わたしとしては、一九四七年においては、この概念を実存化し、「血肉化」することを試みたわけだ。こんにちわれわれはそのずっと先まで行こうとしている。エクリチュールはパーソナルな個人言語ではなく（昔の文体がそうであったような）、ある言表行為であり（そして言表ではない）、それを通して主体はあちこちに散らばり、白いページという舞台の上に斜めに身を投げ出しながら、みずからの分割を遂行する。ゆえにこの概念は旧来の「文体」に負うものはほとんどなく、あなたもご承知のように、唯物論（生産性という観念を通して）と精神分析（分割された主体という観念を通して）の二重の観点に多くを負っている。」

　また、べつの事柄であるが、吉本隆明が、『言語にとって美とはなにか』における「自己表出」の概念について、「自我（主体）表出」ととらえるのは明らかな読み違いであり、せめて「自働表出」と読んでほしい、という意味のことを語っていることもつけくわえておく（『詩的乾坤』一九七四・九、国文社）。吉本のいう「自働表出」がバルトとの接点を意味する概念かどうかについては、今後検討を要するかもしれない。

(7)　蓮實重彦『絶対文藝時評宣言』（一九九四・二、河出書房新社）。

(8)　吉本隆明『現在における差異』（一九八五・一、福武書店）。

(9)　バルト「作者の死」には、「土俗的な社会では、物語は、決して個人ではなく、シャーマンや語り部という仲介者によって引き受けられ……」という一節がある。

(10)　注2に同じ。

(11)　かつて内田道雄が、「作家は作品を作る過程においてのみ「作家」なのであって、表現構造に残る作家の痕跡は文体を除いてはありえないだろう。したがって、作品論から作家論への通路は、原理的には作品の表現構造を支える文体の追跡にあることは明らかである」（「作品論と文学史――問題点の素描――」『現代文学講座3

文学史の諸問題』一九七五・一一、至文堂）と語っていたことに注意しておきたい。かりに、内田のいう「文体」「作家」がバルトのいう「エクリチュール」「書き手《スクリプトゥール》」の概念と重なりをもっているとすると、両者のあいだに一定の共通性を見いだすことが可能となる。

（12）注2に同じ。

（13）『群像』二〇一八年八月号に「主な参考文献」としてあげられた著作は以下の通り。石井光太『遺体――震災、津波の果てに』（二〇一一・一〇、新潮社）、金菱清編『3・11 慟哭の記録――71人が体感した大津波・原発・巨大地震』（二〇一二・二、新曜社）、丹羽美之・藤田真文編『メディアが震えた　テレビ・ラジオと東日本大震災』（二〇一三・五、東京大学出版会）、池上正樹『ふたたび、ここから――東日本大震災・石巻の人たちの50日間』（二〇一一・六、ポプラ社）、森健　企画・取材・構成『つなみ　被災地のこども80人の作文集』（『文藝春秋』二〇一一年八月臨時増刊号）。

（14）田中和生「文芸時評　震災後の表現　小説の可能性示す」（『毎日新聞』二〇一八・五・三〇）。

（15）佐々木敦「文芸時評　北条裕子「美しい顔」、乗代雄介「生き方の問題」」（『東京新聞』二〇一八・五・三〇）。

（16）注15に同じ。

（17）「「言うべきだった」などの表現の繰り返しが打楽器的に迫ってくる箇所を読むと、文体を意識的に探す姿勢と、ある流れを見つけたら流されてみる潔さとの両方が感じられた」（多和田、前掲選評）、「とにかく「私」の、まるで吐き散らすような脳内の饒舌、言葉の奔流が凄まじい」（佐々木、前掲時評）。

（18）「芥川賞候補「美しい顔」は「彼らの言葉を奪った」　被災者手記・編者の思い」（石井諭による金菱清へのインタビュー、二〇一八年七月七日。**https://news.yahoo.co.jp/byline/ishidosatoru/20180707-00088468/**　二〇一九年九月十日参照）。

（19）金菱清「「美しい顔」（群像6月号）についてのコメント」（「新曜社通信」二〇一八・七・六、**http://shin-yo-sha.cocolog-nifty.com/blog/2018/07/post-3546.html**　二〇一九年九月十日参照）。

（20）金菱清「「美しい顔」に寄せて——罪深いということについて」（「新曜社通信」二〇一八・七・一七、http://shin-yo-sha. cocolog-nifty. com/blog/2018/07/post-4c87. html　二〇一九年九月十日参照）。

（21）この代行＝表象の問題については、日比嘉高のブログ「「美しい顔」の「剽窃」問題から私たちが考えてみるべきこと」（http://hibi. hatenadiary. jp/entry/2018/07/11/084312　二〇一九年九月十日参照）を参照していただきたい。ただし、本稿とは立場が異なる。

（22）講談社ホームページ「群像新人文学賞「美しい顔」作者・北条裕子氏のコメント」二〇一八年七月九日付（https://www. kodansha. co. jp/upload/pr. kodansha. co. jp/files/pdf/2018/20180709_gunzo_comment. pdf　二〇一九年九月十日参照）。

なお本稿における「美しい顔」本文は初出を使用しているが、単行本（二〇一九・四、講談社）では資料との類似部分に修正が施されている。

テクストを歩く
――アニメ聖地巡礼と「還元不可能な複数性」をめぐって――

1

この十数年は、ポップカルチャーのコンテンツと、物語の具体的な場＝固有の土地とのむすびつきが、きわめて強固となった時期だった。あるアニメがヒットすると、物語世界の土地がただちに聖地巡礼する人々を生みだし、観光産業とむすびついていく事態はすでに日常化している。近年にかぎっても、『君の名は。』の飛驒市、『ユーリ!!! on ICE』の唐津市、『ガールズ＆パンツァー』の大洗町など、それぞれの地域におおくの動員をもたらしたヒット作がすぐに思い浮かぶ。

もちろん日本には、歌枕に代表されるように、現実の風景を文学／文化の視線で上書きすることに価値を見いだす伝統が古典文学の時代から存在しており、聖地巡礼はその延長線上にあるともいえる。だが、アニメファンをテレビやパソコン画面の前から戸外に連れ出し、さまざまな活動と膨大な消費をうながす新たな欲望を作りだしたという点で、きわめて現在的な出来事であることはたしかだ。

　コンテンツツーリズムについてはすでにおおくの研究(1)があるので、コンテンツと地域との表象的・社会的連携、産業としての具体的な内容と成果などについてはそちらを参照していただきたい。ここで強調しておきたいのは、ファン自身の身体が焦点となる物語消費・キャラクター消費の傾向が、この十数年のあいだに顕在化してきた、という事実である。第一次アニメブームが起こった一九七〇～八〇年代、アニメ世界は観る・楽しむ・同一化する対象であり、ファンは物語を一方的に受容する主体だった。ところが、一九九〇年代のインターネットの普及とともにアニメの物語性は解体され、コラージュや可能世界を作るための材料、すなわち二次／n次創作される対象と化してゆく。そして二〇〇〇年代以降は、『涼宮ハルヒの憂鬱』(原作二〇〇三年、アニメ版二〇〇六年)が西宮市の聖地巡礼や声優ライブを生みだし、ハルヒダンスを流行させたことに代表されるように、ファンが物語世界そのものを行動し、経験する消費形態が一般化してゆく。こうしたコンテンツ消費の際に焦点となるのが、ファン自身の身体なのだ(2)。

2

　典型的な例は、『ラブライブ！』だろう。『ラブライブ！』は二〇一〇年、サブカルチャー雑誌『電撃G's magagine』誌上で、サンライズ・ランティス・G'sの共同プロジェクトとして発表されたが、重要なのは、グループ名の募集やキャラクターの人気投票などを『G's magagine』の読者にむけて呼びかける、ユーザー参加型企画だったことである。『ラブライブ！』が本格的にブレイクするのは二〇一三年のテレビアニメ放映からだが、ラブライバーと呼ばれる熱烈なファンの消費行動は、たんにアニメをテレビで視聴する、CDを購入して聴く、といった旧来の形態にとどまらなかった。彼らは、声優ライブに参加してブレードを振る、聖地をめぐり歩く、キャラクターのコスプレをする、ゲーム（スクフェス）に没入する、歌やダンスを動画サイトに投稿する……など、さまざまなツールやメディアを駆使しながら、『ラブライブ！』を積極的に経験し行動すること、すなわちその世界そのものを「生きる」方向に自己の快楽を見いだしていったのだ。

神田明神

明神男坂

物語の主要な舞台のひとつである神田明神は、『ラブライブ！』の世界を生きようとするファンの行動の一環として、「巡礼」すべき聖地に認定された場所である。とくに明神男坂はキャラクター達が日夜トレーニングに励んでいた場所であり、そこを探訪するファンはかならず、高坂穂乃果、南ことり、園田海未らμ'sメンバーの荒い息遣いや汗や疲れをあらためて受感することになる。スクールアイドルのトップをめざす穂乃香たちの努力は、ファン自身がこの坂を体験することによって同一化が可能となる。坂というモノと、その実在を感知するファンの身体が出会うことにより、『ラブライブ！』の〝場〟ははじめて生成される。

『ラブライブ！』の後継作である『ラブライブ！サンシャイン!!』は、地方都市の沼津市が舞台となっているだけに、ファンの執着はいっそうふかい。主人公高海千歌の実家のモデルとなった安田屋旅館、Aqoursメンバーが通学する浦の星女学院のモデルとなった沼津市立長井崎中学校、メンバーがしばしば集合する三津海水浴場、トレーニングの場所である淡島神社、セカンドシングル「恋になりたいAQUARIUM」ＰＶの舞台となった伊豆・三津シーパラダイスなどは、すでに重要な聖地として認知されており、Aqours（物語内のキャラクター・声優ユニットのいずれもふくむ）の物語の余韻がまだ消えないなか、ファンの訪れが絶えない状況となっている。当然、行政側からの後押しもあり、Aqoursは現在沼津市の観光大使「燦々ぬまづ大使」に任命され、市のＰＲに一役買う立場だ。

こうして、『ラブライブ！』は、かつて抑圧と軽侮の対象だったオタクたちの身体を、文字通り「陽の当たる場所」へ送り出す、というオタク文化の歴史のなかでのひとつの貢献を成しとげた。『ラブライブ！』の世界に魅了されたラブライバー達は、μ'sのライブ会場、各種イベント、グッズ販売、そして聖地へとみずからの身体を運び、愛情と金銭を大量投入する行動を通じて、物語とキャラクター、そして声優達に対する欲望を解き放っていった。それは同時に、身体を現実の〝場〟に着地させることにより、ラブライバーとしての自己承認・自己肯定を獲得する試みでもあった。『ラブライブ！』とラブライバー達のあいだに幸福な関係がむすばれた理由は、『ラブライブ！』が二次元の記号世界にとどまらず、三次元の現実世界に展開され、彼らが行動する具体的な空間が開拓されていったことにある。『ラブライブ！』がオタク文化のいわば解放区となり、アニメと声優を愛してきたオタク達にとっての「約束の地」となりえたゆえんだ。

三津海水浴場

みかんトロッコ（２期３話に登場）

それにしても、聖地巡礼をはじめとして、自己の身体を行使して物語世界を経験する試みが、なぜアニメファンの心をとらえるのだろうか。おそらくそこには、物語世界を生きる経験を、反復的・複製的な行為ではなく、一回的・交換不可能な出来事に昇華させたい、と考えるファンの衝動がひそんでいる。

じつは、我々がコンテンツを経験する行為は、それがおなじ物語に対して何度くりかえされようと、つねに一回的である。熱烈なアニメファンは、自分が愛情をそそぐアニメを二度三度とくりかえし視聴するだろうが、ストーリーを一度知ってしまえば、その後の視聴はおなじ経験のくりかえしにすぎない――ということはありえない。最初の視聴、二度目の視聴、三度目の視聴……それぞれの経験は、その都度かならず異なった自己によって行われるのであり、その場、その瞬間かぎりのものだ。コンテンツの経験が一度かぎりであることによって読みの差異がつねに生産され、意味の複数性が実現される。ロラン・バルトは、「作品からテクストへ」(3)のなかで、これを「還元不可能な複数性」と呼んだ。聖地巡礼に代表される物語世界の経験は、みずからの身体を行使して、この「還元不可能な複数性」を生きる行為なのだ。

興味ぶかいことに、バルトは同エッセイのなかで、テクストの読者を「散歩」する主体になぞらえている。

彼が知覚するのは、互いに異質でちぐはぐな実質や平面に由来する、多様で還元不可能なものである。光、色、草木、暑さ、大気、わきあがる小さな物音、かすかな鳥の鳴き声、谷間の向こう岸の子供たちの声、すぐ近くや非常に遠くを通りすぎる住民たちの往来、身振り、衣服。これらの偶発的なものは、どれも半ばしか同定できない。それらは既知のコードから来ているのだが、しかしその結合関係は唯一であって、これが散歩を差異にもとづいてつくりあげ、差異としてしか繰りかえされないようにするのだ。「テクスト」に起こるのも、これと同じことである。

ある土地を歩くことは、そのたびに偶発性と出会うこと、すなわち新たな差異を見いだすことであり、歩くという身体的行為そのものを更新することである。だから、何度訪れても聖地は日々新しい。たんにコンテンツを視聴・受容するにとどまらない、具体的な〝場〟を経験する、生きる、とはそういう行為のことを指している。

3

しかし、物語の〝場〟は、つねにポジティブな意味だけを生みだすわけではない。戦争・戦災の跡地や遺跡、災害遺構などを観光の対象とするダークツーリズムは、今日ではよく知られている。それは一般的なコンテンツツーリズムと表裏の関係にあるといってもよく、いわば記憶の闇、トラウマともいうべき歴史の出来事性を、観光客が自己の意識に刻みこむためのツーリズムだ。

アウシュヴィッツやグラウンド・ゼロといった〝場〟は、災厄を描く膨大な物語コンテンツを生みだすとともに、人々の視線と身体を絶えず引き寄せるつよい訴求力をそなえている。

一方で、日本のアニメには、ネガティブな歴史と直接的にむきあった物語がきわめてすくない、という実態がある。たとえば宮崎駿監督『風立ちぬ』（二〇一三年）は、堀辰雄の同名小説と戦闘機への欲望との奇妙なキメラともいうべき内容にすぎず、戦争との対峙はむしろ回避されている。ポスト3・11の物語を意識した、と新海誠監督自身が明言している『君の名は。』（二〇一六年）は、主人公ふたりの身体の交換可能性という設定によって、震災の歴史と向きあうどころか、逆に記憶の修正に荷担し、災厄の現実から逃亡する物語を生みだしてしまっている。小説やマンガの原作が存在する『火垂るの墓』（アニメ版一九八八年）や『この世界の片隅に』（アニメ版二〇一六年）も同様であり、観客に一定の「感動」を供給すべく周到に計量された、安全かつ微温的な戦争表象が連ねられるばかりだ。

このように、アニメが歴史との乖離を引き起こしがちな現状にあって、日本の現代史に刻印されたふかい傷痕というべき出来事に正面から挑んだのが、幾原邦彦監督『輪《まわ》るピングドラム』（二〇一一年）である。

未見の人のために、ストーリーを紹介しておこう。一九九五年三月二十日に地下鉄で無差別テロ事件を起こした組織「企鵝《きが》の会」のリーダーのもとで育てられた、高倉冠葉《かんば》と高倉晶馬《しょうま》の兄弟、その妹の陽毬《ひまり》の三人が主人公である。陽毬は病をかかえていて物語の冒頭で絶命してしまうが、その瞬間にべつの人格「プリンセス・オブ・ザ・クリスタル」が宿り、陽毬の命を助けたければ「ピングドラム」を手に入れろ、と高倉兄弟に命令する。「企鵝の会」は二〇一一年の現在、ふたたび大規模なテロ事件を起こして世界を破滅におとしいれることを企図しており、「ピングドラム」は、それを未然に阻止するために必要なものだという。「企鵝の会」を支配しているのは、実体はこの世に亡く、世界を崩壊にいたらしめようとする呪いの象徴としてのみ存在している渡瀬眞悧《さねとし》という人物である。それに対して、日記に書かれた呪文を唱えることによって「運命の乗り換え」を行う力を持ち、その力をもって世界から見捨てられた子供たちを救ってきた少女、荻野目桃果《ももか》がそのテロを阻止しようとする。かつて両者は一九九五年三月二十日のテロ事件でも闘っており、桃果は眞悧の意図の完遂をかろ

荻窪駅南口

蚕糸の森公園（4話の舞台）

うじて妨害するが、相討ちとなって両者とも命を落としていた（のちに、プリンセスの発生には桃果の力が関与していたことが判明する）。しかし冠葉は陽毬の命を助けるため、「企鵝の会」から大金を入手し、組織の一員となって晶馬と断絶する。世界の破滅を望む眞悧の意図はまさに遂行されようとするが、冠葉と晶馬はついに、「ピングドラム」――それは幼いふたりが「箱」のなかで餓死する寸前、冠葉が晶馬に分けあたえた半分の林檎だった――を手に入れ、「運命の乗り換え」を行うための呪文が解き放たれ、破滅は回避される。世界は新しく再生されるが、その世界では冠葉と晶馬は消滅し、すべての人々からもふたりの記憶は失われていた。――

入り組んだ『輪るピングドラム』の構図をわかりやすく単純化するなら、それは眞悧的思考と桃果的思考の対決、ということになるだろう。この物語には、家族にまつわるトラウマをかかえこんだキャラクターが数おおく登場する。冠葉・晶馬兄弟はテロ事件を起こした父母に育てられ、桃果の妹苹果《りんご》は崩壊した家族を元通りにするために死んだ姉になり代わろうとする。時籠ゆりは芸術家の父親から虐待を受けて育ち、多蕗桂樹は母親からピアノの才能の欠如を責められてみずから指を潰し、夏芽真砂子は大会社の社長である祖父を憎悪しながら成長した。プリンセスがしばしば叫ぶ「生存戦略！」とは、世界から拒まれた者、世界から不要物の烙印を押された者はどう生き延びていけばいいのか、という問いである。そのとき、自分を拒絶した世界を破壊し、復讐を成しとげようとするのが眞悧的思考であり、自分を承認してくれる他者あるいは共同性を新たに発見しようとするのが桃果的思考だ、といえるだろう。トラウマをかかえこんだキャラクター達はみな、世界を憎悪する暴力性への欲望と、他者と相互承認の関係をむすぶ共同性への志向との境界線上で揺れうごいている。それぞれのキャラクターが、前者の衝動を克服し、後者の価値観を手にいれてゆくプロセスが、『輪るピングドラム』の物語を形成する。

一九九五年三月二十日は、いうまでもなくオウム真理教団によって地下鉄サリン事件が起こされた日であり、また物語には、営団地下鉄丸ノ内線（現・東京メトロ丸ノ内線）を模していることが一目瞭然の「Tokyo Sky Metro 荻窪線」という地下鉄路線が登場する。三月二十日という歴史的時間、そしてサリン事件の甚大な被害をうけた地下鉄丸ノ内線という〝場〟を導入することが、この物語には必須だった。『輪るピングドラム』の重要なテーマのひとつが、存在を承認しあうことはどのようにして可能となるのか、という問いだったとすれば、二〇一〇年代においてその問題を追求するために、一九九五年の地下鉄サリン事件が呼び出された、ということになる。現実の地下鉄サリン事件は、人間と社会のつながりに対する不信がおぞましい暴力に転じた事件だったが、アニメという虚構装置の力を結集して――そして、宮沢賢治「銀河鉄道の夜」と村上春樹「かえるくん、東京を救う」というふたつの物語の力も動員して――テロの空間である地下鉄を、人々の共同性を再生する〝もうひとつの銀河鉄道〟へと変貌させたのが、『輪るピングドラム』の最大のアクロバットだった。テロリズムの禍々しい暴力性を徹底的に転倒するために、一九九五年三月二十日という時間の記憶、そして地下鉄丸ノ内線＝「Tokyo Sky Metro 荻窪線」という〝場〟の記憶が、あらためて召喚される必要があったのだ。

『輪るピングドラム』の緊張にみちた世界構成は、ストーリーに内包された具体的な時間と空間が、テクストと歴史―社会をむすびつける強力なフックとなることによって成りたっている(4)。この物語は、聖地巡礼というポジティブな受容とはまた異なった形で、アニメと〝場〟との接続の可能性を示したのである。

注

（1）岡本健『n次創作観光――アニメ聖地巡礼／コンテンツツーリズム／観光社会学の可能性』（二〇一三・二、NPO法人北海道冒険芸術出版）『アニメ聖地巡礼の観光社会学――コンテンツツーリズムのメディア・コミュニケーション分析』（二〇一八・九、法律文化社）『巡礼ビジネス――ポップカルチャーが観光資産になる時代』（二〇一八・一二、角川新書）など一連の著作、増淵敏之『物語を旅するひとびと――コンテンツ・ツーリズムとは何か』（二〇一〇・四、彩流社）、岡本亮輔『聖地巡礼――世界遺産からアニメの舞台まで』（二〇一五・二、中公新書）、地域コンテンツ研究会編『地域×アニメ―コンテンツツーリズムからの展開』（二〇一九・四、成山堂書店）など。

（2）この問題については、千田『危機と表象――ポップカルチャーが災厄に遭遇するとき』（二〇一八・五、おうふう）も参照していただければ幸いである。

（3）ロラン・バルト「作品からテクストへ」（『物語の構造分析』花輪光訳　一九七九・一一、みすず書房）。

（4）幾原邦彦監督自身の言葉を引用しておく。

「僕のなかでは作品を作ることが時代にコミットすることと無関係であるというのが耐えられないんですよ。それは自分の一部なんです。だからものすごく尊大な言い方をすると、もう筆を折ってもよいという気持ちではあるんです。実際自分のキャリアは何度か終わりかけたこともあるし、長く仕事をできなかった時期を経て、自分はそこと切り離せないんだなということがつくづくわかった。（中略）どちらかと言うと、やっちゃいけないということをやりたがるタイプだし、やっちゃいけないことにこそなにか伝えるべきことがあって、そこが自分が社会とコミットできる唯一の場所だと感じる。もっとうまく小器用に娯楽作品を作れればよかったんだけど、どうしてもそれができないんだよね」（『ユリイカ』臨時増刊「総特集・幾原邦彦」二〇一七・八）。

※『ラブライブ！』『ラブライブ！サンシャイン!!』に関連する写真は、東京学芸大学国語科卒業生の稗田陽介氏の提供によるものである。記して感謝に代えます。

あとがき

本書は、これまでに発表した近代文学関連の論文を収録したものである。

もともと私の研究の出発は島崎藤村であり、その後も明治・大正期の小説について考察する機会がおおかったのだが、一九九〇年代半ばから仕事の主要なフィールドが国語教育研究に移り、また二〇〇〇年代半ばからはポップカルチャー研究の広大な海に飛び込んだため、自分の研究の原点をなす著書の作成が延び延びになってしまっていた。いまは、ひとつの課題をやっとクリアできたという心境である。

一方で、小説のタイトルが目次に並列されるような研究書の構成はいささか古風なのだろうし、また、比較的最近の関心にもとづくⅣ章をのぞき、収録論文のおおくは、発表当時の一九九〇〜二〇〇〇年代の研究方法——とりわけテクストのイデオロギー分析の手法——の色彩を濃くまとっている。当然のことながら、これらの論考が、現在どれほどの可能性を持ちうるのかが問われなければならないだろう。だが、テクストをクリティカルに読み解く試みは、多様な文化・教育のコンテンツやメディア言説の研究に拡張しうる汎用性をそなえているはずであるし、また近現代の小説が、さまざまな視点からの批判に耐えられる強度、ポテンシャルをどの程度持ちあわせているのかを検証するためにも、いまなお有効な方法であると考えている。本書のタイトルに用いた「抗い」の語、副題に用いた「小説論の射程」という言葉には、そのような意図がこめられていると受け取っていただければ幸いである。

＊

私の近代文学研究の師である山田有策先生と石﨑等先生には、だいぶ遅れた「課題提出」となってしまった。私もすでに五十代後半という年齢に達しているが、研究者としても、また教師としても、お二人にはまだまだ及ばないことばかりである。ここであらためてお礼を申し述べるとともに、いつまでもお元気でいていただきたいと思う。

装丁をお願いしたスズキロク氏には、今回も相変わらずの無茶振りでご苦労をおかけした。

原稿の作成と編集に際しては、溪水社の木村斉子氏に大変丁寧にお世話いただいた。一冊目の著書『テクストと教育』でご縁のあった溪水社から、ほぼ十年を隔ててふたたび本書を刊行することができるのも、ひとつの喜びである。出版をお引き受けいただいたことに心から感謝申し上げたい。

二〇二〇年八月

千田洋幸

初出一覧　（いずれも、本書収録にあたり多少の修正を加えた。）

Ⅰ
読むことの差別――島崎藤村『破戒』――
『国文学　解釈と鑑賞』1994年４月（特集・近代文学と「語り」Ⅱ）
過去を書き換えるということ――夏目漱石『門』における記憶と他者――
『漱石研究』第17号　2004年11月（特集・『門』）
転位する語り――森鷗外『雁』――
『立教大学日本文学』第64号　1990年７月
自壊する「女語り」――太宰治「千代女」の言説をめぐって――
『國文學』1996年６月（特集・変貌する太宰治）
自己物語の戦略――中島敦「山月記」を読み直す――
『現代文学史研究』第29集　2018年12月

Ⅱ
モデル問題、受難から策略へ――島崎藤村の場合――
『國文學』臨時増刊 2002年７月（特集・発禁 近代文学誌）
告白・教室・権力――『破戒』の構図――
『東京学芸大学紀要第２部門』第48集　1997年２月
戦争と自己犠牲のディスクール――宮沢賢治「烏の北斗七星」――
『学芸国語国文学』第30号　1998年３月（内田道雄教授退官記念号）
哄笑する〝細部〟――島田雅彦『ロココ町』――
『國文學』臨時増刊　1999年７月（特集・島田雅彦のポリティック）

Ⅲ
「作者の性」という制度――宮本百合子『伸子』とフェミニズム批評への視点――
『東京学芸大学紀要第２部門』第45集　1994年２月
性／「書く」ことの政治学――島崎藤村『新生』における男性性《マスキユリニティ》の戦略――
『日本近代文学』第51集　1994年10月
氾濫-反乱するシニフィアン――有島武郎『或る女』の物語言説をめぐって――
三谷邦明編『近代小説の〈語り〉と〈言説〉』有精堂　1996年６月
父＝作者であることへの欲望――島崎藤村「嵐」の自伝性を読む――
『東京学芸大学紀要第２部門』第46集　1995年２月

Ⅳ
読むことの偶発性・一回性・有限性
――ロラン・バルト「作者の死」「作品からテクストへ」についてのノート――
『れにくさ』第10 - 1号　2020年３月（沼野充義教授退職記念号）
エクリチュールの痕跡
――古市憲寿「百の夜は跳ねて」・北条裕子「美しい顔」と現代小説のオリジナリティ――
『京都語文』第27号　2019年11月
テクストを歩く――アニメ聖地巡礼と「還元不可能な複数性」をめぐって――
『東京人』2019年３月（特集・テレビアニメと中央線）

索引（人名）

索引（作品名）

【著　者】

千田　洋幸（ちだ・ひろゆき）

1962年生。岩手県水沢市（現奥州市）出身。東京学芸大学卒業、同大学院修士課程修了、立教大学大学院博士後期課程満期退学。
現在、東京学芸大学教授。
著書：
『テクストと教育―「読むこと」の変革のために』（2009年 溪水社）
『ポップカルチャーの思想圏―文学との接続可能性あるいは不可能性』（2013年 おうふう）
『危機と表象―ポップカルチャーが災厄に遭遇するとき』（2018年 おうふう）
共編著：
宇佐美毅・千田洋幸編『村上春樹と一九八〇年代』（2008年 おうふう）
宇佐美毅・千田洋幸編『村上春樹と一九九〇年代』（2012年 おうふう）
千田洋幸・中村和弘編『教科教育学シリーズ① 国語科教育』（2015年 一藝社）
千田洋幸・宇佐美毅編『村上春樹と二十一世紀』（2016年 おうふう）

読むという抗い

小説論の射程

2020年 9月 30日　初版第一刷発行

著　者　千田　洋幸

発行所　株式会社 溪水社

広島市中区小町 1-4（〒730-0041）
電話 082-246-7909　FAX 082-246-7876
e-mail: info@keisui.co.jp
URL: www.keisui.co.jp

装　丁　スズキロク
印刷所　モリモト印刷株式会社

ISBN978-4-86327-533-1 C1095